W0289420

Tatort **Iphofen**

Ich widme das Buch meiner lieben Frau,
die meine Stimmungen und Launen ertragen hat
und Verständnis für die vielen Stunden aufbrachte,
die ich dem Schreiben geopfert habe.

Mein Dank gilt auch allen,
die mich in meiner Arbeit bestärkt haben
und mir positives Feedback gaben.

Eine grausame Entdeckung

Es war ein frostig kalter Samstagnachmittag. Trotz des blauen Himmels und der Sonnenstrahlen lagen die Temperaturen deutlich im zweistelligen Minusbereich. Die freien schneebedeckten Flächen glitzerten wie mit Abertausenden kleiner Kristalle übersät. Ohne Augenschutz war es unmöglich, einen längeren Blick über den stark reflektierenden Untergrund zu riskieren. Bei jedem Tritt knirschte der Schnee unter den Schuhen. Dieses Jahr hatte es Anfang Dezember zu schneien begonnen. Tagelang fiel Schnee vom Himmel, so als wenn es nicht mehr aufhören wollte. Innerhalb einer Woche verwandelte sich alles in eine tief verschneite Winterlandschaft. Ruckzuck lag der Schnee einen halben Meter hoch. Als es nach mehreren Tagen zu schneien aufhörte, kam die Kälte. Zwei junge Leute schlenderten dick vermummt am Waldrand entlang. Immer wieder mussten sie den weit hinabhängenden, schneebeladenen Ästen ausweichen. Überall auf den Zweigen hatte sich eine dicke Schicht der weißen Pracht niedergelassen. Gefütterte Mikrofaserjacken schützten das Pärchen vor der Kälte. Die junge Frau trug eine dicke weiße Strickmütze. Die hatte sie sich tief in die Stirn und über die Ohren gezogen. Darunter quoll gelocktes blondes Haar hervor, das ihr bis weit über die Schultern reichte. Ihr Gesicht war zum Schutz gegen die Kälte eingecremt. Die Augen verbarg sie hinter einer schwarzen Sonnenbrille. Dicke Fäustlinge schützten ihre Hände. So stapfte sie Seite an Seite neben dem jungen Mann her.

Immer wieder wanderte ihr Blick in sein südländisch wirkendes Antlitz. Sein dunkler Teint war auffallend. Unter der Pelzmütze mit dem lässig herabhängenden Ohrenschutz schaute pechschwarzes Haar hervor. Genau wie seine Begleiterin trug er eine dunkle Brille. Wenn der Mann lachte, und das tat er oft, zeigte er zwei Reihen blütenweißer Zähne. Die beiden führten eine ausgelassene und angeregte Unterhaltung. Die gegenseitige Zuneigung war deutlich erkennbar. Mal hakte sich die junge Frau bei ihrem Begleiter ein, mal legte er seinen Arm um ihre Schultern. Dabei schien sie die eisige Luft nicht weiter zu stören. Aufsteigende Dunstwolken, verursacht vom Atmen und Sprechen, schwebten um ihre Köpfe.

Ein englischer Akzent verriet die ausländische Herkunft des jungen Mannes. Luca Ferro war Student, so wie auch seine Begleiterin. Beide hatten sich zu Beginn des Semesters an der Hochschule kennengelernt. Immer wieder waren sie sich bei Vorlesungen über den Weg gelaufen und schließlich ins Gespräch gekommen. Dadurch erfuhr sie, dass er aus der Provinz Westkap in Südafrika kam. Für zwei Semester wollte er den deutschen Weinbau kennenlernen. Aufgrund gemeinsamer Interessen und der beiderseitigen Sympathie hatte Vanessa Petzold – so der Name der jungen Dame – ihn aufs elterliche Weingut im unterfränkischen Iphofen eingeladen. Inzwischen war es schon selbstverständlich, dass er an den Wochenenden Vanessa in ihre Heimat begleitete. Bei der Familie war er ein gern gesehener Gast.

Wegen ihrer intensiven Unterhaltung kamen die beiden nur langsam voran. Zudem verzögerte der hohe Schnee unter ihren Füßen das Tempo. Bei jedem Schritt versanken sie mit ihren modischen schwarzen Winterboots bis weit über die

Knöchel in der weißen Pracht. Zwischendurch blieben die Zwei immer wieder stehen und blickten sich um. Der Grund dafür war ihr vierbeiniger Begleiter. Neugierig steckte die kleine Münsterländerhündin ihre Nase in jede Tierfährte links und rechts des Weges. Manchmal stand sie einen Moment still und witterte in den Wald hinein. Hier kannte sich Sally, die vierjährige Hündin, bestens aus. Das war das Jagdrevier ihres eigentlichen Besitzers, Thomas Petzold, Vanessas Vater. Natürlich war sie immer an seiner Seite, wenn er auf Jagd ging.

Vanessa nahm das Tier stets mit, wenn sie am Wochenende unterwegs war. Gab es im Betrieb für sie wenig zu tun, unternahm sie ausgedehnte Touren und Ausflüge in den Naturpark Steigerwald, der direkt vor der Haustür begann und weithin als »das Herz Frankens« bekannt war. Sie hielt sich gern in der Natur auf und nutzte dazu jede freie Stunde.

In dieser Hinsicht glich Vanessa ganz ihrem Vater. Das war mitunter auch einer der Beweggründe, warum sie sich entschieden hatte, in den familieneigenen Weinbaubetrieb einzusteigen. Bei gut 80 Hektar Anbaufläche gab es viel Außenarbeiten zu verrichten und die hatte Vanessa schon immer geliebt.

Aber nicht nur die Aufgabe reizte sie. Es war eigentlich die gesamte Arbeit mit den Reben, den Trauben und dem Wein, die sie schon früh als junges Mädchen interessierte. So oft es ging, war sie mit ihrem Vater hinausgefahren, hatte ihm Löcher in den Bauch gefragt und wollte überall selbst Hand anlegen. Daher erschien es völlig selbstverständlich, dass sie Weinbaukunde studierte. Nebenbei empfand sie auch Stolz für das, was die Generationen vor ihr geschaffen hatten. Diese Tradition wollte sie fortführen.

»Komm weiter, Sally«, forderte sie die Hündin auf. Die war abseits des kaum erkennbaren Weges am Waldesrand auf Fährtensuche. Hasen, Füchse und Rotwild hatten dort auf der Suche nach Nahrung ihre Spuren hinterlassen. Für eine Jagdhündin roch das alles sehr verlockend. Trotzdem gehorchte sie augenblicklich, ließ von der Spur ab und lief hinterher. Das clevere Tier nutzte Vanessas Fußstapfen, um besser vorwärtszukommen.

Einige Hundert Meter weiter trafen sie auf eine Autospur. Sie kam aus dem freien Feld und führte in den Forstweg hinein. Es war die ihres eigenen Fahrzeuges, dass sie ein Stück weiter drinnen im Wald abgestellt hatten, nur ein paar Schritte von der eigenen Jagdhütte entfernt.

Dieses Revier im »Mönchsondheimer Holz«, einem der ausgedehnten Waldstücke in der Region, hatte ihre Familie schon lange Jahre in Pacht. Fast genau solange stand dort die Hütte, gemeinsam erbaut von ihrem Vater und ihrem Onkel Georg in jungen Jahren. Beide waren zwar im Besitz eines Jagdscheins, aber für den Abschuss war hauptsächlich Thomas Petzold verantwortlich. Sein Bruder widmete sich mehr der Hege und Pflege des Wildes. Gerade jetzt, bei dieser extremen Witterung in der kalten Jahreszeit, versorgte er die Tiere mit Nahrung. Einen der Futterplätze gab es ganz in der Nähe des Blockhauses auf einer kleinen Lichtung. Wenn man zur richtigen Zeit da war und sich ruhig verhielt, konnte man vom Haus aus das Wild an der Futterstelle beobachten.

Gerade waren sie bei ihrem Wagen angekommen, als Vanessa sich an ihren Begleiter wandte. »Lass uns noch hier bleiben. Wir wärmen uns ein bisschen in der Hütte auf. Es gibt drinnen einen alten Kanonenofen, der es richtig mollig warm macht«, schlug Vanessa vor. Dabei funkelten ihre

Augen unternehmungslustig und ein Lächeln spielte um ihre Mundwinkel.

Der junge Mann schmunzelte amüsiert. Sein Grinsen wurde noch breiter, als er bemerkte, dass sie den Schlüssel schon in der Hand hielt. Zielstrebig ging die junge Frau auf die Hütte zu. Ohne zu zögern folgte ihr Luca und schüttelte immer noch lächelnd den Kopf. Beide befreiten auf der kleinen überdachten Veranda vor der Tür ihre Schuhe vom Schnee. Vanessa schloss auf und die jungen Leute traten ein. Etwas moderige, muffige Luft schlug ihnen entgegen.

»Puuh ..., das riecht aber komisch. Scheinbar war schon lang niemand mehr hier. Bevor wir einheizen, gehört mal ordentlich gelüftet«, sagte sie naserümpfend.

Ohne Rücksicht auf die Außentemperatur öffnete sie beide Fenster. Inzwischen schaute sich ihr Freund in der aus Rundhölzern erbauten Hütte um, die nur aus einem einzigen Raum bestand. Die dem Eingang gegenüberliegende Wand war gespickt mit Jagdtrophäen. In der Hauptsache Geweihe vom Rotwild: vom Jungbock bis zum stattlichen Zwölfender. Mittendrin ein Keilerkopf, der jedem eintretenden Besucher sofort ins Auge fallen musste. Vis-à-vis der Eingangstür hängend starrte er jeden an. Darunter stand eine Holzkommode mit dem notwendigsten Geschirr darin: Teller, Tassen, Besteck und anderes Kochzubehör auf der einen Seite, auf der anderen Seite Wolldecken, Laken und Tücher. Rechts von der Kommode eine Eckbank mit Tisch und drei Stühlen, links davon eine großzügige Schlafcouch, an deren Fußende eine massive eisenbeschlagene Eichentruhe stand. In der vorderen rechten Ecke neben der Tür erblickte Luca den großen gusseisernen Kanonenofen, direkt daneben einen Holzkochherd aus den 50er Jahren. Unmittelbar im Anschluss eine Holzkiste für Brennmaterial und einen alten Weidenkorb. Während der junge Mann alles in Augenschein nahm, war das Mädchen noch mal zum Auto gelaufen und kam nun mit einer Kühlbox in der Hand zurück.

»Was machst du bei diese Wetter mit eine Kuhlbox?«, fragte er ganz erstaunt in leicht fehlerhaftem Deutsch.

»Es heißt ›Kühlbox‹ und du wirst es gleich erleben. Kannst du den Ofen anmachen?«, erkundigte sie sich.

»Ich kann es versuchen. Habe wir was zum Feuermachen da?«

»Brennmaterial findest du in der Holzkiste. Streichhölzer müssten auf dem Regal liegen.«

Tatsächlich fand er gehackte Holzscheite, kleinere Holzspäne und altes Zeitungspapier. Zehn Minuten später knisterte und knackte es in der Glut. Nachdem die junge Frau die Fenster wieder geschlossen hatte, sorgte der Ofen ruck, zuck für wohlige Wärme. Die beiden hatten längst ihre dicken Jacken ausgezogen.

Vanessa öffnete derweil die Box. Erwartungsvoll schaute ihr Luca zu.

»Voilà! Ein Picknickkorb für den Winter. Was im Sommer kühlt, schützt jetzt vor Kälte.« Mit diesen Worten holte sie eine Flasche Prosecco hervor. Dann folgten Brot, Butter und allerlei Lebensmittel. »Eine Winterwanderung macht hungrig. Mich wenigstens. Was ist mit dir?«

»Hey great! Einfach nur genial, du hast an alles gedacht. Auf so eine Idee mit der Box wäre ich nicht gekommen.«

»Tja ..., ich bin halt praktisch veranlagt und du nur ein Mann!«, frotzelte sie spaßhaft.

»Ah ja, eingebildet sind ›gnädiges Fraulein‹ gar nicht, oder?«, konterte er und ging auf ihre Sticheleien ein.

»Das heißt ›Fräulein‹«, korrigierte Vanessa ihn vergnügt lachend, »und nö, nicht die Bohne!«

»Dann ist ja okay, ich dachte schon, du leidest an Selbstüberschätzung wegen des einmaligen Geisterblitz ... Sorry! Geistesblitzes, den du hattest.«

»Hey, mal nicht unverschämt werden, sonst schaust du beim Essen zu und Sally bekommt deinen Anteil«, protestierte Vanessa und boxte ihm gegen den Arm. »Mach dich lieber nützlich und den Secco auf!«

»Darf ich dich daran erinnern, dass *du* damit angefangen hast«, zog er sie verschmitzt grinsend an sich heran. »Außerdem ist es dir doch sicher lieber, wenn ich kräftig bleibe.«

»Du meinst ›bei Kräften‹. Das stimmt allerdings!«, gestand sie mit verliebtem Blick, entzog sich aber sanft seinem Griff. »Dann wollen wir uns mal dem leiblichen Wohl widmen.« Sie drückte ihm die Flasche mit schelmischem Grinsen gegen die Brust. »Was ist jetzt? Schaffst du das mit dem Öffnen oder muss ich es selbst machen, bevor wir verdursten?«

Sogar Kerzen und eine Taschenlampe hatte sie mitgebracht. Die Hütte stand zwar an einer Waldlichtung, trotzdem dämpften die Bäume rundherum das Tageslicht, und zu der Jahreszeit wurde es früh dunkel. Strom gab es hier draußen nicht. Einzige vorhandene Möglichkeit, Licht zu machen, war eine Petroleumlampe. Vanessa war sich aber nicht sicher gewesen, ob der Petroleumvorrat noch reichte. Daher hatte sie zur Sicherheit die Kerzen mitgenommen. Ihre Sorge war umsonst. Sie fand eine volle Flasche der brennbaren Flüssigkeit auf einem Regal. Die Lampe über dem Tisch war schnell angezündet und spendete ausreichend Licht.

Innerhalb kürzester Zeit hatte sie den Tisch gedeckt. Selbst bei den Speisen zeigte die junge Frau ihre Verbundenheit zum Landleben und ihrer Heimat. Alles heimische Produkte aus der Region. Es gab ofenfrisch gebackenes Landbrot. Dazu fränkische hausgemachte Wurst, herzhaften Käse und allerlei Zutaten, von Senf bis Gurken im Glas – schließlich hielten die Generationen vor ihr die Tradition aufrecht, noch selbst zu schlachten.

Dieses Ereignis war jedes Mal Anlass zu einer kleinen Feier. Da traf sich die ganze Familie. Meist saßen sie nach getaner Arbeit bis spätabends zusammen. Im Laufe der Jahre waren daraus traditionelle Familienfeste geworden. Erst vor wenigen Wochen hatte das letzte stattgefunden. Das im Herbst war eigentlich das schönere der beiden Feste. Da wurde gleichzeitig das Ende der Weinlese gefeiert. Üblicherweise kamen auch die langjährigen Mitarbeiter vorbei, halfen und feierten mit. Selbst Vanessa, die ja zu der jungen Generation zählte, liebte diese Zusammenkünfte und versuchte, keine zu verpassen.

Hungrig machten sich Vanessa und Luca über die Speisen her. Hündin Sally bekam auch einige kleine Leckereien. Danach verzog sie sich auf eine alte Decke, die unweit des Ofens lag. Dort rollte sie sich zufrieden zusammen. Lächelnd beobachtete Vanessa das Tier.

»Wenn Papa wüsste, dass du was vom Tisch bekommen hast. Oh weh, dann gäbe es für mich wieder mal eine Kopfnuss«, meinte sie grinsend bei dem Gedanken an Vaters »erzieherische Maßnahmen«. Sie wusste genau, dass es nur symbolisch war, wenn er ihr leicht an ihren Hinterkopf klopfte. Denn ihr gegenüber war er immer ein herzensguter Mensch gewesen. Nur bei geschäftlichen Dingen verstand er keinen Spaß und konnte hartnäckig sein.

Eine Winterwanderung in frischer klarer Luft schien tatsächlich hungrig zu machen. Mit viel Appetit sprachen sie den Leckereien wie Knäudele, Presssack und geräucherten Bratwürsten zu. Erstaunliche Portionen verschwanden bei der ausgiebigen Vesper. Zwischendurch klangen immer mal wieder die Gläser, wenn sie fröhlich lachend oder mit verliebtem Blick anstießen. Schließlich legten beide die Messer beiseite und der junge Mann lehnte sich zurück. Genüsslich klopfte er sich auf den Bauch.

»So, und was gibt's jetzt zum Nachtisch?«, schmunzelte Luca. »Wir können doch heute Nacht hierbleiben«, meinte er mit einem Blick auf die Schlafstätte. Er hatte sich von seinem Platz erhoben und nahm Vanessa in den Arm. Die lächelte ihn verführerisch an und löste sich aus seiner Umarmung.

»Zuerst wird aufgeräumt, dann sehen wir weiter«, entschied sie mit einem Blick auf den Tisch. Dort standen noch die Reste ihrer Brotzeit. Ein zweiter Blick galt dem Holz in der Kiste. »Wenn wir wirklich hierbleiben wollen, brauchen wir noch Brennholz.« Dabei deutete sie auf die wenigen Stücke an Vorrat. »Damit kommen wir nicht aus. Wir müssten das Feuer über Nacht in Gang halten. Ansonsten haben wir morgen früh Eiszapfen an der Nase oder sind steif gefroren.«

»Und wo finde ich Holz?«

»Hinten dran im Anbau.« Dabei zeigte sie auf die Trophäenwand. »Dahinter findest du alles. Du musst noch mal raus in die Kälte. Schnapp dir den Korb und geh außen herum. Auf der Rückseite ist eine Tür. Der Schlüssel für das Vorhängeschloss liegt im Aschenbecher auf dem Regal.« Dabei deutete sie auf das Schälchen neben der Petroleumflasche. »Damit kommst du in den Schuppen. Dort müsste noch massenweise gehacktes Holz liegen. Mach ruhig die Vorratskiste am Ofen voll. Lieber etwas zu viel als zu wenig«, gab sie ihre Anweisung.

»Sehr wohl, Señorita«, antwortete er spaßhaft mit einer galanten Verbeugung. Er zog seine dicke Jacke über, nahm den Weidenkorb und öffnete die Tür. Bevor er sich versah, war Sally mit hinausgeschlüpft.

Draußen war es schon dämmerig. Luca bahnte sich einen Weg an der Hütte entlang. Selbst unter den dichten Bäumen lag der Schnee einige Zentimeter hoch. Sally folgte ihm auf den Fersen. Um den hinteren Teil der Hütte rankte sich Gebüsch. Irgendjemand schien es aber so gestutzt zu haben, dass man ohne größere Behinderung den Schuppen erreichen konnte. Durch das dichte Pflanzenwerk drum herum war es dort noch ein wenig dunkler.

Der junge Mann hatte mitgedacht und die Taschenlampe bei der Hand. Die nahm er jetzt zu Hilfe, um die Tür und das Schloss zu finden. Den Korb stellte er auf den Boden und die Lampe klemmte er sich unter die linke Achsel. So verschaffte er sich Licht und versuchte das Vorhängeschloss zu öffnen, als er merkte, dass es gar nicht richtig verschlossen war. Jemand hatte es einfach nur im Türriegel eingehakt.

»Na egal, ich will sehen, dass ich wieder in die Wärme komme«, murmelte er und hauchte in die Hände. Da er keine Handschuhe trug, hatte er schon ganz klamme Finger. Das Schloss warf er in den Korb und öffnete die Tür. Er leuchtete den kleinen Raum aus. Gegenüber an der Wand saßen die Holzscheite fein säuberlich gestapelt. Mindestens drei Reihen hintereinander über die ganze Breite und mehr als mannshoch. Daneben lag außerdem bis fast zum Eingang ein, wie es schien, achtlos hingeschütteter hüfthoher Haufen Holz. Luca nahm den Korb und ging zwei Schritte in den

Raum hinein. Sally folgte ihm und begann intensiv zu schnuppern.

»Hey, Sally, hat sich hier eine Maus versteckt?«, redete er auf das Tier ein. Dabei begann er seinen Korb mit dem am Boden liegenden Holzhaufen zu füllen. Die Hündin schnüffelte inzwischen weiter und begann vorsichtig auf das Holz zu klettern. »Pass auf und brich dir nicht die Pfoten!«, meinte der junge Mann besorgt. Wahllos griff er sich Holzscheite, bis der erste Korb voll war. Dann schleppte er ihn ins Haus. Die Tür ließ er offen und den Vierbeiner im Schuppen zurück. Gerade war er dabei, das Brennholz in die Vorratskiste zu packen, als Sally zu bellen anfing.

»Was hat sie? Wo ist sie überhaupt?«, fragte Vanessa besorgt.

Luca winkte ab. »Sie treibt sich im Schuppen herum. Vielleicht hat Sally ein Tier gewittert, das sich dort zwischen dem Holz versteckt.«

Das Gebell wurde immer lauter und aufgeregter. Luca leerte währenddessen seinen Korb und machte sich wieder auf den Weg zum Schuppen. Immer noch schlug Sally an und konnte nicht beruhigt werden. Durch das Gebell neugierig geworden, war Vanessa inzwischen gleichfalls zum Schuppen geeilt. Die Hündin stand mit den Vorderpfoten auf dem Holz und bellte den Haufen an.

»Was ist denn da, Sally?« Vanessa streichelte das Tier und redete weiter auf es ein. Sallys Gebell brach ab, und sie begann leise zu jaulen. Dabei schaute sie abwechselnd zu Vanessa und dem Holzhaufen vor ihr. Zwischendurch schnupperte sie und steckte die Nase in die Lücken zwischen den Holzscheiten.

»Irgendetwas ist da, sonst würde sie sich nicht so anstellen. Kannst du nicht mal vorsichtig schauen?«, wandte sich Vanessa an ihren Freund. »Da im Eck steht ein Holzstock. Stochere doch mal ein bisschen herum. Vielleicht kann man erkennen, warum Sally so aufgeregt ist.« Sie hatte die Hündin derweil am Halsband vom Holz weggezogen und hielt sie fest.

Dem jungen Mann war es nicht ganz einerlei bei der Bitte. Es wird schon nichts Gefährliches sein, ging es ihm durch den Kopf. Natürlich wollte er sich vor der Freundin keine Blöße geben. Mit Stock und Taschenlampe bewaffnet ging er mutig zu Werke. Er räumte die oberen Holzstücke auf die Seite und arbeitete sich tiefer. Nur wenig später sah er etwas Helles durch das Holz schimmern. Das war kein Tier, da lag etwas anderes unter dem Brennmaterial. Als er noch ein paar Stücke mehr zur Seite schob, erkannte er darunter eine größere Folie oder einen Plastiksack. Etwas mutiger geworden, legte er den Stock beiseite und arbeitete mit einer Hand weiter. In der anderen Hand hielt er immer noch die Taschenlampe. Dreck, Holzstaub und die Kälte machten das Plastik undurchsichtig. Luca fuhr mit der Handfläche über das grauweiße Material, um es zu säubern. Es fühlte sich kalt und steif an. Vielleicht konnte er ja dann sehen, ob sich etwas darin oder darunter befand. Oder war es nur achtlos über das Holz geworfen worden? Er war fertig mit Wischen und richtete den Strahl der Taschenlampe direkt darauf. Mit allem Möglichen hatte er gerechnet, nur nicht mit dem, was er da sah.

»Oh my God!« Mit diesem Ausruf und einem Schrei sprang er zurück. Sally jaulte auf, weil er sie dabei versehentlich trat, und auch Vanessa bekam einen Rempler ab. Dann verließ er fluchtartig den Schuppen und zog die beiden mit.

»Um Himmels willen, was ist denn?«, rief die junge Frau entgeistert. Immer noch hielt sie ihre Hündin fest. Es war in der Zwischenzeit draußen so dunkel geworden, dass sie das Gesicht Lucas nicht sehen konnte. »So rede doch, was hast du denn?«, erkundigte sie sich besorgt.

Sekundenlang hörte sie nur sein gepresstes Atmen. Selbst Sally gab keinen Laut mehr von sich und hechelte nur hörbar. Ansonsten herrschte einen Moment lang Totenstille. Kein Geräusch war zu vernehmen, weder aus der Nähe noch aus der Ferne. »Verdammt noch mal, nun mach den Mund auf«, herrschte sie ihn halb ängstlich, halb verwirrt an.

»Ich ... ich«, begann er stotternd, »habe ein Gesicht gesehen.«

»Wie, du hast ein Gesicht gesehen?«

»Das Gesicht einer Frau ... unter der Plane!«

»So was gibt's doch nicht, wie soll die hierherkommen? Das ist doch sicherlich eine Einbildung, oder?«

»Da, schau selbst nach, wenn du mir nicht glaubst.« Mit diesen Worten drückte er ihr die Taschenlampe in die Hand.

»Du gehst aber mit.« Ihre Neugier war stärker als Angst und Scheu. Vorher gab sie Sally die Befehle »Sitz!« und »Bleib!«. Damit konnte sie sicher sein, dass sich das Tier nicht von der Stelle rührte.

Sie nahm Luca bei der Hand. Mit zögernden Schritten betraten sie zusammen den Schuppen. Der Strahl der Lampe geisterte über die durcheinanderliegenden Holzstücke. Dann erfasste der Lichtschein die glänzende Plastikfolie. Vanessa machte tapfer den nächsten Schritt. Dann sah sie es selbst.

»Ach herrje, es stimmt. Jetzt sehe ich es auch.« Im ersten Augenblick wendete sie sich erschrocken ab. Sie zwang sich ein zweites Mal hinzuschauen. Da war es wieder: Ein bleiches Antlitz mit geschlossenen Augen und braunem Haar schimmerte schwach durch das Material. Es war das Gesicht einer jüngeren Frau, bei der es im ersten Moment den Anschein hatte, als schliefe sie. Vanessa verließ den Raum gefolgt von Luca. Ein leichter Schauer lief ihr über den Rücken. Aber nicht von der Kälte, sondern wegen dem, was sie gerade gesehen hatte. Im Türrahmen drehte sich Luca nochmal um, so als wollte er sich vergewissern, dass kein Geist hinter ihm stand.

»Wir müssen die Polizei rufen«, entschied der junge Mann. Er machte sich auf den Weg in die Hütte. Vanessa rief die Hündin und beide folgten Luca.

»Lass mich das machen. Ich kenne mich hier aus und kann den Weg besser beschreiben.« Wieder in der Wärme angekommen, griff sie nach ihrem Handy. Mit wenigen Sätzen informierte sie die Polizei über ihren grausigen Fund.

»Wer ist sie? Warum liegt sie in unserem Schuppen? Wie kommt sie da überhaupt rein? Wer macht so was?« Nach dem Anruf sprudelten die Fragen aus ihr heraus. Dabei wanderte sie im Zimmer auf und ab. Bei jeder Frage blickte sie ihren Freund an. Der hob nur hilflos die Schultern.

»Deine Fragen kann ich dir leider nicht beantworten. Oh, beinahe hätte ich was vergessen.« Er ging zum Korb und deutete hinein. »Da liegt das Schloss vom Schuppen. Die Tür war nämlich nicht abgeschlossen. Erst dachte ich, es ist defekt oder eingefroren. Jetzt glaube ich eher, dass es aufgebrochen wurde, um die Leiche dort hinzulegen.«

Vanessa bückte sich, um das Schloss zu untersuchen.

»Stopp, nicht anfassen! Vielleicht sind Fingerabdrücke darauf. Schlimm genug, das ich es in Händen hatte.«

Die junge Frau war beeindruckt, dass er plötzlich so cool und professionell reagierte. »Meinst du nicht, zuhause sollten sie auch wissen, über was wir hier gestolpert sind?« Ein zweites Mal telefonierte Vanessa. Diesmal mit ihrem Vater.

Knapp eine Viertelstunde später kündigte zuckendes Blaulicht zwischen den Bäumen hindurch den ersten Streifenwagen an. Dabei blieb es aber nicht, ein ganzes Team rückte an, um jeden Quadratzentimeter des Holzlagers und den Bereich um die Hütte herum zu untersuchen. Der Fundort wurde großräumig abgesperrt. Als Letzte kamen zwei Ermittler der Kripo Würzburg.

Die unbekannte Tote

Hauptkommissar Habich erhob sich von seinem Bürostuhl. »Danke, dass sie sich hierherbemüht haben.«

Freundlich lächelnd gab er den jungen Leuten die Hand. Sie hatten sich am Abend zuvor schon am Fundort bei der Hütte kennengelernt. Der Hauptkommissar war der verantwortliche Beamte, der den Fall leitete.

Mit seiner stämmigen Figur machte der Mann auf jeden, der ihn nicht kannte, im ersten Moment einen behäbigen Eindruck. Dennoch behaupteten Freunde und Kollegen: »Da, wo er hinschlägt, wächst kein Gras mehr.« Sein markantestes Kennzeichen: ein glatt rasierter Schädel. Dadurch war es nicht verwunderlich, dass er den Spitznamen »Kojak« erhalten hatte. Schließlich sah er dem Lieutenant der gleichnamigen Krimiserie aus den 70er Jahren sehr ähnlich. Nur war sein Gesicht etwas rundlicher und wirkte dabei eher freundlich und harmlos.

Schon manch einer hatte sich von dem Eindruck der Gutmütigkeit täuschen lassen und es nachher bitter bereut. Stattdessen war Hartnäckigkeit eine seiner hervorstechendsten Eigenschaften. Nicht umsonst nannte man ihn manchmal hinter seinem Rücken einen sturen »Hessenkopp«, da er gebürtiger Frankfurter war. Obwohl schon seit über zwanzig Jahren in Unterfranken, konnte er seine Herkunft nicht verleugnen, wenn er den Mund aufmachte.

Der Boxsport hatte ihn als jungen Mann nach Würzburg geführt, ihm gefiel es hier und er blieb. Natürlich spielte auch der berufliche Anreiz, den man ihm damals bot, eine entscheidende Rolle. Mit der Kripo hatte er schon lange geliebäugelt und hier hatte man ihm die Möglichkeit gegeben. Nur mit der holden Weiblichkeit hatte er im Fränkischen genauso wenig Glück wie in seiner hessischen Heimat. Daher war er immer noch solo und zwischenzeitlich auch aus Überzeugung. Obwohl – eigentlich hatte sich der Kommissar schon verliebt. Nur handelte es sich dabei um keine Person, sondern um die Stadt, in der er nun wohnte oder vielmehr das, was sie bot: das imposante Bild der Feste Marienberg – bei Einheimischen auch »Festung« genannt –, die als Wahrzeichen über der Stadt thronte, genauso wie die fürstbischöfliche Residenz. Das Flair von Würzburg und seinem Umland links und rechts des Mains hatte es ihm sofort angetan. Ebenso wie die Weinberge an den Hängen und das köstliche Produkt, den Frankenwein, der daraus entstand. Selbst heute noch geriet er in jedem Gespräch bei all den »feinen Tröpfchen« darüber ins Schwärmen.

Gerade bot Habich dem Pärchen einen Platz an, als sich die Tür öffnete. Herein trat ein jüngerer, sportlich schlanker Mann. Der stellte so ein bisschen den Gegenpol von Habich dar, Marke »fränkische Frohnatur«, manchmal etwas vorwitzig und übereifrig, aber durchaus clever und ausgebufft wie ein alter Hase.

»Was wollt ihr denn, dass ist eben meine Schule«, antwortete Hauptkommissar Habich immer stolz, wenn er darauf angesprochen wurde. Seit über vier Jahren bildeten sie ein Team, das bisher gut harmonierte und erfolgreich war.

»Meinen lieben Kollegen, Kommissar Rautner, kennen Sie ja schon.« Der Hauptkommissar deutete auf den Ankömmling.

Bei dem war heute alles andere als »fränkische Frohnatur« angesagt. Ohne großartig die Miene zu verziehen, begrüßte der lässig mit Jeans und Poloshirt bekleidete Kommissar die beiden. Seinen säuerlichen Blick von gestern Abend hatte er scheinbar mit in den neuen Tag hinübergerettet. Innerlich musste Habich über die Stimmung seines jungen Partners grinsen. Er wusste Bescheid über das, was Rautner die Laune verhagelte. Wer schiebt schon gerne am Wochenende Dienst, wenn eine neue Flamme wartet! Wegen des neuen Falls war sein Date am Samstagabend geplatzt.

Die Kollegen von der Streife hatten Habich direkt nach der Meldung des Leichenfundes informiert. Der wiederum hatte sofort seinen Partner aufgescheucht. Kurz nach den Kriminaltechnikern der Spurensicherung waren sie am Fundort der Leiche eingetroffen. Der erste Eindruck vor Ort war als trostlos zu bezeichnen. Mögliche Spuren waren zerstört, zertrampelt, verwischt oder vom Schnee bedeckt. So das Kurzresümee der »Spusi« gleich nach der Inaugenscheinnahme. Der Mediziner konnte wie üblich auch noch nicht viel sagen. Die Bestimmung der Todesumstände und des Zeitpunktes wurde durch die Witterungsbedingungen erschwert. So blieb den Kommissaren nicht viel mehr zu tun, als die beiden jungen Leute zu befragen. Da Vanessa und Luca am Montag in der Frühe wieder an der Uni sein mussten, hatten sie sich bereit erklärt, am Sonntagmorgen zum Protokoll nach Würzburg auf die Dienststelle zu kommen.

Die Vernehmung der beiden wurde getrennt voneinander durchgeführt. Rautner zog sich mit Vanessa ins Nebenzimmer zurück. Habich bot etwas zu trinken an, machte sich selbst eine Tasse Tee und widmete sich dann dem jungen Mann. Er war ein guter Zuhörer und ein genauso guter Beobachter.

Eine Stunde später waren die Protokolle fertig und das Pärchen entlassen. Der Hauptkommissar las sich die beiden Aussagen noch einmal durch. In der Zeit durchsuchte sein Kollege die Vermisstendatei nach der Toten. Er verglich das Bild der Leiche mit allen vorhandenen Vermisstenanzeigen. Zuerst national. Als es da keinen Treffer gab, erweiterte er die Suche international. Vergeblich, es wurde niemand gesucht, der zu dem Bild oder der Beschreibung passte.

»Die Tote wird nicht vermisst oder ihr Verschwinden ist noch nicht angezeigt«, bemerkte Rautner, nachdem der Suchlauf ohne Ergebnis endete.

»Hmm ...!« Theodor Habich unterbrach seine Lektüre. »Warten wir mal den Bericht der Spurensicherung und der Pathologie ab. Vielleicht haben wir Glück und die finden irgendetwas.«

»Was hältst du von den beiden Aussagen?«

»Die stimmen ziemlich genau überein. Ich glaube nicht, das die zwei etwas damit zu tun haben. Er war zum ersten Mal überhaupt bei der Hütte und kannte sie vorher gar nicht. Außerdem war er, bis auf einige Wochenenden mit der jungen Frau, noch niemals hier in unserer Gegend. Ein ausländischer Student, den es durch einen privaten Kontakt hierherverschlagen hat. Mein Gefühl sagt mir, dass es keine Verbindung zu dem Opfer gibt. Bei ihr kann ich es mir auch nicht vorstellen. Wenn sie etwas damit zu tun hätte, wäre sie sicher nicht in die Hütte gegangen und hätte ihren Freund noch zum Holzholen geschickt. Das wäre dann doch schon sehr abgebrüht. Nein ... nein, das ist nicht auf deren Mist gewachsen. Trotzdem werden wir sie zur Sicherheit routinemäßig überprüfen lassen.« Er schlug die Akten zu und erhob sich. »Genießen wir noch den Rest unseres Sonntags.«

»Haha, du Witzbold, was gibt's da noch zu genießen.«

»Weiß ich nicht! Immerhin haben wir noch einen halben Tag und eine ganze Nacht. Also mach was draus ... und Tschüss.« Mit diesen Worten ließ Habich den Kollegen im Dienstzimmer stehen.

*

Mit dem Bild der Toten fuhren die beiden Kommissare am Montagmorgen hinaus nach Iphofen. Ihr Weg führte sie zur Familie Petzold. Schließlich war es ihre Jagdhütte, und irgendwo mussten Habich und sein Kollege mit den Ermittlungen ansetzen. Ein prächtiger Anblick erwartete sie, als sie auf das mittelalterliche Gehöft zusteuerten: eine gelungene bauliche Kombinationen aus Fachwerk und zweckmäßigen Neubauten. Zwischen Iphofen und Mainbernheim gelegen, war der Besitz über die Jahre immer weiter zum Winzerhof ausgebaut worden. Dabei hatte man Wert auf den Erhalt der alten Bausubstanz und die Integration des Neuen gelegt. Genauso, wie die ursprüngliche Gebäudeanordnung beibehalten wurde. Erstmals im 15. Jahrhundert urkundlich unter dem Namen »Falkenmühle« erwähnt, befand sich das Anwesen schon seit fast dreihundert Jahren im Besitz der Familie.

Durch einen mächtigen gemauerten Rundbogen fuhren sie in den Innenhof. Christoph Rautner parkte den Wagen vor dem Fachwerkhaus. Die Kommissare schauten sich um. Der erste Eindruck wurde innerhalb des Anwesens noch verstärkt. Alles war blitzsauber und schmuck hergerichtet.

In den Büroräumen des Weingutes trafen sie auf die beiden Chefs, Georg und Thomas Petzold. Beide redeten abwechselnd, ein dritter Mann hörte zu, nahm Anweisungen entgegen und nickte immer nur. Dabei ging es um irgendwelche Arbeitsplanungen für die neue Woche. Thomas Petzold wandte sich den beiden Ermittlern zu. Mit einem Fingerzeig bat er um einen Moment Geduld. Vanessas Vater hatte die zwei Kommissare schon am Wochenende kennengelernt. Nach dem Anruf seiner Tochter war er sofort zur Hütte gekommen. Dort war er mit den Beamten zusammengetroffen. Während die Besucher sich umschauten, beendeten die drei ihre Besprechung. Der Mitarbeiter schickte sich an, den Raum zu verlassen.

»Entschuldigen Sie, kennen Sie die Frau auf dem Bild?« Habich stellte sich dem Mann in den Weg und hielt ihm das Foto vor die Nase. Perplex darüber, so unverhofft angesprochen zu werden, warf der nur einen flüchtigen Blick darauf.

»Äh ... was?«

»Ich wollte wissen, ob Ihnen das Gesicht bekannt vorkommt«, sagte der Hauptkommissar freundlich.

»Ist das die ... die Tote?«, schluckte der Mann und sah hilfesuchend zu seinen Chefs.

»Ja, das ist die tote junge Frau aus der Hütte.«

Das bleiche Antlitz mit den geschlossenen Augen schockierte den Betrachter. Doch auch im Tod war auf dem Bild ihre Schönheit unverkennbar. Sie sah so friedlich aus, als wenn sie schlafen würde.

»Nein ... nein, natürlich nicht«, kam die schnelle Antwort. Man merkte ihm an, das er sich bei der Befragung unwohl fühlte.

»Okay, danke!«, nickte der Hauptkommissar. Augenblicklich verschwand der Mann aus dem Zimmer. Einen Moment blickte Habich nachdenklich auf die geschlossene Tür. Dann wandte er sich an die beiden Petzolds: »Wer war das?«

»Unser Lagermeister, Herbert Wellmann. Kümmert sich um Bestellungen, Verpackung, Transport und Versand. Er ist seit 41 Jahren bei uns im Betrieb. Hat bei unseren Vätern als Winzerlehrling angefangen«, antwortete Georg.

»Wie sieht es mit Ihnen aus? Kommt Ihnen das Gesicht irgendwie bekannt vor?« Dabei zeigte er das Foto abwechselnd den beiden Männern.

»Nein!« Thomas schüttelte sofort den Kopf. »Grauslig! Wer macht so was?«

Sein Cousin schaute etwas länger in das schlanke bleiche Angesicht mit dem hellbraunen kurzen Haar.

»Eine hübsche Frau, aber ich kenne sie bedauerlicherweise auch nicht«, verneinte Georg ebenso.

»Was glauben Sie, warum hat man die Leiche gerade in Ihrer Hütte versteckt?«, ließ Habich nicht locker.

»Vielleicht hat der Täter die Unterkunft gekannt. Dann könnte es Absicht gewesen sein, vielleicht nur purer Zufall«, überlegte Thomas

»Beides möglich. Aber irgendwann musste er doch mit einer Entdeckung der Leiche rechnen. Die Hütte wird doch von Ihrer Familie noch benutzt, oder?«

»Na ja, eigentlich schon, aber leider nur sehr wenig. Früher war öfters jemand draußen. Ich habe mir damals mehr Zeit genommen. Mein Cousin Georg genauso. Im Winter fährt Georg nur zum Füttern des Wildes hin. In dem Schuppen war schon lange keiner mehr. Das Holz liegt schon mindestens vier Jahre dort«, klärte Thomas die Kommissare auf.

»Ich gehe davon aus, dass alle Ihre Angestellten die Hütte kennen.«

»Ja, wir haben dort schon mal ein Betriebsfest gefeiert.«

»Wer kennt sie noch?«

»Verwandte ... Freunde ... Bekannte.« Thomas hob hilflos die Arme beim Aufzählen. »Vermutlich der halbe Ort und mehr. Ich weiß es wirklich nicht?«

»Können wir mit Ihrer Familie und Ihren Mitarbeitern reden?«

»Aber klar doch, tun Sie sich keinen Zwang an.«

»Wir bräuchten eine Aufstellung Ihres Personals.«

»Kein Problem, können Sie haben.« Georg Petzold ging ins Nachbarzimmer an den Computer. Kurz darauf hörte man einen Drucker arbeiten. Dann kam er zurück und händigte ihnen eine Liste sämtlicher Mitarbeiter aus. »Da sind sogar die Helfer drauf, die nur ab und zu, saisonbedingt, für uns arbeiten.« Er erklärte den Beamten, wo sie wen finden konnten.

Habich blieb im Weingut, um sich dort umzuschauen. Alle, die heute Dienst taten, erledigten im Moment Arbeiten im Haus. Draußen in den Weinbergen befand sich derzeit niemand. Rautner suchte die Mitarbeiter auf. Doch keiner der Befragten kannte die Frau oder wollte sie kennen. Ergebnislos machten sich die Kommissare am späten Nachmittag auf den Heimweg.

*

Im Laufe des nächsten Vormittags erhielten sie die Berichte der Spurensicherung und der Gerichtsmedizin. Rautner musste den Morgen allein im Büro verbringen. Habich hatte sich heute früh überraschend zum Zahnarzt abgemeldet. Ein Weisheitszahn machte dem Hauptkommissar mehr Ärger, als ihm lieb war. So hatte Rautner Zeit und Ruhe, um sich den neuen Unterlagen zu widmen. Ausführlich las er die Ergebnisse der Kollegen. Kurz vor Mittag ging die Tür auf und ein mitleidvoll aussehender Kollege betrat das Zimmer. Rautner hob den Kopf und sah sofort die leichte Wölbung der rechten Wange.

»Oh weh, gebohrt oder gezogen?«

»Gezogen«, kam die etwas undeutliche Antwort. Habich hatte noch die Kompresse im Mund.

»Warum bleibst du nicht zuhause?«

»Da geht's mir auch nicht besser. Hier bin ich abgelenkt. Außerdem wirken die Tabletten.« Mit dem Finger deutete er auf die Akten in der Hand seines Kollegen. »Sind die Berichte da?«

»Ja, heute früh gekommen.«

»Und was steht drin?«

Rautner warf die Papiere demonstrativ in die Aktenablage. Dann lehnte er sich im Bürostuhl zurück und verschränkte die Arme hinter dem Kopf. »Nichts, nichts ... und noch mal nichts!«

»Wie ... nichts? Das ist doch nicht möglich. Irgendetwas finden die doch immer«, sagte Hauptkommissar Habich ungläubig.

»Laut Spurensicherung gibt es keine verwertbaren Spuren. Das Vorhängeschloss wurde geknackt, um in den Schuppen zu kommen. Fingerabdrücke sind Fehlanzeige. Wenn es welche gab, hat sie der junge Mann fein säuberlich vernichtet. Mit Fuß- und Reifenabdrücken ist es das Gleiche. Die Folie, in die die Tote eingewickelt war, ist Massenware. Wird bei vielen größeren Weingütern und auch sonst im gewerblichen Bereich häufig zum Einpacken oder Einschweißen verwendet. Im Schuppen und an der Leiche selbst haben wir auch nichts gefunden. Bei den Kleidern und beim Schal ebenfalls kein Ergebnis. Mit dem Schal wurde sie erwürgt. Das bestätigt auch die Gerichtsmedizin. Der Tod trat vor rund acht bis neun Tagen ein. Genauer lässt sich die Todeszeit aufgrund der Witterung und anderer örtlicher Umstände nicht einschränken. Seitdem scheint sie dort gelegen zu haben. Ihr Alter schätzt der Pathologe auf Mitte bis Ende dreißig. Papiere, Handy oder was sonst auf ihre Identität schließen ließe, gibt es nicht. Der Abgleich von Fingerabdrücken und DNA ergab auch keinen Treffer. Kurzum, die Tote ist ein ›Geist‹«, beendete Christoph Rautner seine Zusammenfassung. »Nein, halt, nicht ganz. Etwas Auffälliges gibt es schon. Ihre Kleidung an sich. Es sind alles Markenklamotten, die ein paar Euro gekostet haben müssen.« Er holte sich den Bericht noch mal bei und las darin. »Hier steht es. Die Stiefel von *Ammann*, Designerjeans von *JBrand*, ihre Jacke von *Madeleine* und so weiter. Alles Modelabels im oberen Preissegment. Noch etwas! Da, wo man Etiketten an der Kleidung fand, war die Schrift teilweise auf Englisch, Italienisch oder Französisch. Vielleicht kam sie gar nicht von hier oder aus Deutschland. Womöglich war sie viel auf Reisen. Auf jeden Fall scheint die Lady nicht arm gewesen zu sein«, ergänzte Christoph seinen Kurzbericht.

»Na siehst du, das ist doch was. Da kann man doch nicht von ›nichts‹ reden.« In dem Augenblick, als Habich den Satz beendet hatte, klingelte das Telefon. Er griff nach dem Hörer. Rautner war schneller und hob ab.

»Wir sollen zum Chef. Er möchte Informationen über den Fall haben«, meinte er und erhob sich.

Kriminaloberrat Schössler ließ sich von seinen beiden Ermittlern ins Bild setzen. Gemeinsam beschlossen die drei, bis Ende der Woche zu warten. Sollte bis dahin noch keine Identität feststehen, wollte man sich an die Medien wenden.

»Also, Theo, was wollen wir jetzt als Nächstes unternehmen?«, fragte Christoph Rautner auf dem Rückweg vom Chef neugierig.

Der Gefragte kratzte sich am Kopf, ohne gleich zu antworten. Erst in ihrem Büro deutete er auf eine Liste, die auf dem Tisch lag. »Hier sind alle Mitarbeiter des Weingutes aufgeführt. Außerdem die Namen der Familienmitglieder. Lass uns mal alle checken.«

»Suchen wir nach etwas Speziellem?«

»Nein, eigentlich nicht. Na ja, eben die übliche Überprüfung: Vergangenheit, Finanzen, Freunde, Bekannte und was wir noch so alles in Erfahrung bringen können.

»Du glaubst, dass es kein Zufall war mit der Jagdhütte. Hab ich recht?«

»Es ist nur ein Gefühl, aber sicher bin ich mir nicht. Wenn unser Opfer tatsächlich vermögend war, dann geht es womöglich um Raub oder einen Überfall. Vielleicht um eine missglückte Erpressung. Solange wir nichts wissen, ist vieles möglich und alles nur Vermutung.«

Der junge Kommissar lachte. »Jetzt willst du aber nicht ernsthaft behaupten, dass einer vom Weingut damit zu tun haben könnte?« Dabei wedelte er mit Petzolds Liste. »Ich halte die alle für harmlose Landeier.«

»Schon möglich, dass du richtig liegst, Chris. Nur wir sollten es beweisen können oder uns davon überzeugen.«

»Okay, dann lass uns anfangen.«

Jahrzehnte zuvor

Ein traumatisches Erlebnis

Sonntag, 7. Juli 1974, 16 Uhr. Anstoß zum Endspiel der Fußballweltmeisterschaft zwischen Deutschland und Holland. Nicht jeder hatte zu jener Zeit einen Farbfernseher und konnte das Spiel in bunten Bildern genießen. In der »Falkenmühle« war man schon so modern.

Mit ihren vier Freunden Michael Glaser, Tobias Rodenstern, Manfred Täuber und Holger Bongartz sahen sich die Cousins Thomas und Georg, damals 17 und 18 Jahre alt, das Spiel im elterlichen Anwesen an. Es kam den Jungs zugute, das beide Väter kein Interesse an dem runden Leder zeigten. Somit waren die sechs Fußballfans unter sich.

Mit zunehmender Spieldauer wurde die Stimmung immer prächtiger. Klar, zur Halbzeit führte man schließlich. Schon da gab es ausführlichen Gesprächsstoff: die beiden Elfmeter, das Führungstor von Gerd Müller, der Freistoß von Beckenbauer. Die Abwehrschlacht in der zweiten Hälfte gegen die »Käsköppe«, wie die Jungs die Gegner nannten, wurde zur nervlichen Zerreißprobe. Bei jeder brenzligen Situation ließen die sechs »Fußballexperten« ihren Sachverstand in das Geschehen auf dem Spielfeld mit einfließen. Letztendlich war es beim Abpfiff geschafft. Mit Glück und Geschick hatte das Team um Bundestrainer Helmut Schön den knappen Vorsprung verteidigt. Deutschland war Weltmeister und die Burschen aus dem Häuschen.

Nach dem Ende des Spiels landeten die beiden Petzold-Jungen mit ihren Kameraden in der eigenen Probierstube, wo der Sieg ausgiebig begossen wurde. Gab es am Anfang beim Spiel noch Schorle – mit Wasser verdünnten Wein –, so wurden später daraus Schoppen pur und zur Feier des Tages auch das eine oder andere Gläschen Spätlese. Der Alkohol zeigte sehr bald deutliche Wirkung und die Stimmung wurde immer ausgelassener. Die Sprüche lauter, der Mut größer und die Witze dreckiger.

Zwei Stunden später beschlossen die Freunde, ins Städtchen zu gehen. Vielleicht gab es dort Gleichgesinnte, die auch noch am Feiern waren. Eigentlich war der Alkoholpegel schon hoch genug, nur hätte das nie einer von ihnen zugegeben. Schließlich waren sie »ganze Kerle« und keiner wollte sich die Blöße geben, an so einem Tag als Erster nach Hause zu gehen.

Thomas, noch der Nüchternste und Vernünftigste unter ihnen, verließ kurzzeitig die Runde. Er hatte von seinen Eltern den Auftrag, aufzupassen, ob und wann seine jüngere Schwester nach Hause kam. Sein Verantwortungsbewusstsein war trotz des Alkoholgenusses noch intakt. Also ging er rüber ins Wohnhaus, um nach Martina zu sehen. Sie war noch nicht da. »Der Teufelsbraten kommt wieder mal zu spät. Gerade heute, wo ich auch noch was vorhabe«, ärgerte sich Thomas. Derweil sonderte sich Holger ab. Ohne dass die anderen etwas merkten, verschwand er sturzbetrunken auf der Toilette. Keinem schien sein Fehlen aufzufallen. Genauso wenig, wie man Thomas vermisste. Der Rest der Clique machte sich auf und wählte den Weg durchs Lager. Von dort gelangte man durch eine stets offene Hintertür über Wiesen und Felder querfeldein nach Iphofen. Eine Abkürzung, die nur Insider kannten.

Genau zu dem Zeitpunkt lief seine Schwester auf gerade

diesem Weg in ihr Unglück – nämlich genau in die Arme der betrunkenen Horde. Während Thomas seine Schwester im Haus suchte, trafen Georg, Michael, Tobias und Manfred im Lager auf Martina, die sich ins Haus schleichen wollte. Wie schon des Öfteren hatte sie mit ihren vierzehn Jahren wieder mal die Zeit überschritten. Oder anders ausgedrückt: geschickt die Abwesenheit der Eltern ausgenutzt. Der lebenslustige hübsche Teenager nahm es diesbezüglich mit den Anweisungen der Erwachsenen nicht so genau. Ihr Bruder als Aufpasser stellte da kein Hindernis dar. Den wickelte sie problemlos um den Finger. Eigentlich hätte sie schon vor einer Stunde zu Hause sein sollen. So kreuzten sich die Wege des Mädchens und der vier Jungen. Nichtsahnend bog sie um die Ecke eines Regals und stand vor den vieren. Sie hatte schon vorher ihre Stimmen gehört, ihren alkoholisierten Zustand aber nicht erkannt. Sonst wäre sie den Jungen vielleicht ausgewichen.

»Ja wen haben wir denn da«, grinste Michael anzüglich, »das ist doch die kleine Tina!«

»Ein verdammt hübsches Ding. Ist mir noch gar nicht so aufgefallen«, mischte sich Tobias ein. Demonstrativ blickte er an ihr herab. Größe, Statur und weibliche Formen ließen sie gut und gern zwei Jahre älter erscheinen. Dazu das offene schulterlange blonde Haar und die blauen Augen. Ihr Anblick hob sich durchaus positiv ab von dem ihnen bekannter Mädchen. Das schien auch Tobias trotz seines benebelten Zustandes zu erkennen. Er und Michael traten dicht an Martina heran.

Schon nach den wenigen Sätzen hatte die kapiert, dass mit den Jungen etwas nicht stimmte. Noch klarer wurde es ihr, als sie den Alkoholdunst wahrnahm. Das machohafte Getue und den schwankenden Gang kannte sie nur zu gut. Es waren nicht die Ersten, die sie mit einem Weinrausch erlebte. Schließlich war sie die Tochter eines Winzers. Sie hatte schon manche, na sagen wir mal, ausgiebige Weinproben mitbekommen.

»Was wollt ihr von mir? Lasst mich in Ruhe!«, sagte sie genervt.

Sie kannte die Freunde ihres Bruders und Cousins zumindest vom Sehen her. Viel mit ihnen zu tun hatte Martina nicht. Ihr Umgang mit Jungs hielt sich noch in Grenzen und diese Jungen hätten im Falle eines Falles eh nicht dazugehört. Sie waren ihr zu großkotzig und überheblich. Daher wurde sie jetzt schon ein bisschen unsicher, als die vier ihr den Weg versperrten. So langsam ging ihr der Spaß ein wenig zu weit.

»Georg, was soll der Blödsinn. Ich muss ins Haus. Bin sowieso schon wieder zu spät dran«, wandte sie sich an ihren Cousin. Sie ließ sich nichts von ihrer aufkommenden Unsicherheit anmerken.

Georg hob nur die Schultern und antwortete mit schwerer Stimme: »Ist eh keiner da. Sind alle ausgeflogen.«

»Siehst du! Also lass uns noch was unternehmen!« Michael nahm sie bei den Händen und vollführte einige Tanzschritte, die aber völlig misslangen. Lachend klatschten sich die drei anderen auf die Oberschenkel. Gleich darauf versuchte Tobias seinen Arm um ihre Taille zu legen. Nun wurde es ihr zu bunt. Martinas erneute Aufforderung, sie in Ruhe zu lassen, ignorierten alle. Ein hilfesuchender Blick zu Georg nützte auch nichts. Ihr Cousin hielt sich zwar zurück, tat aber nichts, um ihr beizustehen. Schließlich wandte sie sich ab, um den Zudringlichkeiten zu entgehen. Der direkte Weg zum Ausgang war ihr durch das stark angeheiterte Grüppchen versperrt, also musste sie einen Umweg laufen. Die Jungs folgten ihr lachend und grölend. Unbehagen begann sie zu packen und sie fing zu rennen an. Sie war schneller und flinker als die betrunkenen Halbstarken. Eine nicht aufgeräumte Holzkiste im Gang wurde ihr aber zum Verhängnis. Sie sah das Hindernis zu spät, kam ins Stolpern und schlug unglücklich mit dem Kopf gegen eine Palette voller Weinkartons. Bewusstlos brach sie zusammen.

Der Aufprall war so heftig gewesen, das es fast eine halbe Stunde dauerte, ehe sie wieder zu sich kam. Irgendetwas stimmte ganz und gar nicht. Das spürte sie sofort durch die langsam schwindende Benommenheit. Die Gedanken noch nicht wieder ganz klar und der Blick noch etwas benebelt, nahm Martina weiter vor sich eine Bewegung wahr. Sie registrierte eine Gestalt, die gleich darauf um die Ecke verschwand. Wer das gewesen war, hatte sie nicht erkennen können. Nicht nur ihr Kopf schmerzte extrem. Viel unangenehmer waren die Schmerzen im Unterleib. Langsam schaute sie an sich herunter. Schockiert stellte sie fest, dass sie untenherum nackt war. Schuhe, Hose und Unterhöschen lagen achtlos hingeworfen neben ihr. Ihr Schreck wurde noch größer, als sie an den Innenseiten ihrer Oberschenkel geringe Spuren von Blut erblickte. Der Anblick und die Schmerzen ließen sie verzweifeln. Die Anzeichen waren deutlich und die Erkenntnis traf sie wie ein Blitz.

»Vergewaltigung«, schoss es ihr durch den Kopf. »Ich bin vergewaltigt worden«, schrien die Gedanken. Zuerst war sie wie paralysiert, dann wurde sie panisch. Automatisch und unbewusst zog sie sich an. Mit den Schuhen in der Hand lief sie los. »Nur raus hier«, war das Einzige, was ihr pochendes Hirn signalisierte. Ihr Bedürfnis nach schützenden Armen und beruhigenden Worten wurde immer stärker. Aufkommende Tränen nahmen ihr teilweise die Sicht, als sie durch das Lager rannte. Es war niemand zu sehen. Keiner begegnete ihr, um ihr zu helfen oder sie zu trösten. Obwohl sie schon Hunderte Male hier durchgelaufen war, kam ihr plötzlich alles verwirrend und fremd vor. Endlich erreichte sie den Ausgang der Halle.

Ohne die Tür zu schließen, rannte sie barfuß über den Hof. Im Haus rief sie nach ihrer Mutter. Keine Antwort. Ach herrje! Natürlich, Georg hatte ja angedeutet, das niemand da sei. Klar, es war ja Sonntag. Seit Jahren schon war es eine Tradition ihrer Eltern, zusammen mit Onkel Heinrich und seiner Frau auszugehen. Als Geschäftsleute mussten sie sich hier und da sehen lassen, hin und wieder gesellschaftliche Verpflichtungen erfüllen oder bei ihrer Weinkundschaft in der Gastronomie vorbeischauen. Die Großeltern waren auch nicht da. Großmutter lag im Krankenhaus und Opa war beim sonnabendlichen Schafkopf.

Sie dachte an Thomas, ihren Bruder und ihre letzte Hoffnung. Martina riss ein Fenster auf und rief seinen Namen laut in den sommerlichen Abend hinaus. Keine Antwort! Rund um das ganze Anwesen war es friedlich und still. Erneut schossen dem jungen Mädchen Tränen ins Gesicht angesichts ihrer Hilflosigkeit. An wen konnte sie sich wenden? Die knapp eineinhalb Kilometer bis ins Städtchen laufen? Nein! Die Geborgenheit des Hauses wollte sie nicht verlassen. Also warten, bis jemand nach Hause kam.

Martina verkroch sich in ihrem Zimmer. Mit den Armen zog sie die angewinkelten Beine fest an den Körper, den Kopf legte sie auf die Knie. War es wirklich passiert? Angst und Ungewissheit zerrten an ihr. So saß sie stundenlang auf dem

Bett, weinend und schluchzend. Irgendwann hatte sie keine Tränen mehr und sich müde geweint. Langsam kam sie zur Ruhe und legte sich hin. Trotz der Kopfschmerzen durch den Aufprall schlief sie erschöpft ein. Ihre Mutter fand sie mit den Kleidern auf dem Bett liegend, als sie bei der Rückkehr nach ihrer Tochter sah. Bemühungen, sie zu wecken, schlugen fehl. Kopfschüttelnd deckte ihre Mutter sie zu.

»Tina, was ist los mit dir. Du kommst zu spät zur Schule!« Mit diesen Worten kam ihre Mutter am nächsten Morgen ins Zimmer gepoltert. Ein wenig irritiert schaute sie auf ihre Tochter. Die lag immer noch im Bett und machte auch keine Anstalten aufzustehen.

»Bist du krank?«, kam die eher sachliche als besorgte Frage.

»Ja!«, war die leise Antwort unter der Zudecke hervor. »Ich kann heute nicht zur Schule.«

»Und was hast du?«, erkundigte sich Tinas Mutter.

»Kopf- und Magenschmerzen.« Das war nicht einmal gelogen. Sie hatte Schädelbrummen, ihr war schwindelig und übel dazu. Vermutlich die Auswirkungen der Kollision zwischen ihrem Kopf und den Weinkartons.

»Brauchst du einen Doktor?«

Als Antwort kam nur ein Brummen, das sich wie ein »Nein« anhörte.

Mutter Klara stand einen Moment unschlüssig da.

»Okay, dann bleib im Bett und kuriere dich aus. Ich ruf gleich in der Schule an. Johanna soll nachher mal nach dir sehen«, entschied sie. Johanna war die Haushaltskraft, die jeden Vormittag kam, das Haus in Ordnung hielt und fürs Mittagessen sorgte.

»Nein, ich will niemanden sehen«, hörte Klara ihre Tochter sagen. Zaghaft lugte sie unter der Decke hervor. »Mama, kann ich dir was erzählen?«

»Kind, können wir das auf heute Abend verschieben? Ich muss dringend ins Büro, es wartet viel Arbeit auf mich«, sagte sie geschäftig und war schon im Begriff zu gehen. Daher konnte sie nicht die völlig rot verheulten Augen ihrer Tochter sehen, die unter der Bettdecke hervorlugten. Resigniert zog Martina die Decke wieder übers Gesicht. Sekunden später hatte ihre Mutter das Zimmer verlassen. Seufzend ergab sich das Mädchen in ihr Schicksal. Nicht, dass Klara eine Rabenmutter war, aber sie setzte Prioritäten. Sie war eine liebevolle fürsorgliche Mutter. Mehr denn je, als die Kinder klein waren. Jetzt wo sie größer wurden, galt ihre Aufmerksamkeit mehr dem Geschäft.

Normalerweise war das auch kein Problem, weil beide Kinder sehr selbstständig waren. Thomas mit seinen 17 Jahren sowieso. Er absolvierte gerade bei der ansässigen Gebietswinzergenossenschaft seine Lehre zum Winzer. Die gleiche selbstständige Art zeigte Martina mit ihren 14 Jahren auch schon. Nur in ihrem aktuellen Gemütszustand nützte ihr das wenig.

Jetzt wäre eine Mutter wichtig gewesen, die Zeit hätte und zuhören könnte. Vielleicht hätte sie heute hartnäckiger sein müssen. Leider gehörten »hätte, wenn und aber« der Vergangenheit an und waren schon zur Tür hinaus. Mit Johanna konnte und wollte sie nicht darüber reden. Das war ihr dann doch zu persönlich und zu intim. Auch ihr Bruder war für das Thema nicht der richtige Gesprächspartner. Also blieb Martina nichts anderes übrig, als bis zum Abend zu warten. Sie blieb den ganzen Tag im Bett, ohne einen Bissen zu sich zu nehmen. Abends, als ihre Mutter nach ihr sah, war sie schon wieder eingeschlafen.

Drei Tage verstrichen auf diese Weise und damit auch die Gelegenheiten, mit der Mutter zu reden. Klara sah jeweils nur ganz kurz nach ihrer Tochter, akzeptierte deren Unpässlichkeit und war für den Rest des Tages verschwunden.

Allmählich ließen Martinas Schmerzen an Körper und Seele nach. Die leichte Schwellung an der Schläfe war fast verschwunden und der Rest wurde verdrängt.

Schließlich arrangierte sie sich gedanklich mit dem Geschehenen und entschloss sich, kein Wort mehr darüber zu verlieren. Wen hätte sie auch beschuldigen sollen ohne Beweise? Sie war bewusstlos gewesen und hatte nichts mitbekommen. Natürlich fiel ihr größter Verdacht auf die vier Jungs. Die waren ihr letztendlich gefolgt, oder etwa nicht? Sonst hatte sich doch zu der Zeit niemand auf dem Gehöft aufgehalten. Wer war die Gestalt gewesen, die sie noch im letzten Moment gesehen hatte?

Martina wirkte von dem Tag an schweigsamer und innerlich reifer. Das zweite Ereignis, das sie wieder an den besonderen Tag erinnern sollte, traf sie einige Wochen später. Erneut kam Verzweiflung in ihr auf: Ihre Periode war schon fast vierzehn Tage überfällig. Diesmal kam sie nicht umhin, sich ihrer Mutter anzuvertrauen. Deren erste Reaktion war betretenes Schweigen. Von dem, was Wochen zuvor vorausgegangen war, erzählte Martina aber noch nichts.

»Gibt es da etwas, was wir wissen sollten?«, erkundigte sich ihre Mutter mit böser Vorahnung. »Wenn sich meine Befürchtungen bewahrheiten, bist du uns sowieso eine Erklärung schuldig.«

Schluchzend sprudelte es jetzt aus dem Mädchen heraus. Ohne sie einmal zu unterbrechen, hörte ihre Mutter zu. Ein tiefer Seufzer war ihr einziger Kommentar zu dem gerade Gehörten. Wortlos nahm Klara ihre blasse Tochter in den Arm.

Ihre Frage »Kind, warum hast du nicht früher was erzählt?« ließ Martina unbeantwortet.

Der Arzttermin drei Tage später brachte die Gewissheit. Martina war schwanger. Vater Wilhelm wurde am gleichen Abend von seiner Frau schonend darauf vorbereitet. Ohne viele Worte versuchte er den Bericht seiner Frau zu verarbeiten. Trotz der unerfreulichen Tatsache blieb er sachlich und ruhig. So kannte Klara ihren Mann. Immer einen kühlen und klaren Kopf bewahren, obwohl es innerlich bei ihm sicherlich anders aussah.

Drei Tage lang machte er sich Gedanken, ohne groß ein weiteres Wort zu verlieren. Dann war seine Entscheidung gefallen. Überraschenderweise versammelte er am darauffolgenden Wochenende die gesamte Familie. Das bedeutete, dass neben Thomas auch sein Bruder Heinrich mit Frau und Sohn Georg anwesend waren.

»Georg«, wandte Martinas Vater sich an seinen Neffen, »erinnerst du dich noch an den Sonntag, als ihr hier bei uns Fußball mit euren Freunden geschaut habt?«

»Ja klar, da ist Deutschland Weltmeister geworden.«

»Was habt ihr nach dem Spiel gemacht?«

»Wir haben noch ein bisschen gefeiert«, antwortete der Neffe verwundert.

»Soso, also ein ›bisschen gefeiert‹ habt ihr noch«, wiederholte Onkel Wilhelm mit besonderer Betonung.

»Was soll das, was ist eigentlich los? Ist das hier ein Verhör?«, erkundigte sich Georg und blickte irritiert in die Runde.

»Das würde ich aber auch gern mal wissen«, hakte sein Vater nach.

»Dazu komme ich gleich.« Martinas Vater hob beschwichtigend die Hände. Unbeirrt richtete er erneut eine Frage an Georg. »Kannst du dich noch an alles erinnern, was bei eurer Feier geschah?«

»Na ja«, meinte er zögernd, »wir hatten alle gut getrunken. Warum fragst du nicht Thomas, der war doch auch dabei.«

»Gleich!«

»Seid ihr auch im Lager gewesen?«

Einen Moment lang musste Georg überlegen, bevor er nickte. »Soweit ich mich entsinne, sind wir hinten durchs Lager hinaus, weil wir noch mal in den Ort wollten.«

»Thomas, warst du da mit dabei?«, wollte Wilhelm wissen und blickte seinen Sohn durchdringend an.

Der schüttelte den Kopf. »Ich bin währenddessen nach drüben ins Haus, um zu sehen, ob Tina schon zuhause war. Als ich zurückkam, war keiner mehr da. Bei meiner Suche nach den Jungs habe ich Holger getroffen. Irgendwie schien er verwirrt und planlos umherzuirren. Wahrscheinlich hat er in seinem Rausch den Ausgang gesucht und nicht gefunden«, grinste er schwach bei der Erinnerung daran. »Ich habe ihn dann nach Hause bugsiert. Dabei sind wir vorne raus. Der Weg durchs Lager war mir zu umständlich. Ganz schöne Schwerstarbeit, den Kerl bis in die Stadt zu schleppen.«

»Lässt du jetzt endlich mal die Katze aus dem Sack?«, mischte sich Georgs Vater wieder ein.

»Eine letzte Frage noch an Georg, bevor ich euch sage, um was es geht. Was ist im Lager vorgefallen?«

Von den anderen unbemerkt, zuckte der kurz zusammen

und wurde eine Nuance fahler im Gesicht. »Onkel, was meinst du damit?«

»Das mit Tina!«

»Ach das!« Georg schluckte und wurde noch nervöser. »Michel und Manni haben sie etwas geärgert und angemacht.«

»Sonst war nichts?«, fragte Wilhelm und blickte seinen Neffen durchdringend an.

»Verdammt, Wilhelm, was ist denn überhaupt los?«, platzte sein Bruder nun endgültig dazwischen. »Welchen Grund gibt es für dich, meinem Jungen solche Fragen zu stellen?«

Ruhig und ernst schaute Wilhelm ihn an. »Meine Tochter ist an dem Tag in unserem Lager vergewaltigt worden!«

Schlagartig herrschte betretenes Schweigen. Ausführlich schilderte er kurz darauf das, was er selbst wusste, um Martina den Auftritt zu ersparen.

Nach seiner Schilderung des Ereignisses war es still in der Stube. Betroffene Gesichter bei denen, die davon noch nichts gewusst hatten.

»Also, Georg, nachdem ihr nun alle Bescheid wisst, frage ich dich noch mal. Geschah noch mehr als nur Ärgern und Anmachen?«

»Oh Mann ...! Ich weiß nicht so richtig ...«, stotterte Georg fast weinerlich, »... es war jeder gut drauf. So genau kann ich mich gar nicht mehr erinnern. Nee ..., aber so was hat keiner von uns gemacht.«

»Bist du dir sicher oder glaubst du es nur?«

»Ach, Scheiße, wir waren alle besoffen«, gab er unumwunden zu, »so ganz genau weiß ich das echt nicht mehr. Cousinchen, es tut mir ehrlich leid. Nur, das traue ich keinem von den Freunden zu, ganz zu schweigen von mir. Ich würde mich zu so was sicher nicht herablassen. Selbst in unserem damaligen Zustand ist das für mich nicht vorstellbar«, richtete er die letzten Sätze direkt an Martina. Das Bedauern in seiner Stimme klang echt.

»Ich werde mir die Jungen mal vorknöpfen, aber viel Hoffnung habe ich nicht, dass dabei was rauskommt«, gestand Martinas Vater mit ernster Miene. »Davon abgesehen möchte ich es nicht an die große Glocke hängen.«

»Was soll das heißen?«, fragte seine Frau entrüstet. »Willst du den Unhold davonkommen lassen?«

»Na, denkst du denn, dass sich was ändert, wenn wir zur Polizei gehen und Anzeige erstatten? Der einzige Unterschied ist, dass es dann jeder weiß und das Getratsche losgeht. Alle, die irgendwie beteiligt waren, kommen ins Gerede, ob schuldig oder unschuldig. Es schadet uns mehr, als das es was nützt. So sehe ich es wenigstens. Wenn die Jungen nichts mehr wissen, leugnen oder es tatsächlich nicht waren, wer bleibt dann? Es gibt keine Zeugen. Tina war bewusstlos und kann somit auch keine Aussage machen. Hast du einen vernünftigen Vorschlag dazu oder irgendjemand anderer hier im Raum?« Demonstrativ schaute er jeden an. Alle schüttelten den Kopf oder zuckten hilflos mit den Schultern.

»Und wie stellst du dir das mit Tina und dem Kind vor?«

»Diese Frage habe ich mir die letzten Tage auch oft gestellt.« Betont langsam und bedächtig wählte er die Worte. »Sie wird das Kind bekommen und ihre Schule zu Ende bringen.« Wieder hob er abwehrend die Hände, als er Zweifel in den Gesichtern sah. »Eine Abtreibung kommt nicht infrage. Das könnte ich weder mit meinem Gewissen noch mit meinem Glauben vereinbaren. Genauso unumgänglich ist der erfolgreiche Abschluss ihrer Schule. Tina ist eine gute Schülerin und wird das schaffen. Dennoch möchte ich sie aus der Schusslinie nehmen. Daher habe ich die vergangenen Tage viel telefoniert und mir was überlegt. Es gibt soziale Einrichtungen für solche Fälle. Dort können Minderjährige ungestört und abseits der Öffentlichkeit ihre Kinder bekommen und gleichzeitig die Schule beenden.«

»Papa!«, entfuhr es dem Mädchen.

»Jaja, ich weiß, dass es nicht einfach für dich wird. Glaub mir, es ist aber so das Beste. Du wirst dort gut betreut, bekommst Hilfe und kannst deinen Abschluss machen. Das könnten wir dir hier gar nicht so bieten, wie es notwendig wäre.«

Konsterniert blickte Martina ihren Vater an, als sie das hörte. Sie kam sich wie abgeschoben vor. Sie fühlte sich für etwas bestraft, was sie nicht hatte verhindern können. »Ich will nicht von zuhause weg.« Mit diesen Worten sprang sie auf und verließ fluchtartig das Zimmer. Erneut fehlten jedem der Anwesenden die richtigen Worte.

Fast ein bisschen schuldbewusst schaute Georg drein. Dabei war er doch felsenfest davon überzeugt, dass er nichts mit alledem zu tun hatte. Nach dem abrupten Abgang von Martina wollte keine Unterhaltung mehr aufkommen. Wilhelm schwor die Familie ein, nichts nach außen zu tragen. Mit den Worten, »Es könnte uns und unserem Geschäft schaden«, erreichte er sein Ziel.

Vielleicht, um sein Gewissen zu beruhigen, vielleicht, um sich einzureden, alles getan zu haben, nahm sich Wilhelm die drei Kameraden von Thomas und Georg noch mal zur Brust. Wie zu erwarten, kam nichts dabei heraus. Zerknirscht gestanden sie nur, sich nicht mehr so richtig erinnern zu können, schworen aber hoch und heilig, so etwas nie gemacht zu haben. Trotzdem konnte Wilhelm nicht sicher sein, dass sie die Wahrheit sagten. Bei den Jungen sorgte der Filmriss für Erinnerungslücken und damit für die fehlende Gewissheit der Unschuld. Auf jeden Fall verdonnerte er Michael, Tobias und Manfred dazu, ja die Klappe zu halten über das, was sie gehört hatten.

»Wenn ihr etwas weitererzählt, sorge ich dafür, dass ihr in Verdacht geratet. Dann könnt ihr euren guten Ruf und den eurer Eltern vergessen«, warnte er sie. Nie zuvor und nie wieder danach hatten die drei Burschen Wilhelm Petzold so erregt und energisch gesehen. Auf Ehr und Gewissen versprachen sie, kein Wort darüber zu verlieren. Damit nahm das Schicksal für Martina seinen Lauf. Ein letzter Versuch, den Vater umzustimmen, scheiterte kläglich. Nicht, dass er jemals streng gegen sie gewesen wäre. Nein, er hatte nie geschlagen, bestraft oder geschimpft. Nur seine Entscheidungen waren endgültig. Das musste sie in aller Deutlichkeit erkennen.

*

Michael Glaser und Tobias Rodenstern erhielten einen seltsamen Anruf. Ein Unbekannter behauptete, sie dabei gesehen zu haben, wie sie sich an dem Mädchen vergangen hätten. Mit dem Wissen um einzelne Details wie Personen, Zeit und Örtlichkeit klang seine Schilderung des Hergangs überzeugend und echt.

Da sich die beiden nicht mehr erinnern konnten, fühlten sie sich von vorneherein irgendwie schuldig. Ihre Unsicherheit und ihr schlechtes Gewissen nutzte der unbekannte Anrufer gekonnt aus. Er machte ihnen klar, dass es für sie viel zu verlieren gab. Nicht nur ihre Zukunft, sondern auch die

Existenz der Familie und des Geschäftes standen auf dem Spiel. Die Glasers führten ein Hotel und Rodensterns eine gutgehende Schreinerei.

Michael und Tobias erklärten sich zähneknirschend bereit, ein Schweigegeld zu zahlen. Keiner der beiden Kameraden ließ etwas nach außen hin über seine Probleme verlauten.

*

Am Wochenende darauf überschattete ein die ganze Stadt erschütterndes Ereignis auch die anstehenden Veränderungen im Hause Petzold. Beim »Gassigehen« fand frühmorgens ein Hund im Graben an der Stadtmauer den jungen Holger Bongartz leblos im Graben liegend. Der Hundebesitzer alarmierte sofort den Rettungsdienst, dieser wiederum die Polizei, da man nur den Tod des Jungen feststellen konnte. Bei der Untersuchung wurden mehrere Kopfverletzungen gefunden. Alle bis auf eine befanden sich im Gesicht. Genau diese eine am Hinterkopf war laut Arzt die tödliche Verletzung. Die anderen Wunden, verursacht durch Stürze oder Schläge, deuteten auf eine Auseinandersetzung oder einen Unfall hin. Verursacht worden war die tödliche Wunde durch einen Stein in doppelter Faustgröße, der noch blutverschmiert neben dem Toten gelegen hatte.

Die Tendenz der ermittelnden Beamten ging immer mehr in Richtung Unglücksfall, als man reichlich Alkohol im Blut des Toten feststellte. Von vorhergehenden Streitigkeiten des Opfers mit Dritten war nichts bekannt. Einen Raub wegen Geld oder Wertsachen schloss man daher von vorneherein kategorisch aus. Weitere Nachforschungen der Polizisten ergaben, dass der junge Mann an dem Abend zuvor in mindestens drei Gaststätten gesehen worden war. Das Unglück passierte vermutlich zu später Stunde im alkoholisierten Zustand auf dem Heimweg. So stand es zumindest im abschließenden Polizeibericht. Dennoch konnten die Beamten eine Fremdeinwirkung nicht gänzlich ausschließen. Zumindest wurde in dem Zusammenhang ein schriftlicher Vermerk festgehalten, dass die Möglichkeit bestand, es wie einen Unfall aussehen lassen zu wollen. Dafür gab es zwar kein Indiz, aber es war nicht unmöglich, das jemand bei dem Sturz nachgeholfen hatte in der Hoffnung, es wie einen unglücklichen Aufprall auf den Stein und damit wie einen Unglücksfall erscheinen zu lassen. Ein eindeutiger Unfall- oder ein möglicher Tathergang konnte nie ermittelt werden. Genauso wenig wie ein Verdächtiger oder Schuldiger festgestellt werden konnte.

Wie üblich wurden Stimmen laut, die so etwas schon hatten kommen sehen. Schließlich war der Junge in keinen »gutbürgerlichen« Verhältnissen aufgewachsen. Sein Vater hatte sich schon vor ein paar Jahren totgesoffen. Die Mutter versuchte seitdem, die Familie alleine durchzubringen. Obwohl die Wenigsten wussten, was sie tatsächlich für Anstrengungen unternahm, um sich und die vier Kinder zu ernähren, stand das Urteil fest. Somit wurde die Akte als »ungeklärter Todesfall« nie geschlossen. Zwei Menschen glaubten das wahre Geschehen des nächtlichen Ereignisses zu kennen. Aber keiner äußerte sich dazu. Tatsächlich wusste es aber nur ein Dritter, weil er der Mörder war.

*

Das Verhängnis hatte an besagtem Abend einen ganz anderen Verlauf genommen, als es je jemand hätte wissen oder ahnen können. Vorausgegangen war, dass der Erpresser sich zwischenzeitlich bei den beiden Jungen gemeldet und von jedem einen Betrag von 500 Mark gefordert hatte. Er bestellte die Jungen im Abstand von einer halben Stunde zu einem Ort außerhalb der Stadt. Am »Herrengraben«, einem ehemaligen Wehrgraben direkt unterhalb der Stadtmauer mit parallel verlaufendem Fußweg, sollte das Geld in einer Plastiktüte in einem Abfalleimer deponiert werden.

Eine Verkettung unglücklicher Umstände führte schließlich zu dem nächtlichen Ereignis mit tödlichem Ausgang.

Michael war für genau Mitternacht bestellt, um das Geld abzuliefern, Tobias eine halbe Stunde später. Nur konnte sich Michael nicht an die vorgegebene Zeit halten und erschien verspätet. Der Junge hatte sich beeilt und war leicht außer Atem. Er hielt seinen Arm so, dass er auf die Leuchtziffern seiner Uhr blicken konnte. »Oh Mann, fast eine halbe Stunde zu spät«, stellte er fest. Je näher er dem vereinbarten Punkt kam, umso langsamer wurden seine Schritte. Er betrat die hölzerne Brücke, die über den Graben auf den Fußweg führte. Bis zum Übergang beleuchtete eine Laterne die Umgebung einigermaßen gut aus. Dahinter wurde es in Richtung des Weges merklich dunkler. Irgendwo dort hing der Abfallkorb, wo er seine Tüte deponieren sollte. Er entfernte sich aus dem Lichtkegel der Laterne. Langsam gewöhnten sich seine Augen an die schlechtere Sicht. Mit einem mulmigen Gefühl ging er weiter. Angespannt lauschte er in die Dunkelheit hinein. Sein Blick ging dorthin, woher er gekommen war. Kam da nicht jemand auf dem gleichen Weg, den er vorher genommen hatte? Der Junge blieb stehen und schaute angestrengter.

Richtig! Genauso zögerlich, wie er zuvor, bewegte sich eine jugendlich schlanke Gestalt mit langsamen Schritten anscheinend auf das gleiche Ziel zu. Michael Glaser verharrte regungslos. Der andere schien ihn noch nicht bemerkt zu haben.

Michael kniff die Augen zusammen. »Ist das nicht ...? Das ist doch ...! Tobias ...! Ist er der Erpresser? Ich glaub es einfach nicht«, murmelte er vor sich hin.

Tobias verhielt sich derweil so wie sein Freund zuvor auch. Unsicher wanderte sein Blick hin und her.

»Tobias, was machst du hier?«, rief Michael laut.

Der Angesprochene zuckte zusammen. Erschrocken schaute er sich um. Dann erkannte er den Sprecher, der langsam näher kam.

»Ähh ... ich?«, stotterte Tobias wie ein ertappter Sünder,. »Das Gleiche könnte ich dich auch fragen«, konterte er schließlich.

»Ach Scheiße, ich soll hier Geld deponieren«, entschied Michael sich, die Wahrheit zu sagen.

»Ich auch«, sagte der junge Rodenstern erstaunt.

»Zeig mir die Kohle!«, forderte Michael.

»Hey, glaubst du mir vielleicht nicht?«, fragte Tobias zornig. Dann entschied er sich aber doch nachzugeben. Aus seiner Hosentasche zog er eine kleine Tüte, griff hinein und wedelte mit ein paar Scheinen. »Hier! Bist du nun zufrieden? Und was ist mit dir?«

»Sorry! Hier ist meins«, meinte Glaser kleinlaut und zeigte sein Geld.

»Was ist hier los?«

Hilflos hob »Michel«, wie er von seinen Freunden genannt wurde, die Schultern. »Ich weiß es doch auch nicht.«

Gegenseitig begannen sie sich den Grund ihres Hierseins zu berichten. So erfuhr einer vom Dilemma des anderen. Das war Verkettung Nummer eins. Das Zweite, was schieflief, war die Tatsache, dass sich genau zu dieser Stunde Holger Bongartz auf den Heimweg machte.

»Mensch Michel, schau mal dort!« Tobias boxte ihm gegen den Arm.

Michael folgte mit seinen Augen dem ausgestreckten Arm seines Freundes. Eine weitere Person nahm zu später Stunde den Weg aus der Altstadt. Ihr Gang wirkte unsicher und torkelnd. Gespannt beobachteten die beiden den Näherkommenden.

»Der auch?«, fragte Tobias erstaunt, als sie Holger erkannten.

»Quatsch, das ist unmöglich. Holger war doch überhaupt nicht dabei, oder?«

»Nee, soweit ich mich erinnern kann, nicht«, knurrte Tobias missmutig. »Was macht der hier? Ist doch auch gar nicht sein Heimweg«, zischte er misstrauisch.

»Sollte er derjenige sein ...?« Michael ließ den Rest seiner Frage unausgesprochen. Trotzdem hatte sein Kumpel die Andeutung verstanden. Sein Misstrauen wuchs.

»Wir werden es gleich wissen«, meinte Tobias mit zusammengekniffenem Mund. Entschlossen ging er auf Holger zu und gab sich zu erkennen. Michael folgte ihm kopfschüttelnd.

»Ja ... ja, wen trifft man denn ... da«, sagte Holger mit schwerer Zunge. »Habt ihr hier ein ... ein Stelldichein?«, grinste er die beiden an.

»Verrate uns lieber, was du hier machst!«

Der junge Bongartz fing an zu stottern. »Also ...«, hilflos hob er die Arme und blickte sich um, »... so genau ... so genau ... weiß ich das auch nicht. Iss 'n schöner lauer Abend ... Heimweg ... ich war auf dem Heimweg ...!«

»Und das soll ich dir glauben?« Tobias packte den stark alkoholisierten Holger am Kragen und schüttelte ihn.

»Tobi, hör auf«, fiel Michael ihm in den Arm. »Siehst du nicht, in welchem Zustand Holger ist? Er kann doch mit dieser ... dieser Erpr... ähh ... Sache mit Martina nichts zu tun haben.«

»Ach da... darum geht es«, lachte Holger. »Ha ... ha ... ha, ich weiß was von euch ... aus dem Lager und ... und vielleicht weiß ich auch was über den Täter.«

»Also doch!«, entfuhr es Tobias.

»Verdammt, Holger!«, sagte Michael enttäuscht. »Das hätte ich nicht von dir erwartet.«

Der Angetrunkene lachte immer noch.

»Du hältst das alles wohl für einen guten Scherz, du Idiot«, schimpfte Tobias. »Ich geb dir Scherz!«

Irrtümlicherweise hielten seine beiden Kameraden ihn nun für den Erpresser, weil er zum Zeitpunkt der Geldübergabe auftauchte. Holgers unbedachte zweideutige Äußerung heizte die Stimmung noch mehr an. Verärgert über die Dreistigkeit ihres vermeintlichen Freundes nahmen sie ihn in die Mangel. Unter lauten Beschimpfungen schubsten und schlugen sie in abwechselnd. Mehrmals prallte er mit dem Kopf gegen das eiserne Brückengeländer.

Aufgrund seines alkoholisierten Zustandes war er nicht in der Lage, sich zu wehren. Für weitere erklärende Worte ließen ihm die beiden Jungen keine Chance. Zu guter Letzt stießen sie ihn den Hang hinab in den Graben. Aufgrund der Dunkelheit konnten sie nicht sehen, dass er dort benommen liegen blieb.

»Schlaf da unten deinen Rausch aus und lass dich bei uns nicht mehr sehen. Ach ja, und wenn du noch mal so einen

Blödsinn verzapfst, geht's dir dreckig«, rief der junge Rodenstern hinab in die nächtliche Schwärze.

Michael plagte trotz allem Mitleid. »Können wir ihn einfach so liegenlassen?«, fragte er mit Sorgen in der Stimme.

»Es ist doch ein lauer Abend«, antwortete Tobias herablassend. »Hat er vorhin selbst gesagt. Jetzt komm schon.«

Ohne sich weiter um Holger zu kümmern, machten sie sich davon, nicht ohne das Geld wieder einzustecken.

*

Damit nahmen die unglücklichen Zusammenhänge ihren Lauf und ein weiterer Umstand erlangte damit an Bedeutung. Der alkoholisierte Freund der beiden Erpressungsopfer wusste tatsächlich mehr, als alle ahnten. Anfänglich war ihm in seinem Rausch gar nicht bewusst gewesen, was er da in Petzolds Lager gesehen hatte, als er betrunken umhergeirrt war, bevor ihn Thomas aufgegabelt hatte. Erst später erfuhr er, was Martina widerfahren war. Da kam ein Teil seiner Erinnerung wieder und ihm wurde klar, dass er ein Augenzeuge war. Holger kannte den wahren Schuldigen. Doch seine Gutmütigkeit wurde ihm zum Verhängnis. Es widerstrebte ihm, jemanden einer Straftat zu bezichtigen. Daher hatte er dem Täter telefonisch mitgeteilt, dass er ihn kannte. Gleichzeitig fordert er ihn auf, sich innerhalb von vierzehn Tagen selbst zu stellen. Anderenfalls würde er eine Aussage bei der Polizei machen. Diese Frist war an jenem Abend zur Hälfte verstrichen. Leider unterschätzte er das Risiko, das er mit dem Zugeständnis einging. Er outete sich als Mitwisser eines Verbrechens, ohne zu ahnen, in welche Gefahr er sich dadurch begab. Hatte der Täter nicht vor, sich zu stellen, so musste er zwangsläufig den Zeugen zum Schweigen bringen.

Das ganze Geschehen war im schwachen Lichtschein einer Straßenlaterne beobachtet worden. Eine Person hatte, verborgen im Schutz eines nahen Gebüsches, die ganze Szene verfolgt. Eigentlich hatte sie nur abwarten wollen, bis das Geld eintraf. Mit einer Taschenlampe ausgerüstet näherte sie sich dem Graben, in dem der junge Mann verschwunden war. Langsam und vorsichtig stieg sie hinab. Soeben rührte sich der Gestürzte und stöhnte leise. Mit dem Strahl der Lampe leuchtete die Person Holger an. »Du schwärzt mich nicht bei der Polizei an«, dachte er grimmig. Mit entsprechender Wut im Bauch hob er den Stein auf. Die Tatwaffe aus dem Bachbett sauste auf den Hinterkopf von Holger nieder. Wie eine heiße Kartoffel ließ der Mann danach das Tatwerkzeug fallen. Genau so wurde der Stein später am Unglücksort vorgefunden.

Hatten die beiden erpressten jungen Männer geglaubt, mit der nächtlichen Aktion hätte sich ihr Problem gelöst, so wurden sie nicht lange darauf eines Besseren belehrt. Nur wenige Tage später zeigte ihnen ein Anruf desselben Erpressers, dass er sie nun nicht mehr der Vergewaltigung, sondern des Mordes an ihrem Kameraden Bongartz bezichtigte. Fortan zahlten sie in schöner Regelmäßigkeit für das Schweigen des Unbekannten.

*

Mit Beginn des folgenden Schuljahres befand sich Martina in ihrem neuen Zuhause. Eine Mutter-Kind-Einrichtung wurde für die nächsten zwei Jahre ihre Heimat. Über hundert Kilometer entfernt von Iphofen und der Familie, in einer hessischen Kreisstadt, versuchte Martina sich langsam allein zurechtzufinden. Die dortige Realschule war okay, das war ihr geringstes Problem. Am meisten machte ihr anfangs das Heimweh zu schaffen. In den ersten Wochen verbrachte sie manche schlaflose Nacht weinend mit dem Kissen im Arm. Irgendwann hatte sie akzeptiert, dass mit dem heranwachsenden Leben in ihrem Leib auch für sie ein anderes Leben begann. War es Trotz oder Entschlossenheit, die das Mädchen von einem auf den anderen Tag veränderte?

Ende März des folgenden Jahres brachte sie eine gesunde Tochter zur Welt. Ohne ihre Familie oder sonst jemanden zu fragen, entschied sie sich für den Namen Jessica. Ihre Eltern hatten sich bis zur Geburt nur dreimal sehen lassen. Beim letzten Mal war zu ihrer Freude auch ihr Bruder Thomas mitgekommen. Sonst hielt sie nur sehr spärlich telefonischen Kontakt nach Hause. Von Freunden, Bekannten und ehemaligen Schulkameraden war sie gänzlich abgeschnitten. Ihre Eltern hatten auf Fragen nach ihrer Abwesenheit überall geantwortet, dass sie sich in einer weiterführenden Schule befand. Seit ihrem unfreiwilligen Abschied aus der fränkischen Heimat war sie kein einziges Mal mehr dort gewesen. Selbst nach einem Jahr zog es sie in den Sommerferien nicht mehr zurück.

»Ich möchte euch mit einer unbedachten Antwort nicht in Verlegenheit bringen«, antwortete Martina etwas unterkühlt auf die Frage nach dem Warum.

Nur Martinas Mutter schien zu merken, dass sich ihre Tochter gefühlsmäßig immer mehr von ihnen entfernte. Ein weiteres Jahr später absolvierte sie ihren Schulabschluss mit Bravour und besten Noten. Damit neigte sich auch die Dauer ihres Aufenthaltes in der Einrichtung dem Ende entgegen. Ihr Vater hatte sich schon wieder Gedanken über die weitere Zukunft seiner Tochter gemacht, aber es kam völlig anders. Ein Brief Martinas warf seine Pläne und Vorbereitungen über den Haufen. Er war an ihre Mutter gerichtet.

Liebe Mama!

Die letzten zwei Jahre haben mich einiges erkennen lassen. Es haben sich für mich gravierende Veränderungen ergeben. Das hat nicht nur mit der Geburt meiner Tochter Jessica zu tun, sondern mit dem ganzen neuen Umfeld. Die Änderungen wurden mir aufgezwungen, nun habe ich sie angenommen und akzeptiert. Ich war eigentlich das Opfer, doch ihr habt mich etwas anderes fühlen lassen. Hauptsächlich Papa hat sich scheinbar dafür geschämt, was mir widerfuhr. Ihm waren die Meinung und das Gerede anderer wichtiger als das Wohl seiner Tochter. Obwohl ich an den Ereignissen unschuldig war, fühlte ich mich dank seines Verhaltens schuldig und abgeschoben. Aufgrund der Umstände hat sich meine Vorstellung für die Zukunft geändert. Gerne wäre ich damals in der Heimat und im Kreis der Familie geblieben, nun ist mir alles fremd geworden. Zudem möchte ich euch eine Last nehmen, nämlich erklären zu müssen, wo ich plötzlich mit einem Kind herkomme. Ganz sicher würde ich mich nicht mehr so ohne Weiteres irgendwo hinschicken lassen.

Ich habe hier einen jungen Mann kennengelernt, der mich und meine Tochter liebt. Wir haben beschlossen zusammenzubleiben. Ihm wurde eine gut bezahlte Arbeit im Ausland angeboten und ich bin entschlossen, mit ihm zu gehen. Meine Entscheidung zu akzeptieren, ist für euch garantiert nicht leicht, aber darauf kann ich keine Rücksicht nehmen. Bitte versuch wenigstens du, meine Beweggründe zu verstehen. In ein paar Tagen ist mein Geburtstag und ich werde wieder ein Jahr reifer. Selbst wenn ich noch als minderjährig gelte, habe ich entschieden, meinen eigenen Weg zu gehen. Wenn ich mein neues Zuhause und meine Bestimmung gefunden habe, lasse ich es euch wissen.

In Liebe

Martina

Als ihre Mutter den Brief gelesen hatte, reichte sie das Papier mit einem tiefen Seufzer an ihren Mann weiter. Schweigend las er die Zeilen und blickte dann zum Fenster hinaus. Zum ersten Mal seit ihrer Heirat sah sie den Ehegatten ratlos und unschlüssig.

»Sie ist, ohne dass wir es gemerkt haben, plötzlich erwachsen geworden. Du hast ihr keine Chance gelassen, sich langsam zu entwickeln.« Behutsam trat sie hinter ihn und legte ihre Hände auf seine Schultern. Sie spürte, wie sich sein Oberkörper im Atemrhythmus hob und senkte.

»Das habe ich so nicht gewollt«, hörte Klara ganz leise seine geflüsterten Worte. So, als wenn sie nur für ihn selbst bestimmt wären.

Mit dem Tag des Abschiedsbriefes war und blieb Martina unauffindbar. Sie hatte das Haus, welches zwei Jahre lang ihre Heimat gewesen war, mit unbekanntem Ziel verlassen. Die zaghaften Versuche der Eltern, ihre Tochter ausfindig zu machen, schlugen fehl.

Somit blieb die junge Frau verschwunden, das Vergehen an ihr ungesühnt und die Geschehnisse gerieten so langsam in Vergessenheit. Bis eines Tages ...

In der Gegenwart

Rückkehr mit Folgen

»Willkommen, Frau Kruger, ich hoffe Sie hatten eine gute Anreise!«, wurde die elegante Dame an der Rezeption des Hotels »Zehntkeller« in Iphofen begrüßt. Hatte sie das wirklich? Eine gute Anreise gehabt? Seit früh auf den Beinen. Zuerst der Flug nach Frankfurt. Warten auf das Gepäck. Kontrolle am Zoll. Kleinere Missverständnisse oder Übermittlungsprobleme bei der Autovermietung. Dann auf die überfüllte Autobahn. Verkehr ohne Ende, Baustellen, Unfall, Stop and Go. Während sie am Empfang die Formalitäten erledigte, lud ein Hotelbediensteter das Gepäck aus ihrem Wagen. Der neue Gast legte einen südafrikanischen Pass vor, sprach aber perfektes Deutsch mit leichtem Akzent.

Das war auch nicht verwunderlich, stellte die junge Dame am Empfang fest, als sie auf das Dokument schaute. Dort stand der Name Martina Kruger, geb. Petzold, und als Geburtsort Iphofen. Genauso überrascht war sie beim Blick auf das Geburtsdatum des Gastes. Ihr Alter von 53 Jahren sah man der Frau nicht an. Mit der Topfigur und dem modischen Outfit wirkte sie mindestens zehn Jahre jünger, dazu der dunkelblonde kinnlange Pagenschnitt, der das makellose ebenmäßige Gesicht umrahmte. Die frische sonnenverwöhnte Hautfarbe ohne erkennbare Fältchen zeugte von einer gesunden Lebensweise und guten Genen, wie Martina selbst immer gerne zu sagen pflegte, wenn sie darauf angesprochen wurde. Genauso jugendlich wirkte der Rest ihrer weiblichen Erscheinung, der nur aus »gewachsenen Realitäten« bestand, so der scherzhafte Kommentar der Besitzerin des Körpers. Ihre Bewegungen waren sportlich dynamisch. Die lebhaften blauen Augen schienen alles zu erfassen. Nur die Blicke der anderen Gäste und des Personals bemerkte sie nicht. Oder etwa doch?

Natürlich nahm sie die optische Beurteilung ihrer Person wahr, aber das war sie gewohnt. Hauptsächlich manche Männer bekamen Stielaugen. Ihr ganzes Auftreten wirkte aber keineswegs aufreizend oder arrogant. Im Gegenteil, ihre freundliche sympathische Art war vielmehr ansteckend. Begleitet von den Worten »Wir wünschen Ihnen einen angenehmen Aufenthalt« verließ sie den Empfangsbereich. Dass die drei großen Koffer auf ihr Zimmer kamen, darum kümmerte sich ein junger Mann.

Aufatmend setzte sie sich aufs Bett, als die Zimmertür sich von außen schloss. Erst jetzt ließ die Anspannung nach, die sich mit jedem Kilometer in Richtung der alten Heimat gesteigert hatte. Ein Gefühl war in ihr aufgekommen, das sie nicht beschreiben oder erklären konnte. Es steigerte sich, als sie von Weitem den ihr wohlbekannten Berg erblickte. Der »Schwanberg«, eine fast 500 Meter hohe markante bewaldete Erhebung am Rand des Steigerwaldes. An dessen Fuß lag der Ort ihrer Jugend. Am heftigsten wurde das unbeschreibliche Gefühl, als Iphofen in Sicht kam.

Martina hatte trotz des Verkehrs auf der Bundesstraße rechts ranfahren müssen. Das Hupkonzert hinter ihr war ihr völlig egal. Ihr Blick und ihre Aufmerksamkeit waren auf etwas ganz anderes gerichtet. Nämlich auf die Dächer des inzwischen deutlich gewachsenen Städtchens. Daraus ragten die Spitzen von zwei Iphöfer Kirchen hervor, der Stadtkirche St. Veit und der Blutskirche. Weitere deutlich sichtbare

Zeichen waren die Türme der Wehranlage rund um die Altstadt.

Ihr Herz hatte bei dem Anblick erregt zu klopfen begonnen und nur langsam beruhigte es sich wieder. Von ihrem sonst so souveränen Verhalten war nur wenig zu spüren. So etwas war der selbstbewussten und weltgewandten Frau schon lange nicht mehr passiert. Die Gedanken an damals, vor bald vierzig Jahren, hatten sie aufgewühlt. Seit dieser Zeit hatte sie Iphofen nicht mehr gesehen, genauso wenig wie ihre Familie, abgesehen von ein paar Besuchen in der Mutter-Kind-Einrichtung, als sie mit Jessica schwanger war. Sie hatte sich bisher sogar erfolgreich davor gedrückt, wieder deutschen Boden zu betreten.

Nur eines behielt Martina bei, und das war ihre Muttersprache. Bis zum heutigen Tag die einzige Verbundenheit zur Heimat, hatte sie diese Bindung auch an ihre Nachkommen weitergegeben. Zuhause in Südafrika wurde innerhalb der Familie neben Englisch auch Deutsch gesprochen. Tyron, ihr Mann, hatte sie bei dem Wunsch unterstützt und Deutsch gebüffelt, und so wuchsen ihre Kinder zweisprachig auf.

Wie reagiert meine Verwandtschaft? Was erwartet mich in Iphofen? Kennt mich noch jemand oder bin ich eine total Fremde? Alles Fragen, die ihr auf dem Weg in den Sinn gekommen waren.

Martinas Gedanken nahmen eine andere Richtung. Sie musste über die junge Dame am Empfang lächeln. Der kurze Augenaufschlag, als sie den Geburtsnamen und den Geburtsort las, war ihr nicht entgangen. Der Name Petzold hatte in der Region und weit darüber hinaus einen guten Klang. Martina hatte diesbezüglich ausgiebig im Internet recherchiert. Im Sortiment des Weinguts gab es einige ausgezeichnete und prämierte Spitzenprodukte. Zur Klientel gehörten Kunden der gehobenen Gastronomie ebenso wie exklusive Privatkundschaft - so die Werbung und die Referenzen auf der firmeneigenen Webseite. Anerkennend registrierte sie daher, dass ihr Bruder und ihr Cousin das Weingut sehr erfolgreich führten. Sie war schon äußerst gespannt, was man zu ihrem Erscheinen sagen würde.

Um sich abzulenken, begann Martina, die Koffer auszupacken. Vorerst hatte sie ihr Zimmer für vierzehn Tage gebucht. Mal sehen, wie sich alles so entwickeln würde. Denn sie war nicht nur zum Vergnügen da. Martina hatte sich vorgenommen, Vergangenes aufzuarbeiten. Oberste Priorität war ihr Bestreben, die schändliche Tat von damals aufzudecken. Sie wollte mit allen Mitteln versuchen, ihren Vergewaltiger zu finden. Nicht um ihn vor Gericht zu bringen. Dafür war es zu spät. Die Verjährungsfrist war schon lange verstrichen. Aber den Täter moralisch anzuklagen war jederzeit möglich. Ihm in die Augen zu schauen, wenn sie ihm den Vorwurf persönlich ins Gesicht schleuderte. Womöglich war das Vorhaben nicht leicht und sicher nicht immer angenehm.

Bis zum Abendessen blieb sie auf dem Zimmer. Es gab einiges zu erledigen. Zuerst nahm sie, Internet und Laptop sei dank, per Videoanruf Kontakt mit ihrem südafrikanischen Zuhause auf. Sie musste die übliche Beschwerde über sich ergehen lassen.

»Schön, dass du dich auch mal wieder meldest. Das machst du viel zu wenig, kannst du denn nicht mal öfter was von dir hören lassen?«, sagte die männliche Stimme am anderen Ende. Es war ihr Sohn Jordan. Mit seinem Vorwurf hatte er zwar recht, aber sie nicht vor, etwas daran zu ändern. Es gab bei jedem Kontakt das gleiche Ritual. Ihr Sohn beschwerte sich und sie antwortete jedes Mal: »Jaja, ich werde mich beim nächsten Mal bemühen!« Beide wussten aber, dass nichts dergleichen geschehen würde.

Die Stimme gehörte zu dem freundlichen schmalen Gesicht eines jungen Mannes mit lustigen Augen, das Martina durch die Webcam anlächelte. Sie wusste, die vorwurfsvoll klingenden Sätze waren nicht böse gemeint, sondern ausschließlich besorgt. Nach dem fünfzehnminütigen Gespräch trennte Martina die Verbindung. Die Lieben in Südafrika wussten Bescheid und damit gut. Klar, sie war schon eine Weile lang unterwegs, aber das war trotzdem kein Grund zur Sorge, wie Martina fand.

Nach mehreren vergeblichen Versuchen, auch ihre Tochter Jessica zu erreichen, gab Martina auf. Sie wusste nicht einmal, wo sich ihre Tochter aufhielt. Geschäftliche Aktivitäten führten Jessica rund um den Globus. Vielleicht war es dort gerade Nacht und sie schlief oder saß bei einem wichtigen Kunden und wollte nicht gestört werden.

Erst gegen zwanzig Uhr machte sie sich frisch und ging zum Abendessen. Auf dem Weg dorthin merkte sie, dass sie eigentlich gar nicht hungrig war, obwohl sie außer Frühstück bisher nur einen Happen im Flugzeug zu sich genommen hatte. Trotzdem setzte sie sich in einem der Räume an einen freien Tisch. Nachdem sie die Speisekarte studiert hatte, stellte sich doch Hungergefühl ein. Oder war es Appetit oder nur Neugier auf ehemals heimische Geschmäcke? Dazu die Düfte ringsherum von den Nachbartischen. Die gemütliche Atmosphäre und das angenehme Ambiente trugen zusätzlich dazu bei.

Sie entschied sich für einen Salat als Vorspeise und danach einen Rostbraten mit Zwiebeln und Spätzle. Dazu trank sie einen heimischen Spätburgunder. Zum Dessert gönnte sich Martina ein Fruchtsorbet mit Secco. Zum krönenden Abschluss folgte ein Aperitif – Sekt mit Pfirsichlikör.

So langsam spürte sie aufkommende Müdigkeit. Schließlich war es ein langer Tag gewesen. Am Morgen noch in Stockholm, war sie nun in ihrer alten Heimat. Ab morgen wollte sich die gebürtige Iphöferin ganz ihren Vorhaben widmen.

Entspannt und ausgeruht erschien sie am nächsten Morgen zum Frühstück. Danach nahm Martina mit einem ausgiebigen Spaziergang die Neuerungen der Stadt in Augenschein. So manches alte sanierungsbedürftige Anwesen erstrahlte in neuem Glanz. Schon gestern bei der Ankunft waren ihr einige Änderungen aufgefallen. Na ja, schließlich war es kein Wunder, dass sich in so langer Zeit vieles verändert hatte. Angefangen bei der Verkehrsführung über die Erweiterung durch Neubaugebiete bis hin zu einzelnen Gebäuden. Altes war verschwunden, Neues dafür entstanden.

Unerkannt schlenderte sie durch die Altstadt und über den »Herrengraben« – den Fußweg außerhalb der Stadtmauer entlang, die die Altstadt umgab. In den Weinbergen ringsum herrschte Betrieb. Die Weinernte war in vollem Gange. Ständig sah man Traktoren und Unimogs mit Anhänger fahren. Die einen brachten die geernteten Früchte ins Weingut, andere fuhren hinaus, um die leeren Behälter wieder füllen zu lassen. Bei einem Rundblick über die grünen traubenbewachsenen Hänge waren überall Bewegungen von Menschen und Maschinen zu erkennen.

Hin und wieder blieb sie stehen, um neue Eindrücke aufzunehmen oder sie mit alten, ihr in Erinnerung gebliebenen zu vergleichen. Bei jeder Begegnung mit Menschen schaute sie in deren Gesichter. Es war unwahrscheinlich, dass sich jemand nach so vielen Jahren an sie erinnerte. Wobei sie schon im Hotel mitbekommen hatte, dass zurzeit auch viele Besucher unterwegs waren. Die Zeit der Weinlese war beliebt bei den Touristen und Kurzurlaubern. Noch mehr, wenn das Wetter so entgegenkam wie im Moment. Angenehme Temperaturen und Sonnenschein, die besten Voraussetzungen für die Weinregion und ihre Besucher.

Die Heimkehrerin verbrachte den ganzen Tag damit, sich alles anzuschauen. Jede der Altstadtgassen durchwanderte sie. Das eine oder andere Haus verband sie mit Erlebnissen aus ihrer Vergangenheit. Da wohnte damals eine Schulfreundin, dort Freunde und Bekannte ihrer Eltern. Sie kramte sämtliche Erinnerungen hervor. Aber alles, was ihr blieb, war verschwommen und fremd. Aus jeder Tür und jedem Fenster starrten sie nur unbekannte Menschen an. Ein vierzehnjähriges Kind, seiner Heimat beraubt, hat nach so vielen Jahren keine Bekannten mehr. Müde und hungrig kehrte sie erst am späten Nachmittag wieder ins Hotel zurück.

Tags darauf verbrachte sie viel Zeit im Internet. Immer und immer wieder hatte sie nach Möglichkeiten gesucht, ihren Vergewaltiger zu überführen. Zum Schluss war die eine Erkenntnis übrig geblieben: Letzte Gewissheit würde nur ein DNA-Test bringen. Dazu brauchte sie aber das notwendige Material ihrer Verdächtigen. Vor vier Jahrzehnten gab es solche Untersuchungen noch nicht. Aber jetzt war die Chance dafür gegeben und die wollte Martina nutzen.

Erst am frühen Abend verließ sie das Hotel. Nicht, um sich wieder das Städtchen anzuschauen. Nein, diesmal gab es ein anderes Ziel. Sie hatte sich entschieden, dort zu essen.

Mitten im Stadtzentrum, in der Nähe des Marktplatzes, stand ein weiteres Hotel. Dessen Speisekarte lockte mit Leckereien der fränkischen Küche. Auch auf die Getränke war sie gespannt. Darunter befanden sich Weine vom Weingut Petzold. Auf diese Art und Weise wollte sie eine erste kleine Kostprobe der Familienprodukte nehmen. Das allein war aber nicht der Grund des Besuches. Der Besitzer des Hotels »Zur Traube« hieß Michael Glaser. Er war einer der Jungs, die an besagtem Tag des Weltmeisterschaftsendspiels mit dabei waren. Bei ihm wollte Martina ihre »Vergangenheitsbewältigung« beginnen.

Neugierig trat sie ein. Sie hatte keine Ahnung, wie es früher ausgeschaut hatte, und daher auch keinen Vergleich. Der gesamte Raum war bis auf halber Höhe mit Holztäfelung verkleidet. Mit Ausnahme der Theke und der Tür führte eine Sitzbank durchgehend an den Wänden entlang. Die Plätze waren für jeweils sechs Personen pro Tisch geplant. Das gesamte Ambiente wirkte gediegen, aber unauffällig.

Das Restaurant war gut zur Hälfte besetzt. An den Tischen saßen kleine Gruppen von mehreren Personen. Dezente Unterhaltung und das leise Klappern von Geschirr erfüllten den Raum. Martina suchte sich einen Platz, von wo aus sie das ganze Lokal überblicken konnte. Während sie aus der Speisekarte ihre Auswahl zum Abendessen traf, fixierte sie unauffällig Gäste und Personal. Diesmal bestellte sie aber keine Vorspeise, sondern beließ es beim Hauptgang mit anschließendem Espresso. Gestern war ihr beim Zubettgehen bewusst geworden, wie üppig die heimische Küche sein konnte.

»War's recht so?«, fragte die freundliche junge Bedienung beim Abräumen.

»Sehr gut, danke«, konnte Martina nur bestätigen. Sie verlangte noch einen Weißwein. »Ist der Chef im Haus?«, erkundigte sie sich, als die Bestellung kam.

»Eigentlich müsste er da sein. Möchten Sie ihn sprechen?«

»Ja, wenn es möglich wäre.«

»Ich schau sofort nach und gebe ihm Bescheid.«

Nur wenige Minuten später erschien die Bedienung wieder. Ihr folgte eine überaus attraktive männliche Erscheinung. Rein optisch gesehen ein Mittfünfziger mit schon deutlich grauem Schimmer im dunklen Haar. Sein ovales Gesicht wirkte trotz der paar Pfunde um die Bauchregion zu viel recht schlank. Er trug eine schwarze Hose, ein weißes Trachtenhemd und darüber eine ärmellose grüne Jacke. Auf dem Weg zu ihrem Tisch grüßte er die anderen Gäste durch Kopfnicken. Mit den Worten »Die Dame wollte Sie sprechen« entfernte sich die junge Servicekraft.

»Guten Abend, gnädige Frau, wie kann ich Ihnen helfen?« Der Besitzer des Hauses blieb vor ihrem Tisch stehen und schaute sie wohlwollend an. Martina erwiderte seinen Blick einen kurzen Augenblick wortlos und musste lächeln.

»Hallo, Herr Glaser, oder darf ich Michael sagen. Vielleicht sogar ›Michel‹, wie Ihre Freunde Sie früher nannten?«

Der Angesprochene stutzte und runzelte die Stirn. »Kennen wir uns?« Man merkte, wie es in seinem Kopf arbeitete. Glaser versuchte das Gesicht zuzuordnen, was aber anscheinend nicht gelang. Es folgte kein »Ah ja, jetzt fällt es mir wieder ein«, sondern nur enttäuschtes Kopfschütteln. »Tut mir leid, bitte helfen Sie mir«, meinte er etwas zerknirscht. Wie konnte man nur so eine Frau vergessen, rügte er sich selbst in Gedanken. Denn dass sie ihn kannte, daran bestand kein Zweifel.

Wieder lächelte Martina, als sie antwortete: »Ich glaube kaum, dass Sie sich noch an mich erinnern.«

»Klären Sie mich auf, bitte.«

»Mein Name ist Martina Kruger.«

»Entschuldigen Sie, es klingelt immer noch nicht bei mir.«

»Oh, ich hätte vielleicht dazu sagen müssen, geborene Petzold.«

Michael Glaser runzelte die Stirn. »Hat das vielleicht mit dem hiesigen Weingut Petzold zu tun?« So langsam schien ihm etwas zu dämmern. Noch verdrängte er den aufkommenden Gedanken.

»Ja, das hat es«, bekräftigte Martina jetzt mit ernsterem Blick. »Ich bin die Schwester von Thomas!«

»Du ... äh, Sie sind die kleine Tina, die damals ...«, die restlichen Worte blieben ihm im Hals stecken.

»Ja, genau *die* bin ich. Sprechen Sie es ruhig aus. Die damals vergewaltigt wurde«, vollendete sie seinen Satz.

Dem Hotelier war es, als wenn ihm der Boden unter den Füßen verloren ging. »Entschuldigung ...«, stammelte er. »Sie gestatten doch?« Dabei zeigte er auf einen Stuhl. Ohne die Antwort abzuwarten, setzte er sich ganz bedächtig hin. Martina zeigte keine Reaktion, sondern musterte ihn bloß. Etwas verlegen huschte Glasers Blick zu den Nachbartischen in der Hoffnung, dass niemand die letzten Worte Martinas und seine Bestürzung mitbekommen hatte.

»Ich sehe, Sie sind erfreut, mich zu sehen«, meinte sie etwas ironisch.

Immer noch fühlte er sich ein wenig irritiert. Er suchte nach den richtigen Worten. »Na ja, das kommt jetzt alles ein bisschen überraschend«, gestand er zögernd.

»Das glaub ich Ihnen aufs Wort«, nickte die hübsche Frau ihm gegenüber. »Meldet sich Ihr Gewissen?«

»Ach so, deswegen sind Sie da! Jetzt verstehe ich. Suchen Sie Antworten oder den Schuldigen?«

»Beides! Gehört das nicht irgendwie zusammen? Habe ich nicht ein Recht darauf?«

»Chef, entschuldigen Sie die Störung.« Die Bedienung tauchte wieder auf. »Sie werden dringend in der Küche gebraucht.«

»Jaja, ich komme gleich.« Er wirkte abwesend, als er antwortete. Die junge Bedienung entfernte sich, ohne weiter auf seine Antwort einzugehen. Danach wandte er sich wieder Martina zu. »Möchten Sie mit mir darüber reden? Kann ich Ihnen irgendwie helfen?« Die erste Überraschung hatte er scheinbar überwunden. »Leider werde ich jetzt gebraucht.« Nach kurzem Überlegen fasste er einen Entschluss. »Wir haben morgen Ruhetag. Kommen Sie doch um die Mittagszeit hierher. Wäre dreizehn Uhr für Sie in Ordnung? Ich koche uns eine Kleinigkeit und wir können uns ungestört unterhalten. Die Hintertür steht immer offen ... wegen der Hausgäste«, sagte er. Seine Worte klangen nicht wie ein Vorschlag, eher wie eine Bitte. Dabei schaute er sie fast flehend an, dass sie nicht ablehnen möge.

Martina überlegte nur kurz, dann nickte sie zustimmend. »Okay, dann bis morgen Mittag.«

»Mögen Sie Fisch?«

»Sehr gerne!«

»Gut, ich erwarte Sie um dreizehn Uhr.« Dann verschwand er eiligst, um sich wieder seinem Betrieb zu widmen.

Nachdenklich schaute sie dem Mann hinterher. Wie lange würde es dauern, bis man auf dem Weingut von ihrer Anwesenheit wusste? Heute Abend noch oder spätestens morgen, vermutete Martina. Das bereitete ihr aber kein Kopfzerbrechen. Der Anfang war erst mal gemacht.

Zufrieden bestellte sie sich noch einen Schoppen Weißwein. Und zu fortgeschrittener Stunde wollten doch tatsächlich noch zwei Herren aus einer Männerrunde einen kleinen Flirt beginnen. Scheinbar hatte der reichhaltige Genuss des Frankenweines die beiden mutig gemacht. Das hatte am Anfang des Abends noch anders ausgesehen. Da saßen sie ruhig und gesittet beim Abendessen. Erst danach wurde die Stimmung mit jedem Schluck ausgelassener und die Unterhaltung einen Tick lauter. Normalerweise belustigten sie solche Avancen ungemein. Manchmal ging sie auch zum Spaß darauf ein. Nur heute war die hübsche Frau dafür nicht aufgelegt und ignorierte die Annäherungsversuche.

Gemütlich schlenderte sie zu späterer Stunde zurück in ihr Hotel. In der nächtlichen Stille hallten ihre Schritte auf dem Kopfsteinpflaster von den Hauswänden zurück. Von irgendwoher aus einer der Seitengassen hörte sie Stimmen von anderen Spätheimkehrern.

*

Pünktlich zur verabredeten Zeit öffnete Martina am nächsten Tag die Hintertür des Hotels »Zur Traube«. Sie stand im Treppenhaus. Von dort aus ging es hinauf in die Zimmer. Gegenüber sah sie eine offene Tür. Dahinter erkannte sie am entgegengesetzten Ende eines Flurs den Haupteingang und die kleine Rezeption. Von irgendwoher hörte sie Pfannen und Geschirr klappern, dann war es ruhig. Ein leichter Essensduft hing in der Luft. Es roch tatsächlich nach gebratenem Fisch.

Sie betrat den Flur und blickte sich um. Hinter der linken

Wand befand sich der Restaurantbereich, in der Mitte der Wand die große zweiflügelige hölzerne Eingangstür. Beide Flügel standen weit offen und ließen einen Blick auf die herbstlich dekorierten Tische zu. Auf der rechten Flurseite führte ein kleiner Gang ab, von dem aus man in den Küchen- und Personalbereich gelangte. Langsam schritt sie bis zur Mitte des Flures. »Hallo! Ist jemand da!«, rief sie halblaut. Keine Antwort. Die Geräusche aus der Küche hatten aufgehört. Sie blickte links durch die Eingangstür ins Lokal. Vorsichtig trat sie näher und blieb im Türrahmen stehen. Immer noch war niemand zu sehen oder zu hören.

»Ich habe da rechts am Fenster gedeckt«, ertönte plötzlich eine Stimme dicht hinter ihr. Erschrocken ließ sie einen Schrei los und drehte sich um. Da stand Michael mit einem verlegenen Lächeln.

»Du meine Güte, haben Sie mich jetzt erschreckt.«

»Entschuldigung! Das war nicht meine Absicht. War's schlimm?«

»Nein, nein, geht schon wieder.«

»Schön, dass Sie so pünktlich sind. Das Essen ist fertig. Nehmen Sie bitte Platz.« Dabei deutete er mit der Hand in Richtung eines Ecktisches, auf dem Gläser standen und Besteck lag. Galant half er ihr aus der Jacke, nachdem er sie zum Tisch geleitet hatte. Er verschwand noch mal Richtung Küche und kam mit zwei Tellern wieder.

»Ich hoffe, ich hab Ihren Geschmack getroffen«, meinte er, als er einen der Teller vor ihr abstellte. Das roch sehr gut und sah sehr appetitlich aus. Martina begutachtete das vor ihr stehende Gericht. »Das ist ein Salatteller mit gebackenem Fisch. Ich habe Streifen vom Karpfen und Wels genommen. Dazu gebackene Garnelen, ein feines Dressing und Weißbrot.

Ich hoffe, es schmeckt Ihnen«, sagte er, während er jedem einen Wein und ein Glas Mineralwasser einschenkte. Er hob das Weinglas, um ihr zuzuprosten. »Der Fisch muss schwimmen. Zu dem Essen passt natürlich nur ein Weißwein. Ich habe einen halbtrockenen feinfruchtigen Müller-Thurgau gewählt«, erklärte er fachmännisch. »Übrigens vom Weingut Petzold!«, ergänzte er, bevor er mit ihr anstieß und trank.

Minutenlang widmeten sie sich danach schweigend ihrem Essen. Martina war voll des Lobes und Michael Glaser stolz, dass es ihr schmeckte. Sie tauschten einige belanglose Höflichkeiten aus.

Schließlich entschuldigte er sich für seinen Auftritt am Tag zuvor. »Verzeihen Sie mein Verhalten gestern Abend, aber die Überraschung konnte ich nicht verbergen.«

Angesichts des leckeren Essens und seiner galanten Art gab sie sich zu Beginn versöhnlich. »Das ist schon verständlich. Wäre mir vielleicht auch so gegangen. Solange es nicht das schlechte Gewissen war, dass Sie so reagieren ließ«, setzte sie gleich darauf den ersten Stich.

»Hmm ...!«, brummte er mit vollem Mund. »So hatte ich das eigentlich auch nicht gemeint. Ich weiß, worauf Sie anspielen.«

»Aha ... und?«

»Was ... und?«

»Na, was haben Sie dazu zu sagen?«

Behutsam legte er sein Besteck auf die Seite. Er wurde ernst und nachdenklich. »Dass es mir unendlich leidtut, was damals passiert ist. Obwohl wir alle eine kleine Gedächtnislücke hatten, bin ich überzeugt, dass es keiner von uns war.« Dabei wurde er noch ein bisschen ernster. »Es gibt dafür auch einen Grund, der mich schon Wochen nach dem Geschehen nachdenklich machte.« Mit mehr rückte Glaser aber noch nicht raus. »Aber davon später mehr«, wechselte er das Thema und stand auf. »Jetzt gibt es noch Nachtisch und dann können wir uns in Ruhe unterhalten.« Sprach's und verschwand mit den inzwischen leeren Tellern in der Küche. Zurück kam er mit einem frischen Obstsalat und Weincreme aus heimischem Silvaner, wie er betonte.

Um das Gespräch nicht ganz einschlafen zu lassen, blickte sie sich um und fragte: »Sind Sie eigentlich alleine? Gibt es keine Familie, mit der Sie Ihren freien Tag verbringen?«

»Doch, natürlich. Das heißt, ich hab schon eine Familie. Aber im Moment ist keiner da. Die Tochter ist verheiratet und lebt woanders. Mein Sohn arbeitet in der Schweiz. Genauer gesagt in einem Hotel, im ›Waldhotel Davos‹. Er hat Koch gelernt und sammelt jetzt noch Erfahrung in der Spitzengastronomie. In zwei bis drei Jahren wird er das hier übernehmen.«

Martina zog die Augenbrauen hoch. »Hoppla, sehr noble Adresse.«

»Wie, Sie kennen das Hotel?«

»Ein bisschen, ich war schon ein paar Mal dort.«

Glaser schaute sein Gegenüber intensiv ins Gesicht. Was für Überraschungen kamen denn da noch?

»Und Ihre Frau?«

»Oh, die ist für ein paar Tage in der Schweiz bei unserem Sohn. Ich habe sie zum Entspannen dort hingeschickt«, erklärte er etwas schwermütig. »Das war in diesem Jahr alles ein bisschen viel für sie. Anfang des Jahres eine schwere Operation. Vor fünf Monaten ist ihre Mutter gestorben. Dazu die viele Arbeit hier. Na ja, jetzt im November wird es so langsam ruhiger. Wenn die Weinlese beendet ist, geht so nach und nach der große Ansturm zurück. Da hielt ich es für das Beste, dass sie mal rauskommt.«

Martina schob ihren Teller auf Seite. »Sehr fürsorglich, muss ich schon sagen.« Man merkte, dass sie das ernst meinte. »Aber eigentlich wollten wir ja über etwas anderes reden.«

»Ja, natürlich. Sie haben recht. Ihr Interesse ist anderer Natur. Aber warum eigentlich? Was wollen Sie damit erreichen? Die Tat ist verjährt. Also bringt eine Anzeige wegen Vergewaltigung nichts mehr. Geht es um Rache oder um Geld?« Michael Glaser lehnte sich zurück und schaute sein Gegenüber fragend an. »Ich denke, von Letzterem haben Sie genug, vermute ich jetzt einfach mal.«

»Versetzen Sie sich in meine Lage und urteilen Sie selbst. Würden Sie nicht auch Gewissheit haben wollen? Ein Kapitel abschließen wollen, das Sie ab und zu immer noch im Traum verfolgt? Ich möchte dem Menschen gegenübertreten, der mir das angetan hat. Ihm in die Augen schauen und ihn fragen: ›Warum?‹ Vielleicht sind es auch ein paar niedere Beweggründe, die mich treiben. Ein bisschen von dem Schmerz und dem Leid zurückzugeben. Wie Sie schon richtig sagten, kann ich ihn offiziell nicht mehr anklagen. Aber ihn insoweit bestrafen, dass ich es publik mache. Dass ich nach außen trage, was er mir angetan hat.«

Nachdenklich entgegnete der Hotelier: »Ist das tatsächlich Ihre Absicht nach so vielen Jahren. Wühlen Sie damit nicht etwas auf, was schon längst vergeben und vergessen sein sollte? Womöglich zerstören Sie eine Existenz oder eine Familie damit. Ist es das wert? Alles wegen eines unüberlegten Fehltrittes, wenn auch mit fatalen Folgen für Sie, wie ich zugeben muss. Aber auch nicht mehr rückgängig zu machen. Sie würden einzig und allein Ihre Genugtuung stillen, es ihm heimgezahlt zu haben. Ich kenne zwar nicht Ihre Geschichte und Ihren Werdegang. Aber scheinbar hatten Sie ja noch Glück im Unglück, oder liege ich da falsch?«

Aufmerksam hörte Martina zu. Was er sagte, war nicht ganz von der Hand zu weisen. Nur sollte sie jetzt schon aufgeben? Dazu war sie schließlich hergekommen. Obwohl die Worte schon ein klein wenig an dem Fundament ihres Vorsatzes rüttelten. »Na ja, vielleicht höre ich mir ja auch erst mal seine Version der Geschichte an, bevor ich etwas unternehme. Aber warum verteidigen Sie den Menschen so vehement? Wissen Sie etwas oder kennen Sie ihn?«, hakte Martina nach und blickte ihn intensiv und durchdringend an. Ein Kopfschütteln war die Antwort. »Sie haben doch vorhin beim Essen eine Andeutung gemacht.«

Glaser trank nachdenklich einen Schluck Wein und lehnte sich dabei zurück. Er schaute kurz nach oben und schien zu überlegen, um die richtigen Worte zu wählen. »Sie wissen, was einige Wochen nach Ihrem Unglück mit Holger Bongartz passiert ist?«

»Sein Unfall, bevor er zu Tode kam?«

»Ja, genau das meine ich. Wilde Gerüchte über das Ereignis machten die Runde. Es war alles dabei, vom unglücklichen Sturz bis zu Mord und Totschlag. Man gab dem Alkohol und seinem Lebenswandel die Schuld. Seine Familienverhältnisse waren nun mal nicht so wie die vieler anderer. Sie wissen ja, wie das ist, selbst macht man alles richtig und verhält sich richtig, nur die anderen nicht. Aber er war schwer in Ordnung und wir haben uns recht gut verstanden, bis ...«, hier stockte Glaser, als hätte er versehentlich zu viel gesagt.

»Bis was?«

»Ach, nichts, es gab da eine Unstimmigkeit. Die gehört

aber nicht hierher«, wich Glaser aus. Dann sprach er weiter: »Auf jeden Fall hat Holger kurz vor seinem Unglück eine Äußerung gemacht, deren Bedeutung mir erst später bewusst wurde. Anfangs war mir das nicht so aufgefallen. Nur gingen mir die Geschehnisse, zuerst auf eurem Weingut und dann mit Holger, nicht aus dem Kopf ...«

»Ja, was hat er denn nun so Wichtiges oder Bedeutsames gesagt?«, unterbrach Martina ihn ungeduldig.

»Er hat gesagt ›Ich weiß etwas über euch und ich kenne den Vergewaltiger!‹ ... oder den Täter! ... oder so ähnlich!«

»Ich verstehe nicht ganz. Hat er außer den Andeutungen einen Namen genannt? Vielleicht war es ja nur Wichtigtuerei.«

»Nein, nein, das hätte er nie gemacht. Das war nicht sein Ding. Er sagte eher nichts als zu viel ...«

»Und wie deuten Sie nun den Satz?«, blieb die Frau hartnäckig.

»Verstehen Sie denn nicht? Ich interpretiere das so. Er wusste etwas von uns anderen, vermutlich etwas, was wir im Rausch angestellt hatten oder auch nicht. Außerdem kannte er aber auch den Vergewaltiger. Und so, wie er es ausgedrückt hat, waren das für mich zwei Paar Schuhe.«

»Was ich noch weiß, ist, dass mein Bruder erzählte, er habe Holger betrunken aufgegabelt und ihn nach Hause gebracht. Wie kann er dann mehr wissen als alle, die sonst noch dabei waren? Jeder von ihnen behauptete damals, sich aufgrund des Alkohols nicht mehr erinnern zu können. Aber der scheinbar Betrunkenste von ihnen soll etwas mitbekommen haben«, entgegnete Martina zweifelnd. »Und vor allen Dingen sich Tage und Wochen danach noch daran erinnern. Das klingt für mich sehr unwahrscheinlich.«

»Das glaube ich gerne. Aber nur weil Sie Holger nicht kannten. Darin war er ein Phänomen. Fragen Sie den Rest der Clique. Es gibt frühere Beispiele, wo er manchmal so betrunken wirkte, dass wir glaubten, er habe einen Filmriss. Irgendwann später, wenn wir über den Abend redeten, konnte er überraschenderweise mitreden. Er wusste manchmal sogar Einzelheiten, an die wir anderen uns nicht mehr erinnern konnten. Wir haben uns damals schon gewundert. Fragen Sie Ihren Bruder und Ihren Cousin. Die können das sicherlich ebenfalls bestätigen. Daher bin ich überzeugt, dass seine Äußerung kein leeres Gerede war.«

»Leider nützt es nichts. Er hat keinen Namen genannt und fragen kann man ihn nicht mehr.« In ihrer Stimme schwang leichte Enttäuschung.

»Nur als mir die Bedeutung des Satzes klar wurde, wusste ich, dass keiner von uns Ihnen das angetan hat. Davon bin ich felsenfest überzeugt.«

»Dann können Sie mir ja helfen, das zu beweisen«, bemerkte Martina.

»Und wie?«

»Indem Sie einem DNA-Test zustimmen. Der klärt zweifelsfrei, ob Ihre Aussage stimmt.«

»Wow ... Sie fahren aber ganz schöne Geschütze auf. Und wenn ich jetzt ›Nein‹ sage?«

»Überlegen Sie selbst, was ich dann von all dem halten soll, was Sie mir vorher erzählt haben. Ich müsste die Worte als Lügen oder Ausreden ansehen und hätte meine Zeit vergeudet.«

Glaser saß bewegungslos da und überlegte. Nur seine Augen wanderten unruhig vom Glas vor sich zu Martinas Gesicht und wieder zurück. So ging das minutenlang, in der beide die Anspannung spürten. Seine Gedanken rotierten. Sagte er »Ja« und das Ergebnis brachte was anderes zutage, dann hätte er sich selbst ans Messer geliefert. Ein »Nein« ließ ihn aber unglaubwürdig erscheinen. Wie er es drehte und wendete, er saß in der Falle. In die er sich übrigens selbst manövriert hatte. Die Überzeugung und die Zuversicht, dass seine Schlussfolgerungen stimmten, ließen letztendlich nur eine Entscheidung zu.

»Okay, ich mach es«, nickte er schließlich entschlossen. »Eine Bedingung habe ich. Ist das Ergebnis negativ, bleibt diese Untersuchung unter uns. Kein Sterbenswörtchen zu einem Außenstehenden. Ob jemand davon erfährt, entscheide ich.«

»Gut, das akzeptiere ich. Was ist mit Tobias Rodenstern und Manfred Täuber? Glauben Sie, die würden einem Test auch zustimmen?«

»Puuh ..., das lässt sich schwer sagen. Meine Überlegung zu der Aussage, die Holger gemacht hat, habe ich alleine getroffen. Niemand weiß davon. Ich glaube fast nicht, dass die anderen beiden so denken. Das wird mehr Überzeugungsarbeit kosten.«

»Würden Sie mir helfen?«

»Nein! Dann müsste ich ja zugeben, dass ich zugestimmt habe. Das ist eine Abmachung zwischen uns beiden. Bitte haben Sie Verständnis. Selbst wenn dadurch meine Unschuld bewiesen wird, möchte ich vermeiden, dass etwas durchsickert. Je mehr davon wissen, umso größer ist die Gefahr. Darum erwarte ich auch Ihr Stillschweigen.«

»Dann muss ich mir etwas anderes einfallen lassen. Wie denken Sie eigentlich über meinen Bruder und Georg?«

»Sie werden doch nicht glauben ...? Quatsch, das kann ich

mir beim besten Willen nicht vorstellen.« Michael war bestürzt. »Wie können Sie das denken? Das ist Ihre Familie. Haben Sie das wirklich in Erwägung gezogen? Ihr Bruder war doch sowieso nicht dabei und Georg ist ein Weichei. Der hätte sich so was gar nicht getraut.«

Martina zuckte mit den Schultern. Eigentlich wusste sie nicht, was sie denken sollte.

»Jetzt haben wir nur über dieses vermaledeite Thema gesprochen. Sie haben gar nichts über sich erzählt und wie es Ihnen ergangen ist.«

»Ein andermal vielleicht. Mir schwirren jetzt andere Gedanken im Kopf herum. Seien Sie mir nicht böse, dass ich jetzt langsam aufbrechen möchte. Ach ja, ehe ich es vergesse: Wegen der Speichelprobe komme ich vorbei, wenn ich mir alles besorgt habe.«

Bei dem Gedanken rollte Glaser mit den Augen. »Aber bitte bald, bevor meine Frau wieder zurück ist. Nicht dass die zufällig was mitbekommt.«

»Wie lange ist Ihre Frau noch weg?«

»Etwa noch eineinhalb Wochen. Am übernächsten Wochenende kommt sie zurück.«

»In Ordnung, das klappt schon.« Anschließend verabschiedete sie sich von Michael und verließ das Haus wieder durch die Hintertür.

Als sie gegangen war, kratzte er sich am Kopf. »Hoffentlich geht das gut.« Der Satz wirkte wie ein Stoßgebet zum Himmel. Er räumte den Tisch ab und zog sich ins Büro zurück. Mit Rechnungen und Bestellungen versuchte sich der Hotelier von der vorangegangenen Unterhaltung abzulenken. Die Arbeit wollte ihm nicht so richtig von der Hand gehen.

Indizienjagd

Vor sich auf dem Tisch eine halb volle Tasse Kaffee, blätterte Martina in der regionalen Tageszeitung »Die Kitzinger«. Mehr aus Zeitvertreib denn aus Interesse überflog sie die Schlagzeilen der Nachrichten aus der Region.

»Hallo Tina!« Die Angesprochene hob den Kopf und blickte in ein Gesicht, das leicht zu lächeln schien. Auf der Stirn und um die Augen zeigten sich ein paar kleine Falten. Der Rest von dem, was Martina sah, wies eine bräunliche gesunde Farbe auf. Die dunkelblonden Haare waren kurz und pflegeleicht geschnitten. Unter der Nase saß ein Schnauzbart, dessen Flaum sie von früher her noch kannte. So freundlich wie die Gesichtszüge blickten auch die Augen. Ähnlich wie bei ihr waren die Pupillen ständig in Bewegung, um alles zu erfassen. »Wann wolltest du dich denn bei uns sehen lassen?«

»Hallo Thomas, ich habe schon mit dir gerechnet. Sicherlich hat dich Glaser angerufen. Ansonsten wäre ich die nächsten Tage schon mal bei euch aufgetaucht.« Sie erhob sich, legte die Zeitschrift auf die Seite und umarmte ihn. Der erste Kontakt zwischen den beiden Geschwistern war sehr zaghaft. Es schien so, als wenn die über die Jahre entstandene Distanz erst weichen müsste. »Komm, setz dich doch«, bat sie ihn, nachdem sie selbst wieder Platz genommen hatte. Martina schaute ihren Bruder von oben bis unten an. »Du siehst gut aus, muss ich feststellen. Möchtest du etwas trinken?« Sie winkte der Bedienung und bestellte für sich ein Mineralwasser. Ihr Bruder verlangte ein Weißbier. »Ein Winzer, der fremdgeht«, lächelte sie zu ihm herüber.

»Ab und zu braucht man mal einen anderen Geschmack.« Er blickte sich nach bekannten Gesichtern um. Einige Tische weiter, ganz im Eck, saß ein Pärchen, dem er freundlich zunickte. Die übrigen Gäste im Speiselokal waren ihm fremd.

»So, Herr Petzold, ein Hefeweizen für Sie und ein Wasser für die Dame.« Die Bedienung servierte die Getränke mit freundlichem Nicken und verschwand sofort wieder.

Sekundenlang herrschte betretenes Schweigen, während sich die beiden anschauten.

»Na ... hat's dir die Sprache verschlagen?«, erkundigte sich Martina lächelnd.

»Ja, wie soll ich jetzt anfangen? Erst mal Prost auf deine Rückkehr. Schön, dass du wieder da bist« Er hob sein Glas und tat einen kräftigen Zug. Irgendwie suchte und fand Thomas so keinen rechten Einstieg. Verlegen nach Worten suchend drehte er das Bierglas in der Hand. Lange und intensiv sah er sie an. »Du schaust nicht nur gut, sondern prächtig aus«, gab er ihr das Kompliment von vorhin zurück. Wieder einige Sekunden Stille. Seine Schwester blickte ihn abwartend an, ohne etwas zu sagen. »Warum erst jetzt? Warum hast du dich nicht mal früher gemeldet? Wir haben dich vermisst.« Seine Stimme klang schwermütig und belegt. War das wirklich mehr Feuchtigkeit als üblich, die seine Pupillen glänzen ließen? Erneut schlug er die Augen nieder und fixierte sein Glas. Mit einem Mal nahm er ihre Hand in die seine und sagte: »Du kannst dir nicht vorstellen, wie ich mich freue, dich zu sehen. Die ganzen Jahre habe ich auf ein Lebenszeichen gehofft. Ich wusste ja nicht, wo ich nach dir zu suchen anfangen sollte.« Tatsächlich zeigte sich in jedem

Augenwinkel ein feuchter Tropfen, den er verstohlen mit dem Finger wegwischte.

Martina fühlte die raue Hand, die über ihren Handrücken fuhr. Mit allem hatte sie gerechnet, nur damit nicht. Die liebevolle Reaktion ihres Bruders überwältigte sie. Jetzt war es doch tatsächlich an ihr, ein Taschentuch zu zücken. Ihre Brust krampfte sich zusammen, so musste sie sich beherrschen. Sie fing leicht zu zittern an und ihre Stimme wollte versagen, als sie antwortete: »Es hat mich viel Mut und Überwindung gekostet. Aber mich hat etwas angetrieben. Nein, nicht nur das, was dir Glaser vielleicht erzählt hat«, abwehrend hob sie die freie Hand. Ihre andere Hand hielt Thomas immer noch umfasst. »Da war auch ein Drang, meine Familie und alles von früher noch einmal zu sehen«, gestand sie.

»Dann pack deine Sachen und komm rüber zu uns ins Weingut. Wir haben dort Platz genug. Bleib, solange du willst. Alle freuen sich, wenn du kommst.«

»Halt, halt, nicht so schnell. Wer weiß außer dir alles, dass ich da bin?«

»Bisher niemand. Michel hat mich vorhin angerufen und ich bin gleich hierher.«

»Gut, so soll es auch erst noch mal bleiben.« Thomas wollte widersprechen, kam aber nicht dazu. »Stopp, ich habe meine Gründe. Unser Wiedersehen hat so lange warten müssen, jetzt kommt es auf ein paar Tage rauf oder runter auch nicht an.«

»Muss das denn wirklich sein? Kannst du die Sache nicht auf sich beruhen lassen?«

»Nein! Nein! ... und noch mal nein! Da lass ich nicht mit mir reden«, wurde sie energisch.

»Was hast du eigentlich genau vor?«

»Ich dachte, dein Freund hätte es dir erzählt?«

»Das waren eher Andeutungen. Du wolltest dieses ›Missgeschick‹, wie er es nannte, versuchen aufzuklären, und das nach so langer Zeit.«

»Findest du auch, dass es nur ein ›Missgeschick‹ war? Für mich war es eine Katastrophe. Da gehen wohl die Meinungen auseinander. Aber natürlich, für euch alle hat sich ja nichts verändert, nur damals für mich.«

»Martina, das ist nicht wahr. In unserer Familie war es nie wieder so wie vorher. Ich glaube, Vater hat sich im Nachhinein Vorwürfe gemacht, obwohl er es nie zeigte. Weißt du eigentlich, dass er letztes Jahr gestorben ist?«

»Ja, ich habe es irgendwann später im Internet gelesen. Das war da, wo ich anfing, mit dem Gedanken zu spielen, hierherzukommen und die Sache in Angriff zu nehmen.«

»Ihm hat es später leidgetan, hatte ich das Gefühl. Du weißt ja selbst, dass er immer wenig Regung zeigte. Doch das mit dir hat ihn nicht kaltgelassen. Ich habe herausgefunden, dass er dich sogar gesucht hat.«

»Und wie hast du das herausgefunden?«

»Nach seinem Tod habe ich eine Mappe mit älteren Papieren gefunden, darin unter anderem einen Schriftwechsel mit Meldebehörden. Recherchen und Anfragen über deinen Verbleib. Zweimal hat er sogar eine Detektei beauftragt. Einmal Anfang der 80er Jahre, nachdem er mit den Behörden keinen Erfolg hatte. Dann ein zweiter Versuch vor dem Jahrtausendwechsel. Aber beide Male scheinbar ohne Ergebnis.«

Gedankenversunken hörte sie zu, ließ sich aber keine Regung anmerken. »Wie geht es Mutter?«

Thomas wiegte den Kopf hin und her. »Heute so, morgen

so. Körperlich ist sie noch relativ fit, aber geistig nicht mehr. Sie hat Demenz! An den meisten Tagen wirft sie alles durcheinander, verwechselt jeden oder redet wirres Zeug. Es gibt nur noch wenige Tage, wo sie etwas mitbekommt und nicht verwirrt ist. Der Wechsel dazwischen kommt aber immer ganz plötzlich. Einen Moment ganz klar, ist sie im nächsten Moment in ihrer eigenen Welt ... Aber nun erzähl doch, wie es dir ergangen ist. Wo warst du all die Jahre und was hast du erlebt? Ich bin neugierig alles zu erfahren.«

»Langsam, Thomas, langsam. Das ist nicht in zwei Sätzen erzählt. Sei nicht so ungeduldig, du erfährst es noch. Dazu braucht es Zeit und Muße. Jetzt bereitest du erst mal die anderen auf die ›verschollene‹ Verwandte vor«, beruhigte sie ihn. »Ich bleib derweil noch ein oder zwei Tage hier und kümmere mich um mein Vorhaben. Es ist besser so. Dann können wir über einen Umzug zu euch draußen reden.«

Thomas trank den letzten Schluck Bier und erhob sich. »Also, wenn du es unbedingt so willst, okay. Ich hab ein wenig Bedenken. Es könnte viel Staub aufgewirbelt werden, wenn du was herausbekommst.«

»Mach dir mal keine Sorgen. Wenn ich was erfahren sollte, überlege ich mir vorher, was ich mache.«

Martina erhob sich ebenfalls und hauchte ihm einen Kuss auf die Wange. Dann meinte sie lachend: »Jeder, der uns gesehen hat, glaubt, dass wir was miteinander haben. Bisher weiß außer dir und Glaser niemand, wer ich bin. Na gut, die Dame von der Rezeption hat meinen Geburtsnamen gelesen. Sie ist aber zu jung, um daraus Schlüsse zu ziehen.« Anschließend klopfte sie ihrem Bruder freundschaftlich auf die Schulter.

»Na, Prost Mahlzeit! Sieh zu, dass du dein Inkognito baldmöglichst lüftest. Also, wir warten auf dich oder zumindest auf deinen Anruf.« Mit diesen Worten verließ er das Hotel.

Das Eis war gebrochen, der erste Schritt getan! Martina schaute ihm hinterher, bis er verschwunden war. Ja, das war ihr Bruder. Offen, herzlich und geradeheraus, so wie früher. Martina genehmigte sich noch einen Rotwein als Schlummertrunk. Dabei hing sie ihren Gedanken nach. Die soeben beendete Unterhaltung ließ sie nicht los.

In der Nacht schlief sie schlecht. Viele alte und bekannte Gesichter tauchten im Traum auf. Vergangenes vermischte sich mit Aktuellem. Mal als junges Mädchen, mal als reife Frau diskutierte, stritt und versöhnte sie sich abwechselnd mit den ihr erscheinenden Gestalten.

Am Morgen fühlte sie sich müde und gerädert. Sie konnte nicht sagen, wie viele Runden sie gedreht hatte, immer von einer Seite auf die andere. Das zerwühlte Bett war ein äußeres Anzeichen ihrer unruhigen Nacht.

Trotzdem hielt sie an ihrem heutigen Vorhaben fest. Sie wollte den Nächsten des früheren Freundeskreises von Thomas und Georg aufsuchen. Gestern hatte sie schon in Erfahrung gebracht, dass es den alten Betrieb im Altstadtbereich nicht mehr gab. Die ehemals kleine Schreinerei Rodenstern war von der nachfolgenden Generation vergrößert worden. Ende der 80er Jahre hatte Tobias das Geschäft von seinem Vater übernommen und – wie man neudeutsch sagte – sofort »expandiert«. Er war ins angrenzende Gewerbegebiet umgesiedelt und hatte sich dort über die Jahre erweitert.

Wie in Wildwestmanier rankte ein riesiges gewölbtes Holzschild über dem Tor, darauf stand in schwarz eingebrannter Schrift »Holzverarbeitung Rodenstern GmbH«. Martina fuhr darunter hindurch aufs Betriebsgelände. Zwanzig Meter weiter links hinter einer befestigten Parkfläche lag das zweistöckige Firmengebäude. Darüber prangte noch mal das Firmenschild mit dem gleichen Schriftzug im Kleinformat. An der Eingangstür fand sich der Hinweis, dass es hier zum Büro und zur Anmeldung ging. Zu beiden Seiten des Eingangs standen Sitzbänke und daneben jeweils ein überdimensionaler Edelstahl-Aschenbecher.

Auf der rechten Bank saß ein Mann und telefonierte. Gleichzeitig zog er kräftig an seiner Zigarette und blies den Qualm hektisch wieder aus. Dabei gestikulierte er, stand auf, setzte sich wieder, und das in ständiger Wiederholung. Unruhig kaute er dabei auf einem Kaugummi.

Schon vom Auto aus hörte Martina die laute und erregte Stimme des Mannes. In aller Ruhe musterte sie den etwa eins achtzig großen Hektiker. Er hatte volles, fast graues Haar und einen kurz geschorenen, grau melierten Vollbart. Das leichte Doppelkinn und die Pausbacken ließen sich dadurch nicht verbergen. Dazu passten die gut erkennbaren Wölbungen im Bauch- und Hüftbereich unter der dunkelroten Fleecejacke. Gerade beendete er das Telefongespräch und drückte seine Zigarette aus. Er blieb stehen und beäugte die attraktive Frau, die auf ihn zukam.

»Kann ich Ihnen irgendwie helfen?«, erkundigte er sich.

»Wenn Sie wissen, wo ich Herrn Rodenstern finde, dann ja.«

»Der steht vor Ihnen«, er hielt ihr die kräftige fleischige Hand hin.

»Mein Name ist Martina Kruger, geborene Petzold.« Sie sah es an seinen Augen, dass ihm der Name etwas sagte. Wenigstens der erste und der letzte Teil. Entweder hatte er sich gut in der Gewalt oder er war informiert.

»Mannomann ... Sie habe ich anders in Erinnerung«, gestand er.

Dabei blickte er sie von oben bis unten an. Sie hatte sich elegant angezogen, um Eindruck zu machen: mit einem taupefarbenen Mantel und einer dunkleren feinen Stoffhose. Darunter trug sie einen hellen hochgeschlossenen Kaschmir-Pullover mit breitem Kragen und passendem Schal.

»So ... und wie denn?«

»Na ja, noch von damals her, als Teenager. Ich kann mich noch an Ihre schulterlangen blonden Haare erinnern. Die hübschen blauen Augen sind Ihnen geblieben. Gab es da nicht auch ein paar Sommersprossen?«, grinste er fast schon ein bisschen unverschämt. Plötzlich wurde er ernst. Rodenstern schien zu spüren, dass Sie nicht nur zum »Hallosagen« vorbeigekommen war. »Was wollen Sie von mir?«

»Können Sie sich das nicht denken?«

»Doch wohl nicht etwa wegen der alten Geschichte, als Sie ...?« Genau wie zuvor Glaser kam auch er ins Stocken.

»Als ich was? Sagen Sie es ruhig. Als ich vergewaltigt wurde, wollten Sie doch sagen, oder nicht?«, vollendete Martina.

»Aber das ist doch schon über dreißig Jahre her«, wunderte sich Rodenstern. »Ist das denn nicht schon viel zu lange vorbei?«

»Lange Zeit hin oder her, für mich ist es noch nicht vergessen.«

»Sagen Sie bloß, Sie wollen nach so vielen Jahren noch herausfinden, wer das war?« Nervös zündete er sich eine neue Zigarette an.

»Und wenn, würde Sie das stören?«

»Solange Sie mich damit in Ruhe lassen.« Seine Stimme

wurde lauter. Heftig zog er an seiner Zigarette und inhalierte den Rauch bis tief hinab. »Ich habe auf so was keinen Bock.«

»Bedeutet das, dass Sie mir nicht helfen wollen?«

»Lady, Sie haben es erraten«, beugte er sich so weit zu ihr rüber, dass Sie seinen Zigarettenatem roch.

»Ohne zu wissen, was ich von Ihnen überhaupt will? Das erstaunt mich jetzt schon.«

»Mir egal, ob Sie das erstaunt, wundert oder sonst irgendwas. Ich stehe für keine Ihrer Spinnereien zur Verfügung. Auch wenn ich mit Ihrem Bruder gut befreundet bin«, antwortete er unfreundlich.

»Oh, ist der Grund Ihr schlechtes Gewissen oder haben Sie tatsächlich was zu verbergen?«

»Ich war jung, übermütig und habe die eine oder andere Scheiße gebaut, aber so was hatte ich nie nötig und so tief bin ich nicht gesunken! Damit ist von meiner Seite aus alles gesagt. Guten Tag, gnädige Frau!« Wütend schmiss er die halb fertig gerauchte Zigarette in den Aschenbecher. Der Kaugummi folgte. Dann verschwand er im Haus.

Anstatt sich wieder zurück zum Auto zu begeben, trat Martina zur Sitzbank und blickte sich um. Es war niemand sonst zu sehen, als sie sich hinunterbückte. Kurz darauf wandte sie sich lächelnd zum Gehen. »Wenn Sie nicht kooperieren, dann eben auf meine Art und Weise. Auf Wiedersehen, Herr Rodenstern, es hat mich auch gefreut, Sie kennengelernt zu haben«, murmelte sie vor sich hin und lächelte vielsagend.

Im gleichen Outfit begegnete sie auch dem letzten ihrer Kandidaten: Manfred Täuber, dem Versicherungs- und Immobilienmakler. Sein Büro lag direkt am Marktplatz.

In dem großen Raum, den sie betrat, gab es außer Schränken und Regalen voller Akten auch zwei Arbeitsplätze. An einem saß eine junge Frau, die sich sofort nach ihren Wünschen erkundigte. Martina bat darum, mit Herrn Täuber sprechen zu können. Mit den Worten »Einen Moment bitte« verschwand sie in einem angrenzenden Zimmer. Es dauerte nur einen kleinen Augenblick, dann kam sie wieder zurück. Ihr folgte ein schlanker, sportlich eleganter Mann in einem anthrazitfarbenen Anzug. Sein im Umgang mit Menschen geschultes Auge taxierte sofort unauffällig die Besucherin. Martina hingegen spürte im selben Moment, dass er für ihre optischen Auffälligkeiten empfänglich war. Aber keineswegs auf eine unangenehme Art. Diesmal nannte sie bei der Begrüßung nicht ihren Geburtsnamen. Bei dem Anblick des charmanten Mannes disponierte sie schlagartig um.

»Frau Kruger, wie darf ich Ihnen helfen?«, erkundigte sich Manfred Täuber freundlich. Dabei wies er auf eine gemütliche Sitzgruppe und bot ihr einen Platz an. »Kann ich Ihnen etwas zu trinken anbieten?« Nachdem Martina dankend ablehnte, steuerte er auf den zweiten Sessel zu.

Dass seine Freundlichkeit nicht nur gespielt war, dafür hatte Martina ein feines Gespür. Viel zu oft hatte sie sich schon mit dem Gegenteil abgeben müssen: mit aalglatten und windigen Geschäftsleuten, Snobs und anderen geltungsbedürftigen Menschen. Dieser langjährige Umgang hatte sie sensibel werden lassen für das, was echt und was gekünstelt war. Am Anfang war es für sie schwierig gewesen, immer »gute Miene« zu machen. Bis sie so nach und nach in die Rolle hineingewachsen war. Ihr Mann hatte ihr immer mit Engelsgeduld auf liebevolle Art geholfen, eine geschäftliche Notwendigkeit darin zu sehen.

»Ich trage mich mit dem Gedanken, hier in Iphofen eine Immobilie zu kaufen.«

»Na, dann wollen wir mal schauen, wie wir Ihnen behilflich sein können.« Manfred Täuber legte Kugelschreiber und Notizblock neben sich. Dann versuchte er im Gespräch die Wünsche der Kundin in Erfahrung zu bringen. Eine Mappe mit den verfügbaren Objekten lag immer griffbereit. Leider war das Angebot im Moment nicht so groß.

Trotz der äußerst begrenzten Möglichkeiten, die der Makler momentan sah, entwickelte sich zwischen den beiden eine angeregte Unterhaltung. Obwohl das Gespräch auf geschäftlicher Basis geführt wurde, war die Atmosphäre sehr locker. Die gegenseitigen Eindrücke waren durchweg als sympathisch zu bezeichnen. Schließlich kamen sie überein, am kommenden Tag eine Besichtigung dessen zu machen, was gerade zur Auswahl stand.

»Frau Kruger, machen wir es so: Lassen Sie sich doch einfach mal von dem überraschen, was ich Ihnen zeigen will. Vielleicht können Sie sich ja für eines der Objekte erwärmen. Ein Haus Ihrer Vorstellung habe ich leider zurzeit nicht im Programm.« Dabei setzte er sein charmantestes Lächeln auf. Martina konnte nicht widerstehen und sagte zu.

Trotzdem blieb Täuber vorerst einer ihrer Verdächtigen. Auch wenn sie jetzt im Stillen hoffte, dass es nicht so wäre - was noch bewiesen werden musste. Nur war sie in der Hinsicht heute bei ihm keinen Schritt weitergekommen.

Bevor sie sich auf den Rückweg ins Hotel machte, ging sie noch mal bei Glaser vorbei. Anstandslos löste er sein Versprechen bezüglich der Probe ein.

*

Am nächsten Tag gegen ein Uhr holte Manfred Täuber sie ab. Drei Besichtigungen standen auf dem Programm. Eines der Häuser stand im Altstadtbereich, die beiden anderen in angrenzenden Baugebieten. Das Haus in der Innenstadt war sanierungsbedürftig. Keine Heizung, alte marode Fenster, rissige bröckelnde Außenfassade und notwendige Reparaturen am Dach. Küche, Bad, Fliesen und vieles mehr aus den 60er und 70er Jahren. Der jetzige Preis war zwar ein Schnäppchen, aber danach würde das Anwesen für Monate eine Baustelle mit hohen Kosten sein. Bei Objekt Nummer zwei gefielen ihr weder das Haus noch die Raumaufteilung, noch die Lage. Für eine Person war es viel zu groß und am Ende einer Sackgasse mit Wendehammer gelegen. »Da sieht und hört man ja nichts und niemanden, das ist mir zu ruhig«, kritisierte sie. Am ehesten zugesagt hatte Martina das dritte Objekt. Aber auch wiederum nicht wirklich. Zumindest nicht so, dass sie sich dafür hätte erwärmen können. Sie waren am Ende ihrer Besichtigungstour.

»Wissen Sie, eigentlich waren die beiden letzten Häuser für mich alleine viel zu groß. Meine Vorstellung ist und bleibt, dass alles ebenerdig ist. Das Haus müsste noch nicht mal einen Keller haben. Und das Grundstück nicht zu groß. Eben alles ein bisschen kleiner und überschaubarer«, wandte sich Martina an Täuber.

»Steigen Sie ein, ich zeige Ihnen noch was«, überlegte plötzlich der Makler.

Ohne weitere Erklärung steuerte er seinen Wagen durch das Wohngebiet. Martina schaute nach links und rechts: prächtige Ein- und Mehrfamilienhäuser, alle nach ihrer Zeit erbaut.

»Iphofen hat sich gemausert«, nickte sie anerkennend.

»Da steckt überall ordentlich viel Geld drin. Die Wirtschaftslage scheint hier noch zu stimmen.«

»Ja, kann man so sagen«, bestätigte Täuber.

Mehrere Straßen weiter hielt er genau vor so einem Haus, wie sie es beschrieben hatte. Ein schmucker einstöckiger Bungalow, umrahmt von einer kleineren Rasenfläche und einigen Sträuchern. Aber das Beste war die freie Sicht auf den »Schwanberg« mit den darunterliegenden Weinbergen.

»Jetzt überraschen Sie mich aber. Das Highlight haben Sie sich für den Schluss aufgehoben. Oder wie darf ich das verstehen?«

Täuber schmunzelte und bedeutete ihr, ihm zu folgen. So wie das letzte Objekt war auch dieses Haus noch bewohnt. Wenigstens hatte es den Anschein. Das komplette Mobiliar und persönliche Gegenstände, die herumlagen, ließen darauf schließen.

»Möchten Sie Tee, Kaffee oder kann ich Ihnen etwas anderes anbieten?«, fragte Täuber. Dabei ging er in die Küche und machte sich dort zu schaffen. »Es ist auch Kuchen im Haus. Schauen Sie sich inzwischen ruhig um.«

»Würden Sie mir das vorher erklären?«

»Was erklären?«

»Na, das Sie sich so einfach hier bedienen, als wären Sie hier zuhause.«

Er drehte sich zu ihr um und lachte schelmisch. »Ich bin hier zuhause«, sagte er, indem er jedes Wort des Satzes betonte.

»Und was soll das jetzt bedeuten?«

»Ich lade Sie zum Kaffee ein. Außerdem wollte ich Ihnen zeigen, dass wir den gleichen Geschmack haben. Ich habe das, was Sie suchen. So einfach ist die Erklärung.«

»Schön für Sie, schlecht für mich. Es sei denn, Sie wollen verkaufen.«

»Sie haben doch noch nicht viel vom Haus gesehen. Kommen Sie, ich zeige Ihnen alles.« Während die Kaffeemaschine lief, führte Täuber seinen Gast durchs Haus. »Die reine Wohnfläche beträgt etwa 120 Quadratmeter. Bestehend aus zwei Schlafzimmern, einem Arbeitszimmer, dem Wohn- und Essbereich plus Bad und separater Toilette«, erzählte er nebenbei. Dabei warf Martina einen Blick in jeden der Räume. »Einen Keller hat mein Haus nicht. Dafür einen großen Hauswirtschaftsraum und eine großzügige Garage.«

»Alles so, wie ich es mir wünschen würde. Aber Sie haben meine Frage von vorhin noch nicht beantwortet.«

»Welche meinen Sie?«

»Ob Sie verkaufen wollen.«

»Nein, nein«, lachte er und stellte Kaffee und Kuchen auf den Tisch. »Aber es gibt eine andere Lösung.«

»Die da wäre?«

»Selber bauen, dann können Sie nach Ihren Vorstellungen schalten und walten. Ein Grundstück hätte ich für Sie und einen netten Nachbarn gibt's gratis obendrauf«, grinste er sie über den Rand der Kaffeetasse an.

»Wie darf ich das verstehen?«, fragte sie schmunzelnd.

»Ist Ihnen das freie Grundstück nebenan nicht aufgefallen?« Er deutete mit dem Kopf in Richtung Garage. »Mit seinen 400 Quadratmetern wäre es von der Größe her ideal. Sie hätten die gleiche freie Sicht auf die Weinberge wie ich.«

Martina erhob sich und blickte aus dem Wohnzimmerfenster. »Das stimmt, tolle Aussicht! Aber wo ist der Haken?« Sie wandte sich ihm zu. Ohne dass sie es merkte, war er hinter sie getreten. Sie prallte gegen ihn. Ganz automatisch legten sich seine Hände um ihre Taille. Amüsiert über den Zusammenstoß lächelte er sie an. Martina kam es einige Sekunden lang vor wie das Grinsen eines Lausbuben, dem ein Streich gelungen war. Hoppla, Martina, mach langsam! Das geht mir zu schnell, dachte sie, und trat einen Schritt zurück.

»Es gibt keinen Haken.« Täuber hob abwehrend die Hände. Seinem entwaffnenden Lächeln konnte sie sich trotzdem nicht entziehen. »Das Grundstück ist zu verkaufen, mein Haus nicht.«

»Wem gehört es?«

»Mir!«

»Ach, das ist aber praktisch. Wenn Sie schon kein passendes Objekt für mich haben, dann wenigstens ein Grundstück und das richtige Musterhaus dazu.«

»Was spricht dagegen? Ich würde mich freuen, Sie als Nachbarin zu haben.« Immer noch lächelte er Martina an.

»Na gut, ich will es mir überlegen«, lächelte sie zurück. »Aber jetzt möchte ich gerne wieder ins Hotel.«

Manfred Täuber fuhr Martina zurück zum »Zehntkeller«. »Darf ich Sie mal zum Abendessen einladen?«, fragte er, als sie aussteigen wollte.

»Ich überlege es mir. Lassen Sie mir ein wenig Zeit. Ich rufe Sie an.«

»Versprochen?«

»Ja, versprochen!«

Auf ihrem Zimmer griff sie in die Handtasche. Sie holte zwei Plastiktütchen heraus. In einem befand sich eine Zahnbürste, im anderen ein kleines Büschel Haare. Die Sachen legte sie auf den Tisch. Beim Blick auf ihre »Beute« musste sie kichern. Heute Abend würde Herr Täuber seine Zahnbürste vermissen. Vermutlich geriet erst mal seine Reinigungskraft in Verdacht, das Teil entsorgt zu haben. Zur Sicherheit hatte sie außerdem noch ein paar Haare aus einer Bürste mitgenommen. Aus einem Schubfach ihres Nachttisches legte sie Glasers Speichelprobe dazu. Zu guter Letzt kamen noch mal zwei solcher Tütchen zum Vorschein. In einem waren zwei Zigarettenkippen und dem zweiten ein gebrauchter Kaugummi. Damit war ihre Sammlung komplett. Die Plastikhandschuhe, mit denen sie die Beweisstücke eingesammelt hatte, entsorgte sie im Abfalleimer. Noch am Abend machte sie ein Päckchen für die Reise zum Labor fertig. Am Telefon hatte man ihr zugesichert, dass die Ergebnisse spätestens in einer Woche vorliegen würden. Jetzt hieß es geduldig sein und warten.

Wieder zuhause

»Hallo Thomas, hier spricht Martina.«

»Schön, dass du anrufst. Na, hast du dein Netz schon ausgeworfen?«, erkundigte sich Thomas.

»Alles so weit erledigt.«

»Das heißt, du bist jetzt bereit dich hier mal sehen zu lassen?«

»Na ja, wenn ich nicht störe und willkommen bin.«

»Erzähl nicht so ein dummes Zeug«, reagierte ihr Bruder ein bisschen sauer. »Natürlich bist du willkommen. Meine Frau freut sich, dich endlich kennenzulernen. Georg mit Familie weiß auch Bescheid. Also, wann kommst du?«

»Ihr habt doch jetzt bei der Weinlese massig zu tun ...«

»Wann kommst du?«

»... da seid ihr froh, wenn Feierabend ist. Und dann komm ich daher und ihr müsst eure Zeit opfern. Das kenn ich doch alles ...«

»Wann kommst du?« Mit störrischer Ruhe stellte er die Frage zum dritten Mal.

Einige Sekunden war Stille am Telefon. »Also gut! Gib mir noch zwei Tage. Morgen habe ich schon was vor. Übermorgen ist Samstag. Wenn es euch nichts ausmacht, komm ich am späten Nachmittag vorbei.«

»Ich nehme dich beim Wort.«

*

Da war es wieder, dieses leicht beklemmende Gefühl, als sie auf die Zufahrt zum Weingut abbog. So oder ähnlich war es ihr auch schon auf dem Weg nach Iphofen ergangen. Tief in ihrem Inneren rührte sich die Vergangenheit wieder. Die Gebäude schimmerten aus der Entfernung durch die kahlen Bäume der Streuobstwiesen. Nur noch in groben Zügen hatte sie das frühere Aussehen des Anwesens vor Augen. Ein Teil der Erinnerung war tatsächlich im Laufe der Jahre verblasst. Eines war für sie sofort offensichtlich, da hatte sich manches geändert oder war neu dazugekommen.

Ihren Wagen parkte sie auf einem der Kundenparkplätze im Innenhof. Sie stieg aus, sah sich um und ließ erst mal alles auf sich wirken. Eigentlich war hier für sie immer das idyllischste Fleckchen Erde gewesen. Bis zu dem Tag, als sich so vieles änderte. Fröstelnd schloss Martina mit einer Hand den oberen Teil ihres Mantels. So nach und nach füllten sich die Lücken wieder und das Bild von damals bekam sein altes Format. Dabei schritt sie langsam auf das Wohnhaus zu.

Trotz der aufkommenden Dämmerung erkannte sie die gepflegte Fassade des zweistöckigen Fachwerkbaus. Da war auf jeden Fall einiges investiert worden, um das alte Schmuckstück wieder auf Vordermann zu bringen. Unverändert war dagegen die achtstufige Doppeltreppe aus Sandstein. Sämtliche ehemals landwirtschaftlichen Gebäude waren inzwischen für den Weinbau umfunktioniert oder hatten ganz weichen müssen. Magisch zog eines der Gebäude sie in seinen Bann: das, wo die Veränderung ihres Lebens damals seinen Anfang nahm.

»Schwelgst du in Erinnerungen?«, ertönte eine Stimme.

Martina drehte sich um und sah Thomas auf der Treppe stehen.

»Ich vergleiche es gerade mit dem, was ich noch im Gedächtnis habe. Es hat sich viel verändert. Natürlich zum Positiven. Ist alles sehr schön geworden. Das hat sicherlich viel Arbeit und Geld gekostet.«

»Richtig, aber wir mussten ja auch investieren. Im Laufe der Zeit haben wir uns vergrößert und brauchten immer mehr Platz. Da blieb es nicht aus, immer wieder umzubauen. Aber jetzt komm doch rein.«

Während ihres kurzen Gesprächs trat eine Frau aus der Tür und stellte sich neben Thomas. Obwohl schlank, waren die weiblichen Proportionen nicht zu übersehen. Jeans und Pullover betonten ihre gute Figur. Dichtes dunkelbraunes Haar fiel ihr bis auf die Schulter. Ein rundliches freundliches Gesicht lächelte sie an. Schon der erste Blickwechsel der beiden Frauen bekundete gegenseitige Sympathie.

»Hallo, ich bin Katrin.« Die Frau kam ihr lächelnd auf der Treppe entgegen. »Thomas hat sich so gefreut, als er von Ihrer Ankunft hörte. Na und ich erst, ich war so was von neugierig auf meine Schwägerin.« Katrin reichte ihr mit strahlendem Gesicht die Hand.

Die Fröhlichkeit war ansteckend. »Weil es so lange gedauert hat, bis wir uns kennenlernten, wollen wir jetzt keine Zeit verschwenden. Am besten gehen wir doch gleich zum ›du‹ über. Was hältst du davon?«, meinte Martina angenehm berührt, während sie die Frau ihres Bruders noch bei der Hand hielt.

»Liebend gerne! Dann muss ich dich auch drücken.«

Thomas beobachtete still und zufrieden, wie sich die beiden Frauen umarmten. Nach der innigen Begrüßung nahm auch Thomas seine Schwester in die Arme. »Heute darf ich dich knuddeln. Im Hotel war mir das ehrlich gesagt ein klein wenig peinlich«, gestand er lachend.

»Dann lass uns das schnellstens nachholen.« Martina presste sich an ihn. Etwas durchströmte sie und trieb ihr einen wohligen Schauer unter die Haut. Dieses angenehme Gefühl von Sicherheit und Geborgenheit, das sie von früher her noch kannte und sofort wieder spürte. Ihr großer Bruder war für sie von klein auf jemand, bei dem sie Zuflucht hatte suchen können. Nur das eine Mal hatte er ihr nicht helfen können.

Nach der Begrüßungszeremonie schob Thomas die zwei Frauen ins Haus.

Auch im Haus erwarteten Martina einige Veränderungen. Lediglich die alten massiven Eichenholztreppen in den Keller und in den ersten Stock gab es noch. Alle anderen Räume waren modernisiert und anders eingerichtet. Durch die Dielentür gelangte man in den Flur der unteren Wohnung. Links lag, so wie früher, das Wohn- und Esszimmer. Nur dass es keine Zwischenwände mehr gab, sondern Fachwerkbalken als Raumteiler. Genauso wie zur angrenzenden Küche. Im Esszimmer wurde Martina von einem zweiten Paar erwartet.

»Georg, bist du das?«, fragte sie ganz überrascht. Er hatte sich, wie sie fand, am meisten verändert. Aus seinem vollen dunkelbraunen Haar war eine Halbglatze mit kurz geschnittenem Haarkranz geworden. Seine ganze Statur und die Wölbung unter dem Hemd zeugten von einigen Kilos mehr, als Martina in Erinnerung hatte. »Du hast dich aber ganz schön verändert«, grinste Martina und klopfte auf seinen Bauch.

»Tja, gute Hege und Pflege und wir werden alle etwas ruhiger«, meinte er leicht verlegen. Dann zeigte er auf die

Frau neben sich. »Hier steht mein Ruhepol, meine Frau Simone.«

Die vollschlanke Frau wirkte bescheiden und zurückhaltend, als sie Martina begrüßte. Auch sie machte auf Martina einen netten Eindruck. Dagegen glaubte sie bei Georg eine gewisse Kühle und Zurückhaltung zu spüren. Sie verscheuchte das komische Gefühl und sprach es der langjährigen Entfremdung zu.

»Wir haben eine kleine Brotzeit hergerichtet. Ich denke, du hast schon lange keine fränkischen Köstlichkeiten mehr bekommen. Also, nimm Platz und lass es dir schmecken.« Thomas bot seiner Schwester einen Platz an. »Denn Rest der Familie wirst du spätestens am nächsten Wochenende kennenlernen. Da ist unsere Weinlese zu Ende und wir haben wieder Schlachtfest. Du erinnerst dich doch noch, oder?«

»Na und ob, das war immer eine Gaudi«, lachte Martina. »Und das gibt es noch?«

In diesem Moment ging die Tür auf und eine gebrechliche grauhaarige Frau trat in den Raum. Sofort wurde es still im Zimmer.

»Was ist denn hier los?«, fragte sie. Ihr Blick irrte orientierungslos umher.

»Mama!«, hörte man Martina leise sagen. Auf die Begegnung war sie nicht vorbereitet. Ihr saß ein Kloß im Hals, als sie ihre Mutter nach über dreißig Jahren wieder sah. Vor allen Dingen war sie über die Veränderung erschrocken. Sie kannte ihre Mutter nur als vitale, energiegeladene Frau. Aber die Person, die da hereingekommen war, hatte keine Ähnlichkeit mehr damit. Leicht gebeugt und mit kleinen Schritten kam sie daher, abgemagert, mit eingefallenen Wangen und dünnen Armen. Ihren Alterungsprozess hatte die Tochter ja nicht miterleben können. Daher saß der Schock über den Anblick jetzt tief.

»Mutter, wir haben Besuch«, sprach Thomas sie an. Ohne zu reagieren, ging sie ins Wohnzimmer und setzte sich in einen Sessel neben dem Kachelofen. »Heute ist sie mal wieder völlig verwirrt«, erklärte er seiner Schwester. Die stand sprachlos und regungslos da. Nur langsam schien sie die Tatsache über den Zustand zu begreifen. Sie gab sich einen Ruck und ging auf ihre Mutter zu. Vor dem Sessel kniete sie sich nieder und nahm ihre Hände.

»Hallo, Mama, ich bin's, deine Tochter Tina.«

»Jaja ... schön, schön«, antwortete sie mit schwacher Stimme.

»Erkennst du mich?«

»Alles gut, ist schon recht.«

Im ersten Moment hatte Martina geglaubt, eine Reaktion zu erkennen. Das war aber nur Einbildung, denn Tatsache blieben der verständnislose Blick der alten Frau und ihre Worte ohne Sinn. Resigniert gab die Tochter auf. Es dauerte eine ganze Weile, bis sie den Schock des Anblicks ihrer Mutter verdaut hatte.

Während des Essens erfuhr sie viel über die Entwicklung des Weingutes in den ganzen Jahren. Sie lernte wenigstens dem Namen nach schon die nachfolgenden Generationen kennen. Schließlich waren sowohl Thomas und Katrin als auch Georg und Simone mittlerweile stolze Großeltern.

»Jetzt weißt du, was hier bei uns in der ganzen Zeit passiert ist. Wie sieht's denn bei dir aus? Wie ist es dir ergangen? Wo hat es dich denn hinverschlagen? Schlecht scheint es dir ja nicht zu gehen«, war Thomas neugierig.

Martina holte tief Luft, bevor sie zu erzählen begann. »Ich

bin damals von der Mutter-Kind-Einrichtung aus mit einem Freund ins Ausland gegangen. Ins Elsass nach Mulhouse. Dort hatte er angeblich einen dauerhaften Einsatz von seiner Firma aus. Aber Pustekuchen! Das war nur ein Montage-Job für ein halbes Jahr. Danach beorderte sein Arbeitgeber ihn wieder zurück. Oh Mann! Der Junge hat sich als Blindgänger entpuppt. Das war mir anfänglich gar nicht bewusst. Ich bin daher dort geblieben. Das Glück war mir hold. Hilfe erhielt ich von einer lieben, netten Frau, Madame Roziér. Sie besaß ein Café in Mulhouse am Marktplatz, Place de la Réunion. Sie gab mir Arbeit im Café und eine ihrer Wohnungen im selben Haus. Mit ihrer gleichaltrigen Tochter, Jeannine, habe ich mich sofort gut verstanden. Von ihr lernte ich die französische Sprache richtig. Wir haben immer noch Kontakt miteinander. Fast vier Jahre dauerte mein Aufenthalt in Frankreich. Dort begegnete mir auch mein späterer Mann.«

Martina hielt kurz mit ihrer Erzählung inne. Nicht nur in Gedanken war sie noch mal in der Zeit. Alles erschien vor ihrem geistigen Auge, so als würde sie es ein zweites Mal durchleben. Dabei wirkte sie ziemlich melancholisch.

»Tyron, mein Mann, war geschäftlich in Frankreich. Eines Tages tauchte er in dem Café auf. Er wurde Stammgast und beobachtete mich bei der Arbeit.« Martina musste lachen. »Natürlich dachte er, ich würde es nicht merken, aber das konnte man nicht übersehen. Im Verstellen war er sehr ungeschickt. Er konnte nichts verheimlichen und war ein schlechter Lügner. Aber ich glaube, seine Ehrlichkeit, auch im Umgang mit seinen Kunden, geriet ihm eher zum Vorteil als zum Nachteil bei seinen geschäftlichen Dingen. Das blieb auch so in unseren ganzen Ehejahren.« Wieder grinste Martina bei dieser Aussage und hielt inne.

Gleich darauf fuhr sie mit ihrer Erzählung fort. »Jeden Tag kam er zu uns und verbrachte Stunden an einem der Tische. Er verlängerte sogar seinen Aufenthalt mir zuliebe. Dann irgendwann zeigte er mir offen seine Sympathie. Auch ich fühlte mich zu ihm hingezogen, obwohl er um einiges älter war als ich. Genau gesagt fünfzehn Jahre älter. Das störte mich aber nicht weiter. Plötzlich war er eines Tages verschwunden und blieb es auch - ohne ein Wort oder eine Nachricht. Meine zweite Enttäuschung nach Peter. Ich hatte vorerst von Männern die Nase voll.« Martina nahm einen Schluck Wein.

»Ach herrje, das hätte ich auch«, stimmte Katrin ihr bei.

»Fast ein Jahr danach stand er auf einmal wieder vor mir. Da erzählte er mir, warum er ein Jahr zuvor so Hals über Kopf verschwunden war. Eine schreckliche Nachricht aus seiner Heimat hatte ihn dazu gezwungen. Er war abgereist, ohne lange Erklärungen abgeben zu können. Er kam aus Südafrika und seine Eltern besaßen dort ein Weingut und ein Hotel in Kapstadt.« Martina blickte in die Runde und nickte. »Ja! Das klingt doch wirklich kurios, oder nicht? Eine Winzertochter verlässt ihre Familie, um in die Arme eines südafrikanischen Winzers zu geraten.« Sie lachte in die Runde.

»Also weiter mit meiner Geschichte! Tyrons Eltern hatten einen Autounfall, bei dem beide ums Leben kamen. Nun stand er als einziger Sohn mit dem Betrieb und dem Hotel alleine da. Er brauchte fast ein Jahr, um alles zu ordnen. Natürlich war er geschäftlich in das Unternehmen eingebunden gewesen, aber die Entscheidungen hatte bis dahin sein Vater getroffen. In dem ganzen Trubel hat er mich aber nicht vergessen. Nur die Umstände ließen es nicht zu, sich früher zu melden. Bei der ersten passenden Gelegenheit kam er aber wieder zurück.

Schon am zweiten Tag machte er mir einen Heiratsantrag. Madame Roziér hatte ihn ein Jahr zuvor schon sympathisch gefunden. Jetzt war sie natürlich hellauf begeistert. Sie bestärkte mich in meiner Entscheidung, ›Ja‹ zu sagen.« Wieder atmete Martina durch.

»Sechs Wochen später war die Hochzeit in Kapstadt. Als Hochzeitsüberraschung ließ mein zukünftiger Mann sogar Isabelle Roziér und ihre Tochter einfliegen. Das ist jetzt vierunddreißig Jahre her. Von Anfang an liebte er Jessica, meine Tochter, und gab ihr seinen Namen. Jessica bekam noch zwei Halbgeschwister, Jordan und Serina.«

»Warum hast du ihn nicht mitgebracht?«, fragte Thomas.

»Tyron starb vor zwei Jahren an einem Herzinfarkt.« Bei dem Gedanken an ihren verstorbenen Gatten musste Martina heftig schlucken.

»Das tut mir leid für dich.« Thomas legte seine Hand auf die ihre.

»Er war so ein herzensguter Mensch und ging viel zu früh. Geschäftlich war er ein Genie und privat der liebevollste Ehemann und Vater, den man sich nur vorstellen kann«, geriet sie ins Schwärmen. »Nach seinem Tod half ich zwei Jahre lang meinen Kindern, den Betrieb zu führen. Jetzt sind sie in der Lage, alleine zurechtzukommen. Ja, und ich habe eine Reise in meine Vergangenheit begonnen.« Einige Augenblicke herrschte Stille.

»Dann bist du ja in Sachen Wein eine Expertin«, stellte Georg nüchtern fest.

»Was die südafrikanischen Weine angeht, schon. Das, was sich im Laufe der Jahre hier entwickelt hat, kenne ich weniger.«

Die Zeit war in Windeseile vergangen. Ein Blick auf die

Uhr zeigte, dass es schon nach elf war. Kurzentschlossen stand sie auf. »Es wird Zeit, dass wir für heute Schluss machen«, entschied sie. »Ich hoffe, wir bekommen noch mehr Gelegenheiten zum Erzählen.«

Sofort sprang Katrin darauf an. »Ja, was ist nun? Wann kommst du rüber zu uns? Wir haben Platz genug und eine Fachkraft können wir immer gebrauchen«, scherzte sie hinsichtlich Martinas Kenntnissen.

Angesichts des herzlichen Empfanges war Martinas anfängliche Skepsis verschwunden. Sie überlegte kurz. »Wenn es euch wirklich nichts ausmacht und ich früher auschecken kann, dann komme ich morgen. Denn eigentlich habe ich das Zimmer für vierzehn Tage gebucht.«

»Sollte es Probleme geben, ruf mich an. Ich kenne den Chef gut und kann das regeln«, schaltete sich Thomas ins Gespräch ein.

Es gab keine Probleme und Martina logierte ab dem nächsten Tag in ihrem Elternhaus.

Kaffeeduft zog durchs Haus und vom Hof herein drangen Geräusche an ihr Ohr. Man rüstete sich für einen neuen arbeitsreichen Tag bei der Traubenernte.

Martina setzte sich im Bett auf. Gedankenversunken wanderte ihr Blick im Zimmer umher. Sie war wieder zuhause und das war tatsächlich ihr altes Zimmer. Nur dass es natürlich anders aussah. Aber sie konnte sich wieder gut erinnern, wie es damals ausgesehen hatte. Ein klassisches Jugendzimmer in hellen freundlichen Farbtönen. Auf der einen Seite eine komplette geräumige Schrankwand für Kleidung, Wäsche, Bücher und Spielsachen, gegenüber das Bett mit Nachtschränkchen und Wandboard. Am Fenster stand ein kleiner Tisch mit Stuhl. Dort hatte Martina oft gesessen und ihre Hausaufgaben gemacht und zwischendurch einfach nur träumend zum Fenster hinausgeschaut. Daneben stand ein Korbsessel zum Rumlümmeln. Das Ganze war stets in eine gewisse Unordnung eingebettet. Klamotten lagen über Stuhl und Sessel oder daneben auf dem Boden, Schulbücher, Schulhefte, Füllhalter und Stifte auf dem Tisch. Die letzten Überbleibsel der Kindheit, Stofftiere und Puppen, saßen auf dem Board. Zu guter Letzt die Anzeichen der neuen Ära: Stars, Sternchen und erste Schwärmereien in Form von Postern an den Wänden. Hauptsächlich aus der Jugendzeitschrift BRAVO, damals Kult- und Pflichtlektüre aller Teenies. Das war alles lange her und verschwunden. Geblieben war ein nüchternes und zweckmäßiges Gästezimmer.

Bis zu jenem 7. Juli war es hier eine schöne Zeit gewesen, erinnerte sich Martina, im Bett sitzend. Dann schwang sie mit Elan die Füße aus dem Bett. »Auf geht's, es gibt Arbeit, keine Zeit mehr für Träumereien«, sprach sie laut zu sich selbst.

Die letzte Phase der Weinlese hatte begonnen. Schon seit mehreren Wochen lag der Duft von gepressten Trauben in der Luft, dazu Gerüche von Schwefel und Gärstoffen. Martina half mit und machte sich nützlich, wo es nur ging. Fehlte eine helfende Hand, packte sie an. Mal im Weingut, wenn die Ernte angeliefert wurde, mal draußen im Weinberg bei der Lese selbst, hauptsächlich dann, wenn Handarbeit gefragt war. Nicht jeder Weinberg konnte mit dem Vollernter – einer seit Jahren im Einsatz befindlichen Lesemaschine – beerntet werden. In den steileren Lagen ging es nicht ohne menschliche Arbeitskraft. Dabei bewies Martina auch in Arbeitskleidung ihre Fähigkeiten und machte eine gute Figur. Die Mitarbeiter und Helfer des Weingutes waren begeistert von ihr. Nicht nur, dass die Frauen und Männer ihre Anwesenheit und gute Laune schätzten, sie zeigte vor allem Motivations- und Führungsqualitäten. Das erkannten alle neidlos an.

Gleich am ersten Tag lernte die Heimkehrerin Patrick, Georgs 34-jährigen Sohn, kennen. In seinen Händen lag die Verantwortung für die Traubenverarbeitung. Er war der Kellermeister. Ein absolutes Arbeitstier, wie Martina fand, und ein netter Bursche. Eher etwas schweigsamer, so wie seine Mutter, aber immer präsent. Von früh morgens bis spät in der Nacht war er zugange. Tags darauf begegnete ihr Sonja, die Tochter von Thomas, zusammen mit ihrem Mann Reinhold und Töchterchen Tanja. Die beiden führten gemeinsam das Weinlokal »Achterle« in Iphofens Altstadt. Selbstverständlich wurden dort ausschließlich Weine und Brände aus dem eigenen Weingut ausgeschenkt.

*

»Du wirst mir unheimlich«, gestand Thomas seiner Schwester an einem der Tage während der Arbeit. Gemeinsam standen sie in der Kelterhalle. Sie half ihrem Bruder, den frisch gepressten Traubensaft in einen der Edelstahlbehälter zu pumpen. »Kaum bist du da, tanzen alle nach deiner Pfeife.«

»Ist das jetzt ein Vorwurf oder ein Kompliment?«

»Oh, bitte nicht falsch verstehen. Das ist natürlich ein Kompliment. Wir sind froh, dass die Arbeit so reibungslos funktioniert.«

»Aber?«

»Nix aber.«

»Ich dachte, jetzt kommt: Aber der Chef bin ich. Tut mir leid, ich wollte mich nicht vordrängen. Nur bin ich es, so wie du auch, gewohnt, Anweisungen zu geben. Und glaube mir, in

Südafrika musst du manchmal die sprichwörtliche Peitsche schwingen. Da ist gutes Personal rar und die Arbeitsmoral teilweise eine völlig andere.«

»Wie groß ist eigentlich euer Weingut drüben in Afrika?«

»Unsere Anbaufläche beträgt rund dreihundert Hektar.«

Thomas pfiff durch die Zähne. »Das ist eine andere Größenordnung als hier. Wir schaffen es gerade mal auf achtzig Hektar.«

»Na ja, ›Goldendey‹ gehört mit zu den größeren Weingütern.«

»Wie? Was heißt ›Goldendey‹?«

»Das ist der Name unseres Weingutes. Bei uns in Südafrika haben die Weingüter Namen.«

»Ach so! Welche Rebsorten baut ihr an?«

»An Weißweinen haben wir Riesling, Chardonnay, Chenin Blanc und Sauvignon Blanc. Bei den Rotweinen ist es Pinotage, Tinta Barocca und der Hauptanteil liegt beim Cabernet Sauvignon.«

Thomas nickte anerkennend.

»Und was hat es mit dem Hotel auf sich? Da hast du gar nicht viel erzählt.«

Martina lächelte. »Da gibt es nicht viel zu erzählen. Unser Hotel, das ›Kruger Royal Hotel and Residence‹, liegt in bester Lage in Kapstadt. Ist schon ewig im Familienbesitz. Ein Luxushotel der oberen Kategorie mit rund hundert Betten und allen erdenklichen Annehmlichkeiten. Darum kümmert sich ein Geschäftsführer und hauptsächlich meine Tochter Serina.«

»Wow ... du hast es ja nicht schlecht getroffen. Sozusagen Glück im Unglück«, meinte Thomas mit einem Seitenblick auf seine Schwester.

Ihr inzwischen wieder ernst und nachdenklich gewordener Gesichtsausdruck sprach da eine andere Sprache. »Das vielleicht, aber Geld kann nicht die ›alten Geister‹ vertreiben, die partout nicht weichen wollen.«

»Ach übrigens, kennst du noch Wolfgang?«, wechselte ihr Bruder das Thema. Während ihres Gespräches war ein schlanker, schlaksig wirkender Mann ihres Alters in die Halle gekommen. Thomas rief ihn zu sich. Gemächlich kam er in seinen Gummistiefeln näher. Martina hatte ihn vorhin draußen bemerkt, als er mit dem Schlauch die Gerätschaften säuberte. Das schmale Gesicht mit den etwas abstehenden Ohren und der leicht gekrümmten Nase kam ihr bekannt vor. Seine natürliche Kopfbedeckung bestand nur aus wenigen Millimetern dunkler Haare. Sein eher verlegen wirkender Blick aus den dunkelgrünen Augen passte zu seiner zurückhaltenden und verschlossenen Art.

»Hallo, Martina!«, nickte er scheu und distanziert. Fast zaghaft nahm er ihre dargebotene Hand.

»Das ist Wolfgang ... Wolfgang Petzold, ein Cousin zweiten Grades von uns.«

Thomas klärte sie auf, weil er ihren fragenden Blick erkannte. »Er ist der Sohn von Vaters Cousin Ludwig und hilft, sooft er kann, bei uns aus. Kannst du dich nicht mehr an ihn erinnern? Früher war er öfters bei uns. Sein Vater hat immer hier mitgeholfen. Großonkel Ludwig ist leider auch schon gestorben.«

»Ja, doch! So ganz vage fällt es mir wieder ein. Aber tut mir leid, ich hätte dich so ohne Weiteres jetzt nicht mehr erkannt«, entschuldigte sich Martina. Sie spürte, das sich Wolfgang in ihrer Gegenwart unwohl fühlte. Daher trat er schnell wieder den Rückzug an mit der Begründung, dass draußen noch Arbeit auf ihn warte. Auf dem Weg zündete er sich eine Zigarette an, während Martina ihm nachschaute.

»Weißt du nicht mehr, wie er immer wegen seiner Segelfliegerohren aufgezogen wurde?«, half Thomas seiner Schwester auf die Sprünge. Der, über den sie sprachen, war da schon außer Hörweite.

»Kann sein, aber ich hatte nicht viel mit ihm zu tun, daher ist meine Erinnerung an ihn nicht groß.«

»Das liegt daran, dass er schon eh und je ein schüchterner, scheuer Einzelgänger war. Es wundert mich sowieso, dass er eine Frau gefunden hat.« Martinas Bruder lächelte zu seinen Worten. »Ein Mädchen anzusprechen hat er sich früher nie getraut. Da ist er regelmäßig knallrot angelaufen und hat kein Wort mehr rausgebracht. Mir tat er irgendwie leid. Ich wollte ihm sogar helfen, aber er blockte ab und so habe ich es schließlich aufgegeben.«

»Auf mich wirkt er distanziert und verschlossen.« Immer noch blickte sie nachdenklich dorthin, wo Wolfgang verschwunden war. »Na ja, was soll's.« Martina wandt sich ab und wieder ihrer Arbeit zu.

Test mit Hindernissen

Später am Abend nahm Martina erneut Kontakt mit ihrer Familie in Südafrika auf. Außerdem waren zwei E-Mails eingetroffen. Die eine stammte von ihrer Tochter Jessica. Sie befand sich zurzeit in den Vereinigten Staaten auf Präsentationstour. Über die Hälfte des Jahres besuchte sie gute Kunden in aller Welt und versuchte neue Kunden zu gewinnen. Die neuen Weine mussten vorgestellt und alte Kontakte gepflegt werden. Bei der zweiten E-Mail wurde sie nervös. Sie kam von dem Labor, das die Tests auswerten sollte. Es waren die erwarteten Ergebnisse. Sie waren durchweg negativ, teilte das Labor mit. Also hatten die alten Kumpels von Thomas und Georg tatsächlich nichts damit zu tun. Wer kommt dann infrage?, überlegte Martina. Sie suchte das Gespräch mit ihrem Bruder. Dabei teilte sie ihm das Ergebnis mit.

»Ich habe ehrlich gesagt nie daran geglaubt, dass es einer von uns war«, fühlte sich Thomas bestätigt.

»Brüderchen, mach mal langsam, da fehlen noch welche.«

Thomas blickte sie entgeistert an. »Wen meinst du jetzt damit? Doch wohl nicht etwa Georg und mich? Du wirst doch nicht deinen Cousin und deinen Bruder verdächtigen, oder?«

»Dich sicherlich nicht. Aber Georg ...?« Es entstand eine sekundenlange Pause, in der die Anschuldigung als Frage im Raum stand.

»Martina, du spinnst doch. Für Georg lege ich die Hand ins Feuer.«

»Verdammt, wer war es dann?« Frust und Enttäuschung waren bei ihr zu spüren. »Irgendjemand muss doch verantwortlich sein. Okay, gehen wir davon aus, dass du recht hast, wer dann? Ihr seid raus und Holger ist tot.« Hilflos hob sie die Hände. »Bleibt nur noch der ›Heilige Geist‹, oder von wem ist meine Tochter?« Darauf konnte ihr Bruder nichts erwidern. Martina überlegte angestrengt. Sie hatte sich da in was reingesteigert. »Es ist wie verhext. Aber eine Möglichkeit gibt es noch.« Sie wandte sich Thomas zu. »Wer hat damals schon alles für uns gearbeitet? Weißt du das noch?«

»Lass mal überlegen. Krasnic! Genau! Reiner Krasnic war schon bei uns. Der ist vor drei Jahren in Rente gegangen. Dann natürlich Herbert Wellmann, der war auch schon da. Kannst du dich nicht mehr erinnern? Er ist nur wenig älter als wir. Vaters erster Lehrling. Weiterhin gibt es da noch die zwei langjährigen Mitarbeiter Walter Damian und Hermann Zengler, beide jetzt Ende fünfzig. Halt, einen habe ich noch vergessen. Hans hat auch schon für uns gearbeitet, als das mit dir passierte. Der ist aber schon seit sieben Jahren im Ruhestand.«

»So genau kenne ich die Leute nicht, die damals hier beschäftigt waren. Mit denen hatte ich wenig zu tun.«

»Du wirst sie alle am Schlachtfest kennenlernen.«

»Wie hieß der Letzte mit Nachnamen?«

»Braun«

»Somit hätten wir noch fünf mögliche Kandidaten.«

»Wenn du so willst, ja!«

»Nein, halt! Was ist mit diesem ... diesem Ludwig?«

»Mensch, Tina, der ist doch tot ...!«

»Stopp, falsch! Ich meine seinen Sohn.«

»Wolfgang?«

»Genau, Wolfgang! Er ist in unserem Alter und käme eigentlich auch infrage.«

»Na ja, wenn du so willst, schon. Er war damals viel mit dabei, wenn Onkel Ludwig bei uns war, und hat mitgeholfen.«

»Tina, es könnte theoretisch jeder gewesen sein, der sowohl zufällig als auch absichtlich an dem Sonntag vorbeikam. Da gibt es so viele Möglichkeiten.«

»Kann sein, dass du recht hast. Nur möchte ich alle, von denen ich weiß, dass sie die Möglichkeit hatten, überprüfen. Wenn sämtliche Tests negativ sind, dann kann ich sie ausschließen und muss aufgeben. Nenne es, wie du willst, für mich bedeutet es Gewissheit. Und zwar Gewissheit, dass es keiner aus meiner nächsten Nähe war. Sonst würde ich mein Leben lang misstrauisch bleiben und Unschuldige verdächtigen. Ich habe das Problem jahrzehntelang vor mir hergeschoben. Mein Mann hat meine diesbezüglichen Gedanken immer wieder zerstreut. Von meiner neuen Heimat aus konnte ich sowieso nichts unternehmen. Jetzt wo ich hier bin, sieht das anders aus. Und das lass ich mir auch von niemandem ausreden.«

Thomas hätte es nicht gewundert, wenn sie nach den Worten mit dem Fuß aufgestampft hätte. Sie tat es nicht. Er nickte, jetzt schien er zu verstehen. Den Weg, den sie beschritten hatte, musste sie nun zu Ende gehen.

»Gut, ich habe es kapiert. Du bekommst auch von Georg und mir eine Probe. Lass es untersuchen und verschaffe dir die Gewissheit, die du brauchst.

»Danke!«

Ihr Bruder half ihr sogar, an die Proben der anderen Männer zu kommen. Bei den beiden Senioren war es kein Problem. Seine ehemaligen Mitarbeiter suchte Thomas mit einem Bocksbeutelpräsent auf. Sie freuten sich riesig, dass sie nicht ganz vergessen waren. Als er sich wieder verabschiedete, trug er die notwendigen Utensilien bei sich. Bei allen anderen hatten sie auch keine Schwierigkeiten, an Material zu kommen. Bei den Rauchern mussten, genau wie bei Rodenstern, die Zigarettenstummel herhalten. Den größten Widerstand gab es bei Georg. Thomas hatte die Aufgabe übernommen, ihm reinen Wein einzuschenken und ihn um eine Speichelprobe zu bitten. Bei der üblichen morgendlichen Besprechung der beiden hatte er zum Abschluss das heikle Thema angesprochen. Kommentarlos hörte sich sein Cousin an, was Thomas dazu zu sagen hatte. Sein Gesicht versteinerte dabei immer mehr. Als Thomas endete, stand Georg auf und schickte sich an, den Raum zu verlassen. Mit den Worten »Das kann nicht ihr ernst sein, deine Schwester spinnt doch« war er zur Tür draußen.

Scheinbar hatte Georg schnell einen Entschluss gefasst. Martina saß noch beim Frühstück, als er das Esszimmer betrat. Vor dem Tisch baute er sich auf.

»Also dazu bist du wieder heimgekommen«, fuhr er sie an.

»Georg, entschuldige, was meinst du?« Martina war im ersten Moment überrascht und verwirrt.

»Um uns alle zu verdächtigen und um Staub aufzuwirbeln. Willst du unseren Namen beschmutzen und in den Dreck ziehen? Uns mit der alten Geschichte unmöglich machen? Dass damals alles unter den Teppich gekehrt wurde! Dass dein Vater keine Polizei wollte! Vielleicht weil er Angst hatte, es bliebe was an uns haften. Willst du das jetzt alles für deine Genugtuung ans Licht der Öffentlichkeit zerren? Ist es nicht lange genug her, um es ruhen zu lassen? Außer dir hat niemand mehr was davon.« Mit jedem Satz wurde Georgs Stimme lauter.

»Nun beruhige dich mal, ganz so schlimm ist es nicht. Lass uns darüber reden«, versuchte Martina zu beschwichtigen.

Ihre Worte verpufften wirkungslos. Cousin Georg war noch nicht fertig. Im Gegenteil, er steigerte sich noch mehr hinein.

»Was kommt denn noch? Wenn du alles breitgetreten hast, meldest du dann auch noch Anspruch auf deinen Erbteil an? Wir haben uns den A... aufgerissen, uns abgeschuftet, um es so weit zu bringen, und dann tauchst du plötzlich auf, um deine Wunden zu lecken.«

Diese und weitere Vorwürfe trafen Martina.

Inzwischen war seine Stimme so laut geworden, dass nicht nur im Haus alle zusammenliefen. Auch die Arbeiter im Hof bekamen Wortfetzen mit. Martina war sprachlos und wurde immer blasser. War es Zufall oder Ahnung, dass Thomas seinem Cousin gefolgt war? Auf jeden Fall schaffte er es, die Sache zu beenden, indem er Georg zur Tür hinausbugsierte. So aufgebracht hatte er ihn noch nicht erlebt. Betroffen war Martina aufgestanden und hatte den Raum verlassen. Thomas fand sie in ihrem Zimmer. Ihr Koffer lag aufgeklappt auf dem Bett und Martina hatte zu packen begonnen.

»Martina, was hast du vor?«

»Na, was glaubst du wohl, nach was sieht es denn aus? Es war ein Fehler hierherzukommen.« Immer noch merkte man ihr die Betroffenheit an.

»Quatsch! Du bleibst!«

»Du kannst doch nicht ernsthaft glauben, dass ich nach diesem Auftritt hierbleibe?«

»Du bleibst!« Er blieb hartnäckig. »Es war meine Schuld.«

»Was war deine Schuld?«

»Dass Georg so reagiert hat. Ich habe ihn überfahren. Ihn vor vollendete Tatsachen gestellt. Er hat bis heute früh nichts von deinen ›besonderen Absichten‹ gewusst. Vermutlich hätte ich vorher ausführlich mit ihm reden und es ihm besser erklären müssen«, gestand Thomas.

»Wer weiß es eigentlich außer dir?«

»Katrin! Aber die hat bisher dazu geschwiegen.«

Martinas Nervenkostüm brach zusammen. Sie setzte sich aufs Bett und ließ ihren Tränen freien Lauf. Thomas nahm sie in den Arm und versuchte zu trösten.

»Das kriegen wir schon wieder hin. Georg ist aufgebracht, weil er Angst hat. Angst um die Familie, ums Geschäft, unsere Existenz und was alles noch daranhängt.«

»Ist es denn wirklich zu viel verlangt, wenn ich meinen innerlichen Seelenfrieden finden will?«, fragte sie heulend und zog wenig damenhaft hörbar die Nase hoch. »Du kannst dir nicht vorstellen, wie es immer wieder in mir rumort und gearbeitet hat. Sonst will ich doch gar nichts von euch. Sag Georg, er kann sich das Weingut an den Hut stecken.« Als die Tränen nachließen, schnäuzte sie kräftig in das Taschentuch, das ihr Thomas gereicht hatte. »Wir können gerne zum Notar gehen und das schriftlich machen. Glaube mir, auf Geld bin ich nicht scharf, davon habe ich genug.« Etwas überheblich meinte sie plötzlich: »Wenn ich wollte, könnte ich das Ganze hier aufkaufen!«

»Gott bewahre!«, tat ihr Bruder erschrocken, um gleich darauf zu lächeln. »Ich will nicht hoffen, dass dich Georg so verärgert hat, um auf solche Gedanken zu kommen.«

»Ach Quatsch! Das war doch nur so ein Spruch, oder traust du mir das wirklich zu?

»Hmm ... bei deiner Sturheit und Hartnäckigkeit, die du an den Tag legst«, zweifelnd hob er die Hand, »ich weiß nicht. Da ist vieles möglich.«

»Toll, danke, stur und hartnäckig! Könnte man es nicht als zielstrebig bezeichnen? Das Wort hört sich doch besser an.«

»Egal wie du es nennen willst, auf jeden Fall bleibst du hier«, betonte Thomas klar und deutlich. »Das mit Georg kriegen wir wieder hin, der beruhigt sich schon wieder. Überlass das mir, ich rede mit ihm.«

»Das kann ich auch!«

»Finde ich jetzt keine so gute Idee. Ich krieg ihn, glaube ich, besser wieder von der Palme runter, auf der er gerade sitzt. Also räum das Zeug wieder aus«, meinte er mit dem Kopf auf den Koffer deutend. Darin lagen die ersten Kleidungsstücke, die sie achtlos hineingeschmissen hatte. Thomas erhob sich und verließ das Zimmer. Er machte sich auf den Weg, Georg zu suchen und die Wogen wieder zu glätten.

Gemeinsam mit seiner Frau Katrin und Georgs Ehefrau Simone schaffte es Thomas schließlich, seinen Cousin zu beruhigen. Die Frauen konnten ihre Schwägerin besser verstehen und argumentierten für sie. Er sträubte sich letztendlich trotzdem gegen einen Test, außerdem war er weiterhin verärgert und enttäuscht über so viel Misstrauen. So wie er hartnäckig blieb, blieb Martina es auch und besorgte sich das nötige Material heimlich. Mehrere Tage sprach er kein Wort mit Martina und ging ihr aus dem Weg. Derweil war die neue Lieferung auf der Reise zum Labor.

*

An einem der nächsten Abende machte sich Martina zu einem Fußmarsch nach Iphofen auf. Mit einem bestimmten Ziel. Das lag in der Nähe des Marktplatzes. Unter der Woche ging der Betrieb im Hotel »Zur Traube« – wie vom Besitzer angekündigt – merklich zurück. Nur wenige Gäste saßen beim Abendessen. Martina bestellte sich einen Schoppen und erkundigte sich wiederum nach dem Chef. Nach einer geraumen Weile kam er ins Lokal. In aller Ruhe schenkte er sich ein Glas Wein ein, bevor er an ihren Tisch kam. Unaufgefordert nahm er Platz und trank einen kräftigen Schluck. Erst danach sah er sie erwartungsvoll an.

»Schön, Sie wiederzusehen«, meinte er spontan und ungezwungen. Mit einem Mal wurde ihm etwas bewusst. »Oder ist Ihr Erscheinen für mich nicht so schön?«, forschte er plötzlich angespannt nach, sich erinnernd, welche ungeklärte Frage noch im Raum stand – gleich einem Damoklesschwert, das über ihm schwebte, jederzeit bereit auf ihn herabzusausen. Ernst und nachdenklich blickte Martina ihn an. Dann hob sie ihr Glas und lächelte.

»Herzlichen Glückwunsch, Herr Glaser. Sie lagen mit Ihrer Überzeugung richtig.« Dabei stieß sie mit ihm an. Der angenehme helle Klang zweier Gläser ertönte. »Das Ergebnis ist negativ.«

Ein tiefer Seufzer entwich seiner Brust. »Endlich, endlich ist ein Druck weg.« Es lag zwar Erleichterung in der Stimme, aber keine hundertprozentige Zufriedenheit. Irgendetwas schien ihn in dem Zusammenhang immer noch zu belasten, spürte Martina. Hatte sie erwartet, dass er sich dazu äußerte, so sah sie sich getäuscht.

»Und nun?«, fragte er neugierig. »Was werden Sie weiter unternehmen? Oder geben Sie Ihre Nachforschungen auf?«

»Das braucht Sie jetzt nicht mehr zu belasten«, antwortete sie ausweichend.

Von wegen, dachte Glaser frustriert, mich belastet noch der verfluchte Abend, als Holger starb. Laut entgegnete er: »Na ja, ich dachte ja nur. Viel mehr wird Ihnen nicht übrig bleiben. Es sei denn, Sie verdächtigen jetzt tatsächlich noch Ihren Bruder und Ihren Cousin Georg.«

Martina ließ sich keine Äußerung entlocken, was sie nun weiter tun würde beziehungsweise schon getan hatte. Glaser schien an dem Abend viel Zeit zu haben. Diesmal wurde er nirgendwo benötigt. Das Geschäft lief auch ohne ihn. So saßen sie noch länger beieinander. Er erzählte noch ein paar Episoden mit Thomas, Georg und dem Rest der Clique, sie ihren Werdegang nach dem Abschied von Iphofen. Schließlich landeten sie im Laufe der Unterhaltung beim freundschaftlichen »du«.

Erschrocken stellte sie plötzlich fest, dass ihr Heimweg zum Weingut noch fast zwei Kilometer durch die Dunkelheit führte. Erst jetzt erfuhr er, dass sie nicht mehr im Hotel, sondern in der »Falkenmühle« nächtigte. Das Problem wurde gelöst. Da inzwischen fast keine Gäste mehr im Lokal waren, machte die erste der beiden Bedienungen Feierabend. Ihr Heimweg lag in Richtung des Weingutes und so bot sie sich auf Bitten ihres Chefs an, Martina nach Hause zu fahren.

*

Eine Verpflichtung muss ich noch erledigen, ging es ihr durch den Kopf. Sie saß noch am Frühstückstisch, als Katrin, ihre Schwägerin, ins Zimmer kam. Mit einem verschmitzt lächelnden Blick winkte sie mit dem schnurlosen Telefon.

»Dein Verehrer ist dran!«, grinste sie, hielt die Sprechmuschel zu und gab ihr den Apparat.

Martina legte fragend die Stirn in Falten.

Katrin formte fast lautlos mit dem Mund die Worte »Manfred Täuber«.

»Hallo, hier Kruger«, meldete sie sich.

»Hier spricht Manfred Täuber. Grüß Gott, Frau Kruger, ich wollte ...«

»... das war jetzt Gedankenübertragung. Gerade habe ich an Sie und mein Versprechen gedacht. Sie wollten mich sicher daran erinnern«, unterbrach sie ihn. »Es tut mit leid, ich bin noch nicht dazu gekommen, habe es aber nicht vergessen«, entschuldigte sie sich. »Hoffentlich sind Sie jetzt nicht enttäuscht.«

»Nein ... eigentlich nicht ... na ja, vielleicht ein bisschen.« Martina hatte ihn etwas aus der Fassung gebracht. Er stellte sich dabei die attraktive Frau vor und verhaspelte sich erneut. »Ich hatte vor ... ich wollte Ihnen eigentlich noch einen Vorschlag unterbreiten. Es ist noch ganz überraschend ein Haus dazugekommen.«

»Ach so, deswegen rufen Sie an.« Sie klang ein bisschen betrübt. »Und ich dachte schon, es wäre wegen ...«

»... natürlich!«, beeilte sich der Makler zu sagen. »Das wollte ich an sich damit verbinden. Meine Idee war, das Haus zu besichtigen und danach schön essen zu gehen.«

»Können wir die Besichtigung streichen?«, bat Martina. »Ehrlich gesagt möchte ich mir Ihren Vorschlag vom letzten Mal in Ruhe überlegen.«

»Also gut! Dann bleibt unsere Verabredung zum Essen bestehen?« Der Immobilienmakler hatte sich wieder im Griff.

»Ja, gerne«

»Hätten Sie heute Abend Zeit?«

»Wann?«

»Neunzehn Uhr?«

»Okay!«

»Ich hole Sie ab.«

Martina trennte die Verbindung. Ihre Schwägerin kam wieder aus der Küche. »Na, hat es geklappt?«

»Was geklappt?«

»Ach komm, du hast eine Verabredung mit Manfred.«

»Es ist nur ein Essen, mehr nicht.«

»Mit einem gut aussehenden Mann. Er ist nicht unvermögend und dazu noch Single. Manche Frau würde dich beneiden.« Fast beschwörend hob sie die Arme. Sie wirkte so aufgeregt, als hätte sie selbst die Verabredung. »Bist du seit dem Tod deines Mannes mit einem anderen aus gewesen?«

»Na ja, wenn ich mir's so richtig überlege ...! Zählen Geschäftsessen auch?«

Katrin winkte ab. »Quatsch! Also amüsiere dich und lebe. Ich würde nicht ›Nein‹ sagen«, zwinkerte sie Martina zu. »Aber pssst ...! Das habe ich nie gesagt«, lachte sie verschwörerisch und legte einen Finger auf den Mund.

Martina lachte mit und schüttelte gleichzeitig den Kopf. Diese Seite kannte sie an Katrin noch nicht. Dabei hatte sie schon gespürt, das ihre Schwägerin und ihr Bruder immer noch ineinander verliebt waren. Selbst nach dreißig Jahren Ehe und viel täglicher Arbeit hatten sie den Blick füreinander und die anderen schönen Seiten des Lebens nicht verloren.

Die Freude, die ihre Schwägerin über Martinas Verabredung zeigte, äußerte sich bei ihrem Bruder als Fürsorge. Ohne dass die Frauen was davon wussten, nahm er den Hörer in die Hand und rief Manfred an.

»Ich habe gehört, du gehst mit meiner Schwester aus?«, erkundigte er sich.

»Ja! Warum? Hat der große Bruder was dagegen?«, stichelte der Makler.

»So würde ich das nicht ausdrücken, aber ...!

»... aber was? Komm, rück schon raus!«

»... aber ich kenne deinen Ruf als Charmeur und Herzensbrecher. Wenn du meiner Schwester das Herz brichst, breche ich dir das Genick. Hast du mich verstanden?«

Einen Augenblick herrschte Stille am anderen Ende der Leitung. Dann atmete Täuber hörbar aus. »Das war deutlich! War das auch ernst gemeint?«

»Manni! Sei mal ehrlich! Deine ganzen Liebschaften und Affären kannst du doch nicht verleugnen. Was du mit anderen Weibern treibst, ist mir egal, aber meine Schwester ist mir nicht egal. Sie ist mir zu wertvoll für deine Eskapaden, okay? Also überleg dir deine Schritte gut«, meinte Thomas mit Nachdruck. »Auch im Namen unserer langjährigen Freundschaft.«

»Und wenn ich dir sage, dass es mir diesmal so richtig verdammt ernst ist?«

»Dann ist es in Ordnung und das Gespräch hat nie stattgefunden.«

»Trotzdem dank ich dir für deine Offenheit.«

»Keine Ursache, du weißt, dass ich für klare und offene Worte bin.«

*

Martina sah umwerfend aus in ihrem dunkelblauen Jerseykleid und dem schwarzen Webpelzmantel. Manfred konnte seinen Blick nicht abwenden, als sie die Treppe hinunterkam.

Galant öffnete er ihr die Beifahrertür seines blank polierten Mercedes CLS 350. Nicht ohne ihr ein Kompliment zu machen, dass sie lächelnd entgegennahm.

»Darf ich fragen, wohin Sie mich entführen?«

»Wir fahren nach Würzburg in ein exzellentes Restaurant. Dort habe ich einen Tisch bestellt.« Der V6 dröhnte, als er Gas gab. Sanft wurde sie in die cremefarbenen Ledersitze gepresst. Manfred entpuppte sich, wie schon bei den beiden geschäftlichen Treffen, als angenehmer und unterhaltsamer Begleiter. Während der Fahrt begnügten sie sich mit belanglosen Themen.

»Wie hat man Sie im Weingut aufgenommen?«

»Oh, überraschenderweise sehr gut. Ich hatte es mir komplizierter vorgestellt«, gestand sie.

»Thomas und Georg sind ja auch sehr nett. Genauso wie ihre Frauen. Eigentlich kenne ich alle vier sehr gut. Die Männer sowieso, von früher her. Wir sind immer noch gute Kumpels. Ich war auf beiden Hochzeiten eingeladen. Geschäftlich haben wir natürlich auch Kontakt. Sie haben ihre Versicherungen bei mir abgeschlossen und werden von mir betreut«, klärte der Makler sie auf. »Ist Ihnen der Rest der Familie auch schon begegnet?«

»Zum Teil! Logischerweise Patrick, Georgs Sohn. Er arbeitet dort und ist vermutlich der zukünftige Chef des Weingutes. Ach ja, Sonja und ihren Mann sah ich ganz kurz. Sie waren da, um Wein für ihr Lokal zu holen«, überlegte sie.

»Dann fehlt Ihnen ja nur noch die Jüngste von Thomas«, stellte Täuber fest. »Vanessa, genauso clever wie hübsch. Sie studiert noch und kommt immer nur an den Wochenenden, wenn sie Zeit hat. Schade, dass Sie Gregor nicht gekannt haben, den verstorbenen Sohn von Thomas.«

»Thomas hatte einen Sohn?«, fragte sie ganz überrascht. »Davon weiß ich gar nichts. Das hat mir bisher niemand erzählt.«

»Kann ich mir denken! Es war ein herber Schlag für ihn und seine Frau. Er war der Kronprinz des Unternehmens. Selbst bei seinem Onkel Georg galt er als Nachfolger. Patrick ist nur die zweite Wahl. Insgeheim setzt man, glaube ich, auf Vanessa. Sie hat die gleichen Veranlagungen wie ihr Bruder«, erklärte Manfred, während er sich auf den Verkehr konzentrierte. »Der Unfall ist jetzt ...«, Täuber überlegte kurz, »... etwas über fünf Jahre her. Er wäre heute zweiunddreißig. Ein Motorradunfall. Gregor war auf der Stelle tot. Und dazu noch völlig schuldlos an dem Crash. Thomas hat lange gebraucht, bis er darüber hinweg war. Deshalb redet man in der Familie auch nicht gerne über den Tod des Jungen.«

»Sie sagten vorhin, schade dass ich ihn nicht gekannt habe. Warum, was war mit ihm?«

»Er war so wie seine Schwester Vanessa. Ein ganz hübscher und pfiffiger Kerl, hatte einen Schlag bei den Mädels und ein Händchen fürs Geschäft. Das fehlt Patrick leider ein bisschen. Der ist so hausbacken und ideenlos wie sein Vater Georg. Wäre Gregor nicht verunglückt, hätte er ganz sicher das Weingut noch weiter nach vorne gebracht. Jetzt können sie nur auf Vanessa hoffen. Die könnte ihren Bruder ersetzen und seinen Platz einnehmen.«

»Sie kennen sich aber verdammt gut in der Familie Petzold aus.«

»Wie gesagt, ich habe weiterhin Kontakt zu Thomas und Georg. Meinen Wein hole ich dort auch. Außerdem höre und sehe ich viel durch meinen Beruf.«

Der Feierabendverkehr ließ nach und sie kamen zügig

voran. Während der Unterhaltung erreichten sie ihr Ziel. Täuber rangierte seinen Wagen in eine Parklücke vor dem Haus.

Das Restaurant war eine gute Wahl, das Essen köstlich und ihr Begleiter unterhaltsam und geistreich, fand Martina. Langsam kam man sich näher und noch vor dem Dessert duzten sie sich. Martina fühlte sich wohl in der Gesellschaft des Maklers. So glücklich und entspannt hatte sie sich seit dem Tod ihres Mannes nicht mehr gefühlt. Umgekehrt war die Sachlage noch eindeutiger.

»Wollen wir uns noch ein paar Kalorien abarbeiten?«, fragte Manfred sie beim Verlassen des Restaurants.

Martina hob spaßeshalber drohend den Finger. »Bitte keine Anzüglichkeiten.« Dabei lachte sie und wartete auf eine Erklärung.

»Oh nein, so war das nicht gemeint.« Erst jetzt registrierte Manfred die Zweideutigkeit seiner Worte. »Ich meinte, ob wir noch etwas tanzen gehen wollen. Da wüsste ich noch was für Junggebliebene über dreißig oder so.«

Nicht weit weg von Würzburg gab es einen Tanzkeller, dessen Publikum mehr aus der »reiferen« Generation bestand. Am Eingang kamen ihnen schon Klänge der 70er und 80er Jahre entgegen. »Da gibt's die ganzen alten Klassiker von ABBA bis Zappa«, ließ Manfred seinen Spruch los. Das Lokal war gut besucht, aber nicht überfüllt. In einer Ecke fanden sie noch ein Plätzchen. Dort hielten sie es aber nicht lange aus. Manfred drängte auf die Tanzfläche. Dass sie sich mit ihrer Abendgarderobe modisch ein bisschen von den anderen Gästen abhoben, störte die beiden nicht. Der Makler präsentierte sich als guter Tänzer. Martina entwickelte sofort ein vertrautes Gefühl zu ihrem Tanzpartner. Bedenkenlos ließ sie sich führen und genoss die Bewegungen im Rhythmus der Musik. Sie spürte den schlanken Körper des Mannes und roch sein herbes Aftershave. Den Duft empfand sie als überaus angenehm und irgendwie anregend.

In eine der wenigen Tanzpausen fragte Martina: »Warum bist du eigentlich noch solo?«

»Weiß nicht! Hat vielleicht noch nie so richtig gefunkt.«

»Lag es an dir oder den Frauen?«

»Was spielt das für eine Rolle. Vermutlich lag es aber an mir. Für mich kamen immer andere Dinge an erster Stelle. Zuerst war es das Militär. Dann meine berufliche Karriere. Na ja ... und dann! Vielleicht war ich auch zu wählerisch, hab manchmal zu lange überlegt, war ein bisschen zu misstrauisch, und so jemand wie du ist mir bisher nicht begegnet.«

»Alle Achtung! Darauf kann ich mir ja richtig was einbilden«, lachte sie amüsiert.

»Worauf du dich verlassen kannst«, grinste Manfred verschmitzt zurück. Dass er kein Kind von Traurigkeit war und fleißig ausprobiert hatte, ob und wer zu ihm passte, verschwieg er wohlweislich. Es schien ihm nicht empfehlenswert, immer gleich alles preiszugeben.

Es war schwierig, sich bei der lauten Musik zu unterhalten. Daher nahm der Makler seine Partnerin an der Hand und zog sie wieder auf die Tanzfläche.

Weit nach Mitternacht machten sich die beiden auf den Heimweg. So leise wie möglich fuhr er in den Hof des Weingutes, um niemand zu wecken. Beide stiegen aus. Manfred nahm die Hände seiner Begleiterin. »Wie sehen eigentlich deine Zukunftspläne aus?«, wollte er wissen.

»Das hängt von ein paar Dingen ab, deren Entwicklung ich jetzt noch nicht kenne.«

Interessiert und fragend schaute er sie an. »Darf man mehr darüber erfahren? Vielleicht kann ich ja dazu beitragen, dass sich die Dinge in die richtige Richtung entwickeln.« Er zog sie an sich und küsste sie. Im ersten Moment ließ sie es geschehen, dann löste sie sich von ihm.

»Eigentlich hast du das schon getan und mehr geht im Moment nicht.« Täuber glaubte zu verstehen und dann doch wieder nicht. »Lass gut sein, ich erkläre es dir später. Für jetzt muss es reichen. Morgen haben wir ...« Martina stockte und schaute auf die Uhr. »Nein, heute ist hier das traditionelle Schlachtfest. Da möchte ich einigermaßen fit sein. Darum muss ich jetzt schnell noch ein paar Stunden schlafen.« Sie gab ihm noch einen flüchtigen Kuss auf die Wange und wandte sich ab. Ohne einen weiteren Blick zurück verschwand sie im Haus. Ihrem Verehrer blieb nichts anderes übrig, als sich in seinen Wagen zu setzen und nach Hause zu fahren.

Schlechte Nachrichten

Als Martina aufstand, war die Arbeit in der Schlachtküche schon in vollem Gange. Thomas und der Metzger standen jeder an einem Arbeitstisch vor einer Schweinehälfte und waren am Zerlegen. Sie trennten die Fleischstücke und Knochen von dem, was zu Wurst verarbeitet werden sollte. Georg war schon am elektrischen Fleischwolf dabei zugange, die Teile durchzumahlen. Seine Frau kümmerte sich um das Feuer unter dem riesigen massiven Wurstkessel. Sonja, Thomas' ältere Tochter, lief geschäftig umher und half überall aus. Ihr Mann Reinhold war irgendwo auf dem Anwesen mit Patrick unterwegs. Katrin stand mit zwei Helferinnen im Haus in der Küche, um Vorbereitungen zu besprechen.

»Hallo, guten Morgen«, grüßte Martina und steckte vorsichtig den Kopf in die Küche.

Sofort kam Katrin auf sie zu. »Na, wie war's gestern?« Die Neugier war ihr an der Nasenspitze anzusehen.

»Schön ... einfach super. Ein wirklich herrlicher Abend«, nickte Martina lächelnd.

»Ich freue mich für dich.« Katrin drückte sie herzlich.

»Kann ich dir irgendwas helfen oder denen draußen in der Schlachtküche?«

»Danke, ich hab hier schon meine fleißigen Helferinnen und die anderen sind ein eingespieltes Team. Da bin selbst ich fehl am Platze und steh nur im Weg rum«, grinste sie. »Frühstück erst mal in Ruhe und dann sehen wir weiter.«

Nach der ausgiebigen Stärkung riskierte Martina einen

Blick in die »Wurstfabrik«, wie Thomas den großen Raum spaßeshalber nannte. »Hallo zusammen! Kann ich euch bei eurer Arbeit helfen?« Wie im Chor ertönte eine lautes einstimmiges »Nein« aus der Küche zurück, so wie Katrin ihr prophezeit hatte. »Na, dann eben nicht.« Zurück im Haus konnte sie sich auch dort nicht nützlich machen.

Katrin, die am Herd stand, deutete mit dem Kopf in Richtung Wohnzimmer. »Versuch mal dein Glück bei deiner Mutter. Sie scheint heute früh lichte Momente zu haben. Ich konnte auch schon ein paar Worte mit ihr wechseln.«

Martinas Herz begann zu klopfen. Wie schon beim letzten Mal saß die alte Frau wieder in ihrem Sessel neben dem Kachelofen. Als Martina sich näherte, hob sie ihren Kopf und sah ihr ins Gesicht.

»Mama, erkennst du mich?«, fragte sie und ging vor ihr in die Hocke. Klara Petzold musterte ausgiebig ihr Gesicht. Man spürte direkt, wie es in ihrem Kopf arbeitete.

»Martina, bist du das?«, kam es plötzlich leise und unsicher aus ihrem Mund. Ihre Tochter konnte nur nicken und musste heftig schlucken. »Bist du endlich wieder da«, murmelte ihre Mutter mit schwacher Stimme. »Hast du schon mit Papa gesprochen? Der hat sich doch sicherlich gefreut.«

Im ersten Augenblick war Martina verdutzt, bevor sie kapierte und nickte. So hundertprozentig war ihre Mutter nicht in der Realität. Dass ihr Mann schon gestorben war, schien sie nicht zu wissen oder zu verdrängen. Jetzt konnte sich Martina nicht mehr beherrschen. Ihr liefen die Tränen übers Gesicht, als sie schluchzte: »Mama, es tut mir leid. Je länger ich es hinauszögerte, umso schwerer wurde es für mich.«

»Hättest du dich mal früher getraut. Man muss vergessen und verzeihen können.«

»Mutter, lass gut sein und freu dich«, vernahmen die beiden eine Stimme aus dem Hintergrund. Im Türrahmen zwischen Esszimmer und Wohnzimmer stand Katrin mit feuchten Augen. Sie hatte schweigend die Szene beobachtet und trat nun hinzu. Sanft strich sie der alten Frau über die Wange, während Martina die Hand ihrer Mutter hielt.

»Jaja, ist schon recht«, nickte Klara von einer zur anderen blickend. Dann senkte sie den Blick und war wieder in ihre eigene Welt versunken. Ihr war keine weitere Äußerung oder Reaktion mehr zu entlocken. Katrin gab ihrer Schwägerin zu verstehen, dass die klaren Momente ihrer Mutter vermutlich wieder vorbei waren. Stumm und mit tränengefüllten Augen verließ Martina das Zimmer. Vor der Haustür auf der Treppe blieb sie regungslos stehen und blinzelte in die Sonne, die langsam die feuchten Wangen trocknete.

Gebell und Kinderlachen lenkten sie ab. Mit einem Blick über den Hof sah sie zwei junge Leute kommen. Vorneweg ein Hund und zwei Kinder im Vorschulalter, die miteinander tollten. Ein kleinerer Lockenkopf versuchte mitzuhalten. Das schien zwar nicht ganz zu klappen, tat aber seiner Laune keinen Abbruch. Fröhlich lief das kleinste der Kinder ständig dem Hund hinterher. Sein Lachen und seine Begeisterung klangen über den ganzen Hof hinweg. Immer wieder warfen die beiden größeren Kinder abwechselnd etwas weg. Der Vierbeiner sauste dann los, um den Gegenstand wieder zu holen. Dann riefen sie gemeinsam »Sally, komm« und folgsam brachte das Tier den Gegenstand wieder zurück. Beim Näherkommen erkannte Martina, dass es sich um einen Gummiknochen handelte. Inzwischen war sie die Treppe hinunter und in den Hof getreten. Sie musterte das Paar, das hinter den Kindern und dem Hund herschlenderte. Das Mädchen war

Anfang zwanzig, hatte blonde lockige Haare und ein Gesicht, das ihr irgendwie bekannt vorkam. Ihr Begleiter, groß und schlank, war ein dunkler Typ. So stand sie da und erwartete die kleine Gruppe.

»Du musst Tante Tina sein«, begrüßte sie die junge Frau. »Ich bin Vanessa«, stellte sie sich vor. »Das ist Luca Ferro, wir studieren zusammen.« Sie deutete auf ihren Begleiter. Vanessa nahm ihre Tante gleich in den Arm. Luca gab ihr mit einem strahlenden Lächeln und einem freundlichen »Hallo« die Hand. Die traurigen und trüben Gedanken verscheuchte Martina und lächelte zurück.

»Und wer seid ihr drei?«, bückte sie sich zu den Kindern.

»Unser Nesthäkchen hier ist Tanja, die Tochter meiner Schwester. Die anderen beiden sind Patricia und Markus, Patricks Kinder.« Lautes Bellen störte die Unterhaltung der zwei Frauen. »Ja natürlich, du gehörst auch dazu«, streichelte Vanessa das Tier. Mit klugem Blick schaute sie von einem zum anderen. »Darf ich vorstellen, das ist Sally, die treuste Freundin meines Vaters. Neben Mama sein zweiter Liebling. Da komm sogar ich erst auf Rang drei. Ach nein, eher noch weiter hinten, es gibt ja auch noch unseren kleinen Zwerg hier«, lachte Vanessa. Dabei knuddelte sie Klein Tanja und strich gleichzeitig der Münsterländerhündin liebevoll durchs Fell.

»Mannomann, ein richtiger weiblicher Fanklub. Scheinbar ist mein Bruder sehr begehrt«, wunderte sich Martina, wieder etwas fröhlicher gestimmt.

»Papa freut sich riesig, dass du wieder da bist. Er hat mich sofort in der Schule angerufen und es mir erzählt. Ich glaube, er hat es jedem erzählt, so happy war er.« Sie deutete mit dem Finger in Richtung Schlachtküche. »Wolltest du dort mithelfen?« Ihre Tante nickte und machte eine hilflose Geste. »Lass das lieber sein, ich hab es auch aufgegeben. Die wollen keine Hilfe, also gut. Lieber spiele ich Kindermädchen und Hundeführerin, bevor man mich noch mal rausschickt.« Plötzlich zwinkerte sie Martina verschwörerisch zu. »Deswegen will ich aber trotzdem meinen Anteil. Dafür schmeckt's zu gut«, grinste sie wie eine Gangsterbraut.

Martina begann herzhaft zu lachen. »Hier herrschen aber raue Sitten.«

»Na hör mal! Man muss sehen, wo man bleibt«, schmunzelte Vanessa. »So, jetzt will ich zuerst die Rasselbande hier abgeben. Dann schauen wir mal, ob wir uns nicht doch ein bisschen nützlich machen können.« Mit Kindern, Freund und Hund verschwand sie im Haus.

Thomas Schwester kam sich verloren vor, so alleine im Hof. Niemand war zu sehen, nur aus der Schlachtküche drangen Geräusche und Stimmen. Ihr Blick blieb an der Halle hängen, in der damals alles anfing. Wie magnetisch wurde sie angezogen. Langsam bewegte sie sich auf das Gebäude zu. Seit dem verflixten Tag war sie dort nicht mehr drin gewesen. Noch wenige Schritte und sie hatte den Eingang erreicht. Ihre Hand legte sich auf den Griff. Sie hoffte, dass abgeschlossen war, dann konnte sie sich umdrehen und wieder gehen. Aber was, wenn die Tür sich öffnen ließ. Würde sie sich hineintrauen? Einen Moment zögerte sie, bevor sie die Türklinke hinunterdrückte. Es war offen! Martina trat in die Halle. Einiges hatte sich drinnen verändert. Schon von außen war ihr das große Rolltor neben dem Eingang aufgefallen. Das war zu ihrer Zeit noch nicht da gewesen. Genauso wenig wie die Änderungen an der alten Halle nebenan. Man hatte die beiden Gebäude integriert. Nur der Fußboden der Nachbarhalle lag um gut eineinhalb Meter höher als der, auf dem Martina stand. Dadurch war innen eine Art Rampe entstanden, von wo aus Fahrzeuge trockenen Fußes be- oder entladen werden konnten. Der verkaufsfertige Wein lagerte jetzt in der neu gestalteten Halle. Durch die baulichen Veränderungen gab es im Eingangsbereich keine Stellfläche mehr so wie früher. Es war alles zur Ladezone geworden. Dagegen standen noch die Regale im hinteren Bereich, dort, wo es passiert war. Ganz gemächlich steuerte Martina darauf zu. Ihr fiel auf, dass es im Gebäude viel heller war als damals. Sie blickte hoch und bemerkte die Oberlichter aus Plexiglas, die für Helligkeit sorgten. Zögernd trat sie zwischen die Regale. An besagter Stelle blieb sie stehen und sah sich um. An Ort und Stelle lebte die Erinnerung von damals wieder auf: die Holzpalette mit den Kartonagen, auf der sie wieder zu Bewusstsein gekommen war. Die schemenhafte Gestalt, der Schock, die Schmerzen und die Panik. Alles stieg wieder in ihr hoch und ließ sie frösteln. „Was, wenn die Tests wieder alle negativ sind?“, fragte sie sich in dem Moment. Dann war vermutlich ihr Versuch gescheitert, die Vergangenheit aufzuarbeiten.

Plötzlicher Lärm riss sie aus ihren Gedanken. Zuerst begann ein Elektromotor zu schnurren, dann ein Quietschen und Knarren. Im ersten Moment war sie erschrocken. Sekunden später wurde ihr klar, dass das Geräusch vom Rolltor kam. Jemand hatte den Schalter für den elektrischen Hebemechanismus betätigt. Als sich das Tor hob, war draußen das Brummen eines Fahrzeugmotors zu hören. Martina blickte zwischen den Regalen hindurch zur Rampe. Ein Lieferwagen mit Werbung und Aufschrift des Weingutes fuhr in die Halle. Dem Fahrzeug entstieg ein großer Mann mit grauem Arbeitskittel. Was sie aus der Entfernung sehen konnte, waren das schüttere Haar und der leichte Bauchansatz unter der Arbeitskleidung. Sie schätzte den Mann auf Mitte bis Ende fünfzig. Er begann Leergut von der Ladefläche zu räumen. Von irgendwo her kam ein zweiter, jüngerer Mann und half mit. Ohne besonderen Grund beobachtete sie die Arbeit der beiden Männer. Als der Wagen ausgeräumt war, begannen sie das Fahrzeug mit Ware zu beladen.

Schließlich trat sie zwischen den Regalen hervor und ging Richtung Ausgang. Dabei musste sie zwangsläufig am Fahrzeug und an den Arbeitern vorbei. Die hoben beide überrascht den Kopf.

»Entschuldigung, wer sind Sie und was machen Sie hier?«, erkundigte sich der Ältere. Die Worte klangen brummig und unfreundlich. Mit verschlossenem Gesichtsausdruck schaute er die ihm fremde Person an. Obwohl die Überraschung verständlich war, wenn Unbekannte im Lager herumliefen, der Tonfall war es nicht.

»Sie kennen mich nicht?«

»Nein«, kam die Antwort von beiden.

»Ich bin Martina Kruger, die Schwester von Thomas, und habe mich nur ein bisschen umgeschaut.«

Der Jüngere hatte sich schon wieder der Arbeit zugewandt. Der große ältere Mann schaute sie mit starrem Blick an. In den derben Gesichtszügen zeigte sich keine Regung. Ein aufmerksamer Beobachter hätte aber das kurze Zucken und die plötzliche leichte Blässe bemerkt.

»Oh, tut mir leid, das konnte ich nicht wissen«, entgegnete er etwas verlegen.

»Macht nichts ... und wer sind Sie?«, hakte sie nach, da er keine Anstalten machte, sich vorzustellen.

»Mein Name ist Wellmann, ich bin hier der Lagermeister.

Sebastian und ich, wir machen noch die Tour für nächste Woche fertig. Dann kann der Wagen am Montag früh gleich starten«, erklärte er Martina.

»Na dann, frohes Schaffen.« Sie drehte sich um und ging durch das offene Rolltor auf den Hof.

Gerade kam Vanessa aus dem Haus. Als sie ihre Tante erblickte, winkte sie ihr zu und rief über den Hof. »Hilfst du mir, ich soll den Tisch fürs Mittagessen decken.«

»Wo geht's denn los?«

»Im ›Saustall‹ neben der Schlachtküche.«

Martina verstand nur »Bahnhof« und runzelte die Stirn. Vanessa führte sie zu den alten Stallungen. Zu Großvaters Zeiten die Unterkünfte von Schweinen, Kühen und Pferden, seit langem jedoch umfunktioniert wie alle anderen Gebäude in der »Falkenmühle«. Der Raum direkt neben der Schlachtküche wurde früher für alles Mögliche verwendet. Dort hingen damals die Stallkleider, standen Schubkarren, Mistgabel und Besen zum Stallsäubern. In den Futterkisten waren Hafer, Schrot und Zuckerrüben für die Tiere untergebracht. Heutzutage sah es dort anders aus. Der Boden gefliest, Wände und Decke geweißt. Zwei Tische mit Eckbänken darin. Platz für zwanzig bis fünfundzwanzig Personen. Eine Theke mit Spüle, Kühlschrank und Zapfanlage. Schränke für Gläser und Geschirr. Durch eine nachträglich eingefügte Türöffnung gelangte man nebenan in die Schlachtküche. Die Tür auf der anderen Seite führte in die ehemaligen Stallungen, in denen jetzt die hauseigene Schnapsbrennerei untergebracht war.

Erst als es draußen schon dunkel zu werden begann, kehrte in der »Wurstfabrik« so langsam Ruhe ein. Man hatte sich nach nebenan zum gemütlichen Teil begeben. Die Männer begossen nach dem deftigen Schlachtessen mit Bier, Wein und Schnaps den Feierabend. Zu guter Letzt fand sich auch Patricks Frau Verena ein. Somit lernte Martina an diesem Abend auch noch das letzte Mitglied des Petzold-Clans kennen. Wolfgang, ihr weitläufiger Cousin, befand sich auch wieder mit dabei. Diesmal mit Ehefrau, die eine der fleißigen Helferinnen Katrins in der Küche gewesen war. Üblicherweise wurde aus dem Rest des Tages wie alle Jahre eine kleine Betriebsfeier. Sämtliche Helfer saßen mit am Tisch. Auch Wellmann, der Lagermeister, und sein Adjutant waren geblieben, nachdem sie den Transporter fertig beladen hatten. Andere langjährigen Mitarbeiter erschienen, wie immer, ganz zufällig. Jeder, der Bescheid wusste, fand einen Grund, mal vorbeizukommen. Selbstverständlich ging keiner sofort wieder und so wurde die Runde immer größer. An beiden Tischen entwickelten sich lebhafte Gespräche und Diskussionen. Vom Klatsch und Tratsch aus dem Städtchen bis hin zur großen Politik.

»Tante Tina, weißt du eigentlich, dass Luca auch aus Südafrika kommt?«, fragte Vanessa ihre Tante.

»Wirklich ...? Das wusste ich nicht, woher auch. Ein interessanter Zufall.« Überrascht blickte sie auf den jungen Mann gegenüber. »Und woher sind Sie, wenn man fragen darf?«

»Ich komme aus Paarl.«

»Oh, das ist, wenn man so will, gleich um die Ecke. Sie studieren Weinbau, habe ich mitbekommen?«

»Ja, ich werde ein oder zwei Semester hier in Deutschland absolvieren. Eigentlich bin ich fertig, denn ich habe an der Universität Stellenbosch meinen Bachelorabschluss schon gemacht. Aber mich hat es interessiert, mal ins Ausland zu gehen, vielleicht sogar noch meinen Master zu machen.«

»Sie sind aber kein gebürtiger Südafrikaner, vermute ich?« Martina blickte ihn abschätzend an. »Der Name klingt eher italienisch.«

»Das stimmt, obwohl ich noch nie in Italien war. Geboren bin ich Kalifornien. Genauer gesagt in St. Helena im Napa Valley. Mein Großvater ist in den 60er Jahren von Italien weg und dorthin ausgewandert. Vater ist auch im Weinbau tätig. Jahrelang hat er für das dort ansässige Weingut Beringer gearbeitet. Da hat er auch meine Mutter kennengelernt, eine Deutsche. Das ist auch der Grund, warum ich ganz leidlich deutsch spreche.«

»Aber, aber, nur nicht so bescheiden. Ihr Deutsch ist ausgezeichnet«, lobte Martina. »Wie sind Sie denn nun von Kalifornien nach Südafrika gekommen? Ist nicht gerade der kürzeste Weg.«

»Durch meinen Vater. Wie genau das zustande kam, weiß ich gar nicht. Auf jeden Fall bekam er ein Angebot von einer südafrikanischen Winzergenossenschaft, der KWV – Kooperatiewe Wijnbouwers Vereeniging. Die boten ihm einen leitenden Posten in ihrem Weingut Laborie an. Nach dem Ende der Apartheid wechselten wir 1995 nach Südafrika. Ich habe dort in der Genossenschaft gelernt, danach studiert und will mich nun weiterbilden.«

»Na, da sind wir ja wirklich fast Nachbarn«, stellte Martina fest. »Meinen Kindern und mir gehört das Weingut Goldendey in der Region Stellenbosch«, setzte sie den jungen Mann ins Bild.

Anerkennend nickte Luca. »Dieser Name ist mir ein Begriff. Wenn ich mich recht erinnere, rangieren Sie flächen- und qualitätsmäßig unter den Top Ten der privaten Weingüter.

»Kannst du mal sehen, wie klein die Welt ist«, mischte sich Vanessa ein. »Da wohnt ihr fast Tür an Tür und müsst erst um den halben Globus reisen, um euch hier in Iphofen zu begegnen.«

Die drei kamen ins Fachsimpeln über Rebsorten, Klima- und Qualitätsunterschiede und die Entwicklung des Weinbaues.

Schließlich entschuldigte sich Martina, um auf ihr Zimmer zu gehen. Anlässlich des Gespräches war ihr ein Gedanke gekommen. Gute Leute im Fachgebiet Weinbau wurden in ihrer Region immer gesucht. Erst vor Kurzem hatte sie mit ihrem Sohn Jordan, der das Gut jetzt leitete, eine entsprechende Korrespondenz geführt. Dabei ging es um zwei offene Stellen, die er dringend besetzt haben wollte und für die er niemand Geeigneten fand.

Martina checkte die E-Mails in ihrem Laptop. Dabei stieß sie auf zwei neue Mails. Eine erinnerte sie an eine halb geschäftliche, halb gesellschaftliche Verpflichtung in Strasbourg. Sie waren zum Firmenjubiläum eines internationalen Weinkontors geladen, der ihre Weine europaweit verkaufte. Tochter Jessica, die normalerweise für die Kundenpflege zuständig war, brachte es nicht mehr in ihrem Terminkalender unter. So hatte ihr Sohn Jordan sie gebeten einzuspringen. Das Event sollte in vierzehn Tagen sein.

Die zweite Nachricht hatte einen traurigen Anlass. Sie kam von Jeannine aus Mulhouse. Darin teilte sie Martina mit, dass ihre Mutter Isabelle überraschend gestorben war. Eigentlich schien die alte Dame mit ihren siebenundsiebzig Jahren noch recht rüstig und vital gewesen zu sein. Es gab keine Anzeichen für irgendwelche Wehwehchen. Doch vor drei Tagen fand sie ihre Mutter morgens tot im Bett. Die Beerdigung sollte am nächsten Dienstag sein. Emotional berührt hinsichtlich der Nachricht schloss sie ihren Laptop. Die Sache mit dem Personalbedarf auf Gut Goldendey musste warten. Das hatte keine Eile.

Auf dem Weg zurück zu der kleinen Feier traf sie im Hof auf Katrin. Die kam gerade aus den Büroräumen und trug Geld in der Hand.

»Ich will unseren Metzger gleich bezahlen«, sagte sie und deutete auf die Scheine. Gleich darauf packte sie Martina am Arm, hielt sie fest und blieb stehen. »Thomas hat mir damals schon alles erzählt.«

»Wann damals?«

»Nachdem er dich im Hotel aufgesucht hat.«

»Was hat er dir erzählt?«

»Na, das mit deinen Ermittlungen und den DNA-Tests. War es notwendig, Thomas und Georg damit hineinzuziehen? Kannst du dir wirklich ernsthaft vorstellen, dass dein Bruder oder dein Cousin etwas damit zu tun haben?« Einen leichten Vorwurf hörte sie schon aus Katrins Stimme heraus.

»Hat er dir auch gesagt, dass die Tests meiner Hauptverdächtigen negativ waren? Also muss ich jetzt nach dem Ausschlussverfahren vorgehen. Jeden, der theoretisch infrage kommen könnte, werde ich versuchen zu überprüfen. Ich finde nichts dabei, mir Gewissheit zu verschaffen.«

»Nein, ich meine ja auch deine ganze Vorgehensweise. Ist es nach so vielen Jahren für dich wirklich noch so wichtig zu wissen, wer es war?«

»Katrin, wenn du erlebt hättest, was ich dadrin erlebt habe ...« Dabei zeigte sie mit dem Daumen hinter sich auf die besagte Halle, vor der sie standen. »... und dann noch dadrin ...« Sie tippte mit dem Zeigefinger auf ihr Herz.

»... würdest du vielleicht anders denken.« Gerade wollte sie weiterreden, als ein Geräusch sie verstummen ließ. Es kam aus dem Gebäude, vor dem sie sich unterhielten. Beide Frauen lauschten einen Moment. Alles blieb still.

»Hast du das auch gehört? Was war das?«

»Vermutlich eine Katze, die auf Jagd ist. Wir haben Mäuse und Vögel in den Hallen. Das lässt sich nicht vermeiden«, winkte Katrin ab.

»Auf jeden Fall«, griff Martina ihr Gesprächsthema wieder auf, »möchte ich für mich einen Abschluss finden. Es ist meine letzte Chance und meine einzige Alternative, die ich noch habe. Daher habe ich jetzt versucht, alle, die noch in Betracht kommen, mit einzubeziehen. Sowohl Thomas und Georg als auch die, die damals schon hier auf dem Hof waren.«

»Wann erwartest du das Ergebnis?«

»Ich rechne irgendwann nächste Woche damit. Vermutlich wird wieder eine Benachrichtigung per Mail kommen. Aber ich habe jetzt noch ein anderes Problem.« Martina erzählte ihr von den beiden Nachrichten. »Da muss ich auf jeden Fall hin. Sowohl zu der Beerdigung als auch zu dem Jubiläum.«

»Wo ist das Problem?«

»Ich bin am Überlegen, wie ich es am besten mache. Ob ich fahre oder fliege. Zumal ich vermutlich fast drei Wochen weg bin. Da brauche ich den größten Teil meines Gepäcks. Wenn ich fliege, muss ich ständig die Koffer aufgeben, wieder abholen, rein ins Taxi, raus aus dem Taxi. Das einzig Gute während des Fluges ist die Bequemlichkeit, und es geht recht flott.«

»Wieso nimmst du dann icht deinen Mietwagen? Für was hast du den denn? Fahr gemütlich, lass dir Zeit und schau dir dabei ein bisschen was an. Du hast doch nicht unbedingt Eile, oder?«

»Nein, eigentlich nicht, du hast recht. Ich werde Thomas mal fragen, wie lange man mit dem Auto bis Mulhouse braucht. Dann nehme ich wahrscheinlich am Montag den Wagen.

»Und was machst du dann mit dem Laborbericht?«

»Der läuft mir nicht davon. Habe ich keinen Erfolg, ist es sowieso nicht wichtig. Gibt es eine positive Meldung, so werde ich nach meiner Rückkehr handeln. Auf zwei, drei Wochen kommt es jetzt auch nicht mehr an.«

»Dann lass uns wieder reingehen, mir wird es kalt hier draußen.« Martinas Schwägerin begann zu frösteln. Dieses Jahr kündigte der November den nahenden Winter mit extrem kühlen Temperaturen an.

Katrin und Martina verließen ihren Platz vor der Halle, um sich wieder zu den anderen zu begeben. Kaum waren sie gegangen, öffnete sich vorsichtig die Hallentür. Ein Mann trat heraus und wendete seinen düsteren Blick in Richtung der verschwundenen Frauen.

»Verdammt, das hat mir gerade noch gefehlt. So lange Jahre ging alles gut und nun kommt sie zurück. Auch wenn die Tat verjährt ist – verrät mich solch eine Untersuchung, muss ich mit Unannehmlichkeiten rechnen. Das kann ich beim besten Willen nicht gebrauchen. Den Test kann ich nicht mehr verhindern. Ihre Rückkehr schon und damit vielleicht die Veröffentlichung. Ein Plan muss her, und zwar schnell«, murmelte er in Gedanken vor sich hin.

Nur noch die Familie war da, als die zwei Frauen eintraten. Sämtliche Helfer und »zufälligen« Besucher, außer dem Metzger, waren gegangen.

»Die Runde hat sich ja ganz schön verkleinert«, stellte Martina fest.

»Alle waren satt oder hatten das, was sie wollten«, lachte Thomas. »Es ist jedes Mal das Gleiche.«

»Wo ist Georg?«

»Weiß ich nicht, er wollte, glaube ich, noch einen Wein holen.«

Fünf Minuten später kam Georg zur Tür herein. In jeder Hand hielt er zwei Bocksbeutel. »So, ich habe noch ein bisschen Nachschub geholt.«

»Georg, warst du im Lager?«, erkundigte sich Martina.

»Logisch! Woher soll ich sonst den Wein haben?«, brummte er immer noch verstimmt.

»Hast du dort auch ein Geräusch gehört?«

»Nein, tut mir leid. Aber wenn da was war, dann womöglich eine der Katzen.«

»Hab ich dir doch vorhin schon gesagt«, wandte sich Katrin an ihre Schwägerin. »Was glaubst du denn? Hast du etwa vor irgendwas Angst?«

»Nein, nein, ich habe nur so gefragt.« In Wirklichkeit war ihr durchaus schon der Gedanke gekommen, sie könnte mit ihren Nachforschungen jemand aufschrecken. Wer weiß, wie derjenige reagieren würde, wenn er die Gefahr erkannte, dass man ihn doch noch entlarven könnte.

Kurze Zeit später kam Wolfgang zur Tür herein und legte vor Thomas zwei Schlüssel auf den Tisch. »Ich hab den Traktor und den Bus in die Halle gefahren. Die standen noch draußen.«

»Danke, Wolfgang, daran habe ich jetzt auch gerade gedacht. Dann kann ich ja hierbleiben und noch einen Schoppen trinken«, meinte er gut gelaunt.

Martina gab im Laufe des Abends bekannt, dass sich ihre Pläne ein bisschen geändert hatten. Schließlich stand ihre Entscheidung fest, mit dem Pkw zu fahren. Sie vergaß nicht Manfred Täuber anzurufen und ihn von ihrem Vorhaben in Kenntnis zu setzen. Allzu gerne hätte er sich angeboten mitzufahren, aber leider verhinderten geschäftliche Termine sein Vorhaben. Er gab ihr aber seine Handynummer und Martina versprach sich bei ihm zu melden.

Eine selbst auferlegte Pflicht wollte Martina noch erfüllen, bevor sie die Reise nach Frankreich antrat. Der Zeitpunkt dazu war günstig. Vanessa war mit ihrem Freund und Sally nach einem ausgiebigen Frühstück zum Wandern aufgebrochen. Thomas hatte sich ins Büro zurückgezogen. Georg erledigte letzte Handgriffe in der Schlachtküche und die beiden Frauen kümmerten sich um die essbaren Dinge.

Ohne jemandem ein Wort zu sagen, setzte sie sich am Sonntag nach dem Mittagessen in ihren Mietwagen. Ihr Ziel: der städtische Friedhof. Wenigstens in Gedanken wollte sie mit ihrem Vater Frieden schließen, anders war es ja leider nicht mehr möglich. Wo das Grab war, wusste sie erstaunlicherweise noch. Dort lagen inzwischen schon mehrere Generationen Petzold. Vor dem Familiengrab mit dem imposanten, schon leicht verwitterten mannshohen Grabmal aus Sandstein blieb sie stehen. Andächtig las sie die chronologisch aufgeführten Namen der Vorfahren, die hier ihre letzte Ruhestätte gefunden hatten. Die, die sie als Kind noch gekannt hatte, kamen ihr in Erinnerung. Da waren Oma Maria und Opa Johann, ihre Großeltern, Tante Agnes und Onkel Heinrich, der Bruder ihres Vaters, ihr tödlich verunglückter Neffe Gregor und schließlich der letzte Name, Wilhelm Petzold, ihr Vater.

»Hallo Papa, da bin ich wieder. Schade, dass es für uns etwas zu spät ist. Es tut mir leid, dass ich nicht früher den Weg zurückgefunden habe. Nun weißt du gar nicht, was aus deinem Mädchen geworden ist. Auch bei Mama bin ich mir nicht sicher, ob sie mitbekommen hat, dass ich wieder da bin«, hielt sie leise murmelnd Zwiesprache mit ihrem toten Vater. Ein eisiger Wind, der den nahenden Winter ankündigte, kühlte die einzelnen Tränen, die ihr über die Wangen liefen. Obwohl sich sonst niemand in der Nähe befand, wischte Martina die Tränen verstohlen weg. Vor ihrem geistigen Auge sah sie ihren Vater, wie sie ihn in Erinnerung hatte. Ein stattlicher schlanker Mann, den sie nie böse oder laut erlebt hatte, aber überwiegend mit ernster und nachdenklicher Miene. Es fielen ihr nur zwei oder drei Anlässe ein, wo sie ihn hatte lächeln sehen.

So stand Martina schon einige Minuten in Gedanken versunken, als sie den Kies auf dem Weg zwischen den Gräbern knirschen hörte. Sie blickte sich um und erkannte eine Frau mit einem Kinderwagen, die auf sie zukam. Ohne der Person weitere Beachtung zu schenken, wandte sie sich wieder dem Grab zu.

»Tina, bist du das?«, erklang in ihrem Rücken eine weibliche Stimme.

Die Angesprochene drehte sich um. Vor ihr stand die Frau mit dem Kinderwagen. Martina schaute angespannt in das pausbäckige Gesicht mit roten Hautpusteln und strähnigen schulterlangen Haaren. Sie runzelte die Stirn. Kein noch so kleiner Hinweis half ihr die Frau zu erkennen. »Tut mir leid, kennen wir uns?«

»Aber sicher, wenn du Martina Petzold bist?«

»Ja, die bin ich.«

»Und ich bin deine Schulfreundin Elisabeth Sandorn.«

»Sandorn?«

»Lizzy! Erinnerst du dich vielleicht noch an Lizzy?«

»Oh natürlich, jetzt fällt es mir wieder ein. Lizzy!« Martina überlegte. »Klar doch, habt ihr nicht in der Altstadt gewohnt?«

»Jaja richtig, damals wohnten wir in der Geräthengasse. Aber das ist lange her. Später haben wir das Haus verkauft und im Baugebiet-Ost außerhalb neu gebaut.«

»Ich glaube, so langsam kommt meine Erinnerung wieder. Es ist schon außerordentlich lange her und wir waren noch halbe Kinder«, lächelte sie entschuldigend.

»Natürlich! Ich habe es auch nur vermutet, dass du das bist, weil du hier an eurem Familiengrab stehst. Beim Bäcker und beim Metzger habe ich von deiner Rückkehr gehört. Dann hat mich auch noch unser Schulfreund Detlef darauf angesprochen. Sagt dir der Name noch was, Detlef Hartner?«

Martina musste grinsen. »Meinst du vielleicht den sommersprossigen Jungen mit der fürchterlichen Zahnspange?«

»Genau den meine ich«, lachte nun auch die andere Frau. Dann wurde sie wieder ernst. »Und wie ist es dir die ganzen Jahre ergangen? Wir haben nie wieder was von dir gehört. Es hieß damals nur, dass du auf eine andere weiterführende Schule gewechselt seiest.«

»Das ist eine zu lange Geschichte für jetzt und hier«, winkte Martina ab und zog fröstelnd die Schultern hoch. »Vermutlich werden wir uns jetzt wieder öfter sehen. Irgendwann erzähle ich es mal. Bei dir gibt es sicherlich auch einiges zu berichten.«

»Ach hör auf, nichts Besonderes. Ich habe geheiratet, habe zwei Kinder und das ist mein erster Enkel.« Dabei zeigte sie auf den Kinderwagen. »Also vermutlich bei weitem nicht so interessant wie das, was du erlebt hast.«

Trotz des wenig aufregenden Lebens von Martinas Schulfreundin stand ihr Mund nicht still. Kennst du den noch? Kannst du dich an jenen noch erinnern? Weißt du dies noch? Weißt du jenes noch? So ging es in einem fort. Erst als Martina zum x-ten mal den Kopf schüttelte, gab Lizzy auf. Sie verabschiedete sich, nicht ohne vorher zu bemerken: »Wenn du jetzt wieder da bist, müssen wir unbedingt ein Klassentreffen arrangieren.« Ergeben nickte Martina in der Zuversicht, dass damit die Einweisungsstunde endgültig beendet war.

Einen Moment lang schaute sie ihrer pummeligen Schulfreundin hinterher. Dann wandte sie sich noch einmal dem Grab zu. »Papa, wäre ich auch so geworden, wenn alles ›normal‹ verlaufen wäre?«, fragte sie leise vor sich hin. Eine Antwort darauf konnte sie von niemandem erwarten. So verrückt, wie es klingt, dachte Martina auf dem Weg zurück zum Auto, fast müsste ich meinem Vergewaltiger dankbar sein, dass mein Leben dadurch eine andere Wendung genommen hat. Aber eben nur fast, ich wäre sicherlich nie so geworden, war ihre Schlussfolgerung, bevor sie ihre Gedanken in eine andere Richtung lenkte.

Eine Reise mit Folgen

Am Montag früh nach dem Frühstück machte sich Martina auf den Weg nach Frankreich. Als sie mit ihrem Mietwagen von der Zufahrt auf die Bundesstraße bog, folgte ihr – ohne dass sie etwas merkte – ein Wagen, der abseits auf einem Feldweg hinter einer Hecke geparkt gewesen war. Der Mann am Steuer brummte vor sich hin: »Dann wollen wir mal. Bin gespannt, was daraus wird.«

Das Navi ihres BMWs führte Martina auf die Autobahn in Richtung Frankfurt. Sie fuhr äußerst defensiv und relativ gemächlich. Der Rechtsverkehr und das Lenkrad auf der »falschen« Seite bereiteten ihr immer wieder Probleme. Schließlich hatte sie ihren ersten Führerschein in Südafrika gemacht. Dort war alles genau andersherum. Es wurde links gefahren und das Lenkrad war auf der rechten Seite. Obwohl sie die ganzen Jahre über oft in Ländern mit gegensätzlicher Verkehrsführung gewesen war, sich daran zu gewöhnen fiel ihr bis zum heutigen Tag schwer. Meistens war sie sowieso nicht selbst gefahren, sondern ihr Mann, oder sie wurden gefahren. Deswegen hatte sie sich auch einen Wagen mit Automatik genommen, damit fiel wenigstens das Schalten mit der falschen Hand weg.

Hoch konzentriert aufgrund des dichten Verkehrs auf der Autobahn fiel ihr der Verfolger nicht auf. Je nach Verkehrsdichte zuckelte der weiße Golf im Abstand von hundert bis zweihundert Metern hinter ihr her. Über die A 81 und A 6 bog sie schließlich am Kreuz Walldorf auf die A 5 Richtung Freiburg und Basel. Der erste Stopp, den sie einlegte, war eine Kaffeepause am Rasthof Baden-Baden. Danach ging es im gleichen Tempo weiter. Ihre Geschwindigkeit pendelte zwischen 100 und 120 km/h, sodass der Golf keine Schwierigkeiten hatte, hinterherzukommen. Die ganze Fahrt über zerbrach sich dessen Fahrer schon den Kopf, wie er das Problem lösen könnte. Es musste schnell gehen, damit seine Abwesenheit in Iphofen nicht zu sehr auffiel. An einer endgültigen Lösung kam er nicht vorbei. Nur so war die Chance am größten, dass seine Geheimnisse nicht ans Tageslicht kamen. Am besten indem die Person und ihre Sachen vollständig verschwanden. Vor allen Dingen der Laptop mit der gefährlichen E-Mail und sämtliche Dokumente zur Identifikation. Daneben war der Mietwagen sein größtes Problem. Ihn konnte er nicht so einfach verschwinden lassen. Aber wenn er ihn zurückgab, würde man sich später vielleicht wieder an ihn erinnern. Trotzdem galt es, jegliche Spur so gut wie möglich zu verwischen, um Nachforschungen zu erschweren oder unmöglich zu machen.

Der beste Zeitpunkt, etwas zu unternehmen, wäre sofort, dachte der Verfolger. Bisher hatte sich aber noch keine geeignete Möglichkeit ergeben. Er hatte in Erfahrung gebracht, dass Martina auf dem Weg zu einer Trauerfeier in Mulhouse war und danach weiter nach Strasbourg wollte. Je mehr Leute sie sehen, umso mehr wissen von ihrer Anwesenheit, setzte er seine Überlegung fort. Also muss es so bald wie möglich passieren, am besten noch vor der Ankunft. Dann wird man vielleicht glauben, dass sie es nicht geschafft hat oder überhaupt keine Zeit hatte zu kommen, war seine Schlussfolgerung. Eine passende Gelegenheit musste her. Seine Unruhe stieg von Kilometer zu Kilometer.

Den zweiten Halt machte Martina kurz vor dem Autobahnabzweiger Richtung Frankreich. Auf einem kleinen Parkplatz an der Autobahn hielt sie an, um zu telefonieren. Es wurden zwei mehrere Minuten dauernde Gespräche. Aber auch hier verstrich die Chance für den Verfolger, etwas zu unternehmen, ungenutzt. Drei andere Fahrzeuge standen auf dem Parkplatz. Deren Insassen vertraten sich mit Hund und Kind die Beine, rauchten oder saßen im Wagen. Absolut keine Gelegenheit, zumal der Platz auch von der Autobahn aus frei einzusehen war. Ärgerlich schlug der Mann mit der Faust aufs Lenkrad. »Verdammt noch mal, das muss doch irgendwie klappen«, raunte er vor sich hin. Seine Hoffnung sollte sich vorerst nicht erfüllen.

Die Fahrt ging weiter, nachdem Martina ihr Navi umprogrammiert hatte. Zügig fädelte sich der BMW auf der rechten Spur ein, mit dem weißen Pkw im Schlepptau. Martina schien von ihrem Verfolger bisher immer noch nichts mitbekommen zu haben. Na wie auch, sie hegte ja auch keinerlei Verdacht.

Nur knapp zehn Minuten später passierten die beiden Wagen den ehemaligen Grenzkontrollpunkt und befanden sich auf französischem Gebiet. Mit vorgeschriebenem Tempo fuhr Martina durch die Grenzanlagen. Dahinter beschleunigte sie wieder. Nur wenige Kilometer später nahm sie eine der Abfahrten in die Stadt. Immer weiter führte sie die Navigationstechnik problemlos nach Mulhouse hinein. Ihr Verfolger hingegen war diesbezüglich nicht so gut vorbereitet. Einem Geistesblitz folgend hatte er sich am Rasthof in Baden-Baden zwar einen Stadtplan von Mulhouse und sicherheitshalber auch von Strasbourg gekauft. Nur lag der zusammengefaltet in seiner Tasche auf dem Rücksitz. Also musste er dem Wagen vor sich mehr oder weniger orientierungslos folgen. Überhaupt war die ganze Aktion nicht sein Ding. Alleine die Angst vor der Aufdeckung seiner Taten trieb ihn voran. Schließlich fuhr das verfolgte Fahrzeug auf den Hof einer Mietwagenfirma. Sollte sich hier ein Problem von alleine lösen?, ging es dem Mann durch den Kopf. Er suchte sich einen Parkplatz auf der Straße. Von dort aus konnte er den Hof der Firma einsehen.

Martina stieg aus dem Wagen. Sofort kam eine etwa gleichaltrige korpulentere schwarzhaarige Frau auf sie zu. Die mit einem schwarzen Hosenanzug und schwarzen Schuhen bekleidete Dame nahm die Deutsche in den Arm. Einen Moment lang hielten sie sich umarmt, dann zückten beide ihre Taschentücher. Ob es Freudentränen oder Tränen der Trauer waren, konnte der Beobachter nicht sagen. Er ahnte aber, dass die Fremde etwas mit dem Anlass zu tun hatte, weswegen Martina hier war. Das könnte die Tochter der Verstorbenen sein, überlegte er. Die beiden Frauen luden das Gepäck in einen ziemlich neuen silbernen Peugeot. Anschließend verschwand Martina ins Büro der Firma, um die Formalitäten zu erledigen. In der Zeit hatte der Mann den Stadtplan von Mulhouse herausgekramt und sich einen Überblick über den jetzigen Standort verschafft. Zufällig hatte er bei der Anfahrt den Straßennamen gelesen – Rue de Bâle.

Zehn Minuten später verließen die zwei Frauen den Hof, nun in dem silbernen Fahrzeug ihrer Bekannten. Jetzt wurde die Verfolgung schwieriger. Die Frau am Steuer kannte sich hier aus und war recht zügig unterwegs. Außerdem ging das unbekannte Fahrzeug mit dem fremden Kennzeichen schneller in der Menge unter. Die beiden Wagen bewegten sich in Richtung Innenstadt mit Ampeln, verwinkelten Straßen und viel Verkehr.

Der Mann begann nervös zu werden und zu schwitzen. Wenn er sie jetzt verlor, wäre das für ihn fatal. Er hatte keine Adresse und sprach kein Wort französisch. Nur den Nachnamen hatte er irgendwie mal aufgeschnappt. Roziér oder so ähnlich. Aber das konnte ein Allerweltsname sein wie Meier, Müller oder Schmidt in Deutschland. Allmählich wurde es dämmerig, was die Sache noch mehr erschwerte. Außerdem wurden die Gassen immer kleiner und enger. Bedenklich war auch, dass hier ein Fahrzeug mit deutschem Nummernschild doppelt und dreifach auffiel.

Plötzlich hielt der Wagen vor ihm mitten in einer Gasse an. Die Fahrerin stieg aus und öffnete auf der linken Seite ein Metallschiebetor. Dahinter erkannte man eine Parkfläche für mehrere Autos. Vermutlich der Privatparkplatz für die Anwohner und das Ziel der Fahrt. Der Peugeot bog in den Innenhof und war verschwunden. Kurz darauf wurde das Tor wieder zugeschoben. So wie der Mann beobachten konnte, ging das aber nicht mechanisch, sondern alles manuell. Er selbst hatte derweil Glück und quetschte sich in eine Parklücke in der Gasse. Schnell stieg er aus, um in Erfahrung zu bringen, wohin die Frauen gingen. Vorsichtig versuchte er das Tor zu öffnen. Es war nicht abgesperrt und ließ sich bewegen. Durch den Spalt bekam er mit, zu welcher Eingangstür sich die zwei Frauen wandten. Ein Rundblick über die Anordnung der zusammenhängenden Gebäude ließ vermuten, dass die Vorderfront des Hauses die Gasse hinunter und dann linker Hand zu suchen war. Er eilte vorwärts und orientierte sich dabei an der Häuserfront. Zwanzig Meter weiter bog er links um die Ecke und sah den Marktplatz vor sich liegen.

In der Abenddämmerung hatte er keinen Blick für die dort befindlichen Sehenswürdigkeiten, gegenüber die evangelischen Stephanskirche Temple Saint-Étienne, rechts von ihm, direkt an der Ecke, das alte Rathaus aus dem 16. Jahrhundert mit der überdachten Doppeltreppe und der reich bemalten Außenfassade. Seine Aufmerksamkeit galt den Häusern zu seiner linken Seite. Im dritten Haus, dort wo sich in Parterre ein Süßwarenladen – Crémerie – befand, gingen zwei Stockwerke darüber Lichter an. An einem der Fenster erschien ganz kurz Martina und warf einen Blick auf den Platz. Schnell drehte er sich um für den Fall, dass sie zu ihm schauen und ihn erkennen würde. Wobei die Chance sehr gering war, da sie sicher nicht damit rechnete, hier auf jemanden aus Iphofen zu stoßen.

»Ha, ich hab euch«, brummte der Verfolger leise. Keiner der zahlreichen Fußgänger und Radfahrer beachtete den Mann. Um nicht aufzufallen, betrachtete er interessiert auch die anderen Fassaden ringsum. Langsam ging er wieder zu seinem Auto zurück. Zuerst musste er sich einen anderen Parkplatz suchen. Er hatte zwar die Verkehrsschilder am Anfang der Gasse nicht lesen können. Aber die Zeichen ließen vermuten, dass hier nur für Anwohner oder mit Sondergenehmigung eine Park- und Fahrerlaubnis bestand. Ihm war bekannt, dass die französischen Ordnungshüter bei solchen Überschreitungen noch resoluter sein konnten als ihre deutschen Kollegen. Ärger mit der Polizei oder womöglich eine Kralle am Auto, das war das Letzte, was er jetzt brauchte. Also erst mal raus aus der Gefahrenzone.

Vor Einfahrt in die Gasse, in der er sich jetzt befand, gab es einen kleinen Platz mit zahlreichen Parkmöglichkeiten. Dort wollte er versuchen seinen Wagen abzustellen. Von dort aus bis zum Tor in den Innenhof waren es maximal hundert Meter. Um etwas zu unternehmen, war es sowieso noch zu früh. Zu viel Leben in den Gassen war für sein Vorhaben hinderlich. Es war wichtig, dass ihn so wenig Menschen wie möglich sahen.

Einen anderen Parkplatz zu finden klappte besser als erwartet. Erneut verschaffte er sich anhand seines Stadtplanes einen Überblick über seinen Standort, was auch notwendig war für eine spätere zügige Abfahrt raus aus der Stadt.

Inzwischen war es draußen vollständig dunkel. Die Unruhe des Mannes im Auto stieg stetig. Immer wieder blickte er auf seine Armbanduhr. Wann war wohl der richtige Zeitpunkt, etwas zu unternehmen? Schließlich war er kein Profi, der darin Erfahrung hatte. Damals am »Herrengraben«, das mit Holger, war eher eine spontane Tat gewesen. Dagegen in fremder Umgebung in einer fremden Stadt mit fremder Sprache in ein fremdes Haus und eine fremde Wohnung einzudringen, ohne zu wissen, was ihn dort erwartete, war um einiges riskanter. Die Aufgabe, die er sich da vorgenommen hatte, würde wahrscheinlich bedeutend schwieriger werden.

Entschlossen langte er schließlich mit einer Hand in die Sporttasche. Die hatte er sich griffbereit auf den Beifahrersitz gelegt. Er holte eine Taschenlampe heraus und steckte sie in die linke Jackentasche. Mit einem zweiten Griff zauberte er eine Pistole aus der Tasche. Sie verschwand in der Innentasche seiner Jacke. In der anderen Hand hielt er zusätzlich einen Schalldämpfer. Auch den steckte er ein. Zuletzt wanderten schwarze Lederhandschuhe in die rechte Jackentasche. So ausgerüstet verließ er sein Auto.

Sich immer wieder umschauend schlenderte er gemächlich in die Gasse. Das Eingangstor, hinter dem die Fahrzeuge der Bewohner standen, war schräg vor ihm. Er suchte sich einen Standort auf der gegenüberliegenden Seite, halb von einem parkenden Fahrzeug verdeckt. Wieder zögerte er und war unschlüssig, wie er vorgehen sollte. Auf diese Weise vergingen rund fünfzehn Minuten, während er das an den Innenhof grenzende Gebäude beobachtete. Er vernahm das Geräusch einer zuschlagenden Tür. Dann wurde das Tor auf Seite geschoben, sodass eine Person hindurchpasste. Eine schwarz gekleidete Gestalt trat hinaus auf die Straße. Der heimliche Beobachter hatte sich kurz zuvor einige Schritte zurückgezogen. Im Schein der Straßenlaterne erkannte er die fremde Frau, die Martina abgeholt hatte. Sie wandte sich nach links in Richtung des Marktplatzes. Gleich darauf sah er sie rechts in der Straße verschwinden. Das Tor hatte sie nicht ganz geschlossen. Diese Nachlässigkeit hätte ihm eigentlich zu denken geben müssen. Stattdessen witterte er eine Chance.

Entschlossen schlüpfte er durchs Tor. Drei Pkws standen im Innenhof. Darunter der silberne Peugeot von Martinas Bekannter. Während er den Hof durchquerte, zog er sich die Handschuhe über und die Taschenlampe aus der Jacke. Die Eingangstür fand er unverschlossen. Erstaunt, dass es so leicht ging, trat er ins Treppenhaus. Dort machte er seine Walther P99 einsatzbereit. Er schraubte den Schalldämpfer auf und lud die Waffe durch. Eine Minute stand er im dunklen Flur und lauschte. Kein Laut war im Haus zu hören.

Mit der Taschenlampe leuchtete er die Treppenstufen aus. Vorsichtig, Schritt für Schritt stieg er die alte Holztreppe empor. Leise knarrte die eine oder andere Stufe, aber nichts rührte sich. Hinter der Tür im ersten Stock herrschte Stille. Am dortigen Klingelknopf stand kein Name. Der Mann stieg weiter hinauf in den zweiten Stock. Dort las er den Namen

Roziér an der Tür. Zuerst lauschte er, aber auch hier war nichts zu hören. Das muss aber das richtige Stockwerk sein, wo ich von außen Martina am Fenster gesehen habe, überlegte der Eindringling.

Zögernd drückte er den Klingelknopf. Drinnen ertönte ein Bing-Bong, Sekunden später die französischen Worte »La porte est ouverte – Die Tür ist offen.« Obwohl er die Worte nicht verstand, ahnte er, was sie bedeuteten. Er versuchte sein Glück. Mit der Hand drückte er gegen die Tür. Langsam schwang sie auf und gab einen Blick auf einen längeren Flur frei. Seine Pistole hielt er schussbereit vor dem Bauch. Die Taschenlampe war längst wieder in der Jackentasche verschwunden. Niemand war in dem hell erleuchteten Gang zu sehen. Links und rechts gab es jeweils zwei Türen, die alle offen standen. Nur die am Ende des Flures war geschlossen.

Aus dem zweiten Zimmer auf der linken Seite hörte er eine Stimme »Jeannine?« Er gab keine Antwort. Während er ein zweites Mal die Frage hörte, ging er zügig auf die Tür zu. Im Türrahmen blieb er stehen und blickte in den Raum. Da war die Gesuchte. Sie stand vor einem auf dem Bett liegenden geöffneten Koffer und schien beim Auspacken zu sein. Aus dem Augenwinkel nahm sie die Bewegung wahr, als der Mann im Eingang auftauchte. Erschrocken drehte sie sich ihm zu. Entgeistert schaute sie ihm ins Gesicht und dann auf die Waffe.

»Das gibt's doch nicht«, bemerkte sie erstaunt, »was mach...«

Plopp, plopp, machte es, als der Mann zweimal abdrückte. Martina konnte den Satz nicht mehr vollenden und kippte rückwärts aufs Bett. Der Täter trat auf sein Opfer zu und wollte sich vergewissern, dass sie tot war. Er beugte sich über sie, um den Pulsschlag zu fühlen. Gleichzeitig erblickte er auf einem Tischchen neben dem Bett ihren Laptop und die Handtasche.

»Que faites-vous lâ? – Was machen Sie da?«, hörte er plötzlich eine erschrockene Stimme in seinem Rücken. Er wirbelte herum. In der Tür stand die schwarz gekleidete Frau mit einer Plastiktüte in der Hand. Entsetzt starrte sie auf den leblosen Körper Martinas und auf den fremden Mann.

Innerhalb von Sekundenbruchteilen erfasste sie die Situation. Schreiend rannte sie los und ließ dabei die Tüte fallen. Mehrere kleine Boxen fielen heraus, platzten auf und ihr warmer Inhalt landete auf dem Boden. Der Duft von frischem Essen verteilte sich sofort in der Wohnung. Blitzschnell reagierte der Mann. Mit drei, vier großen Schritten stand er im Flur. Ohne zu zögern hob er die Waffe und schoss dreimal. Die flüchtende Frau hatte die Korridortür erreichen wollen, doch schon auf halbem Weg trafen sie die Geschosse in den Rücken. Plopp, plopp, plopp. Sie stürzte der Länge nach aufs Gesicht. Ihre Schreie verstummten. Regungslos und still lag sie da. Der hell gemusterte Teppich unter ihr färbte sich blutrot.

»Verdammte Sch..., so war das nicht geplant«, haderte er mit sich selbst. Umgehend lief er zurück ins Schlafzimmer. Mit flinken Fingern durchwühlte er ihre Sachen. Dabei ging es ihm um Dokumente und Unterlagen, die Martinas Identifizierung ermöglichten. Nichts war zu finden. Ihm brannte die Zeit unter den Nägeln. Er schnappte sich den Laptop und die Handtasche. Wenn jemand die Hilferufe gehört hatte, musste er sich sputen. Geschickt wich er den im Flur verteilten Speisen, Verpackungen und dem Blut auf dem Teppich aus, um keine Fußspur zu hinterlassen. Eiligen Schrittes gelangte er an dem Opfer vorbei zur Tür, die ins Treppenhaus führte. Die Lichter in der Wohnung ließ er brennen.

Gerade war im Treppenhaus die Beleuchtung angegangen. Eine Etage höher hörte er eine männliche und eine weibliche Stimme leise reden. Sie schienen unsicher zu sein, was die Schreie von vorhin betraf. So geräuschlos wie möglich zog er die Korridortür zu. Ziemlich dicht an der Wand entlang schlich er die Treppe hinab. Es ließ sich aber nicht vermeiden, dass vereinzelte Stufen knackten und knarrten. Von oben kam der laute Ruf »Qui est là? – Wer ist da?«. Unbeirrt setzte der Fremde seinen Weg nach unten fort. Auf dem gleichen Weg, wie er gekommen war, verließ er das Haus. Bevor er auf die Straße trat, blickte er nach beiden Seiten. Kein Mensch war zu sehen. Seine Waffe hatte er schon vorher im Hosenbund verschwinden lassen. Nun zog er auch die Handschuhe aus. Er zwang sich zur Ruhe, obwohl sein Herz bis zum Hals schlug und seine Hände zitterten. So ganz ideal war die Aktion nicht gelaufen. Er schimpfte sich selbst einen Narren. Im Nachhinein wurde es ihm bewusst. Dass noch leicht geöffnete Hoftor, die nicht verschlossene Haustür und die nur angelehnte Wohnungstür hätten ihm eigentlich auffallen müssen. Jeannine hatte irgendwo in nächster Nähe vorbestelltes Abendessen geholt. Überraschend und viel zu schnell war sie wieder zurückgekommen.

Die aus der Wohnung mitgenommenen Gegenstände verstaute er im Kofferraum. Waffe, Taschenlampe und Handschuhe packte er zurück in die Sporttasche. Auch die landete anschließend im Kofferraum. Der Stadtplan blieb auf dem Beifahrersitz liegen. Aufatmend ließ er sich auf den Fahrersitz seines Wagens fallen. Sekundenlang schloss er die Augen und schnaufte tief durch. Dann raffte er sich auf, schnallte sich an und steckte den Schlüssel in die Zündung, um den Wagen zu starten. Zum Ausruhen war keine Zeit. Ein Blick auf die Uhr sagte ihm, dass es kurz vor 22 Uhr war. Erst mal weg von hier. Er gab Gas. Raus aus der Stadt, auf die Autobahn und dann schleunigst ab nach Hause. Das klappte alles ziemlich reibungslos, da der Verkehr im Stadtbereich merklich nachgelassen hatte. So konnte der Fahrer sich mehr auf die Schilder konzentrieren als auf die Fahrzeuge um ihn herum.

Der Mann hatte noch nicht mal die Autobahn erreicht, da traf das erste Polizeifahrzeug am Tatort ein. Die Bewohner von oben drüber hatten keine Sekunde mehr gezögert und die Polizei gerufen. Sie hatten bemerkt, dass jemand das Haus verließ und nicht auf ihre Rufe reagierte. Das machte sie stutzig. Genau wie die fehlende Antwort auf ihr Klopfen und Rufen an der Wohnungstür ihrer Vermieterin. Zumal sie wussten, dass sie zu Hause sein musste, und sie den Lichtschein unter der Tür hindurch sahen. Die alarmierten Polizisten fackelten nicht lange und brachen die Tür auf. Somit fand man schon kurz nach der Tat die zwei Frauen. Jeannine, die Hausbesitzerin, war bekannt. Dagegen tappte die Polizei bei dem anderen Opfer völlig im Dunkeln. Es fand sich nirgendwo ein Hinweis auf ihre Identität.

*

Die Anspannung fiel erst ab, als der Mann die Grenze nach Deutschland passierte. Damit war er zwar nicht in Sicherheit, es war mehr als psychologische Entspannung zu sehen. Dort das fremde Frankreich mit dem Tatort, hier heimatliche Gefilde, Landsleute und verständliche Sprache. Es fühlte sich auf jeden Fall wieder besser an. Mit jedem Kilometer, den er der Heimat näher kam, legte sich die Nervosität des Mannes.

Bis kurz vor Heilbronn fuhr er Nonstop durch. Dann erst gönnte er sich eine kurze Pause und begutachtete zum ersten Mal die Utensilien, die er aus der Wohnung mitgenommen hatte. Um den Laptop würde er sich später zu Hause kümmern. Zuerst war die Tasche dran. Neben Lippenstift, Parfümfläschchen und anderen weiblichen Accessoires fand er darin ein Handy, eine Geldbörse und eine Dokumententasche. Bares war nicht viel in dem Geldbeutel, aber reichlich Kredit-, Kunden- und Bonuskarten. Er pfiff durch die Zähne, als er die Kreditkarten sichtete. Darunter eine American Express Platinum Card und eine von Diners Club International. Beides deutete auf einen guten finanziellen Background hin. Vielleicht können mir die Karten noch was nützen, überlegte der Mann. Bei den Dokumenten befand sich Martinas südafrikanischer Reisepass, ihr Führerschein, diverse Impf- und Gesundheitspässe neben weiteren Ausweisen. Daran war zu erkennen, dass sie öfters auf Reisen war und landesspezifische Gesundheitsvorschriften hatte einhalten müssen. Völlig zufrieden schloss er die Tasche wieder. Ich denke mal, dass ich alle Unterlagen erwischt habe, die sie hätte identifizieren können, ging es dem Mann durch den Kopf. Zufrieden mit der ersten Sondierung nahm er den Rest der Heimfahrt in Angriff.

In den kommenden Tagen widmete er sich Martinas Computer. Da war die Mail. Eine Benachrichtigung des Labors über die letzten Testergebnisse. Als er sie öffnete, fiel ihm in dem Text sofort sein Name auf. Was noch schwerer wog, war die Bemerkung dahinter: »Positiv«. Das einzelne kleine Wort, was ihm das Genick brechen konnte. Nachdem er die E-Mail gelesen hatte, fiel sein Blick auf die Empfängerzeile und ihm wurde siedend heiß. Neben Martinas E-Mail-Adresse stand da ein zweiter Empfänger, der die Mail erhalten hatte. Wie das Kaninchen auf die Schlange, starrte er bestürzt auf den zusätzlichen Namen. Wieder und wieder las er die zweite Adresse: »jessica-kruger@goldendey.co.za«. Es war die von Martinas Tochter.

»Verdammt noch mal! Das gibt es doch nicht«, schimpfte er laut und kratzte sich nachdenklich am Kopf. »Dieses Miststück hat die E-Mail zur Sicherheit auch an ihre Tochter schicken lassen.« Er konnte ja nicht wissen, dass Martina in wichtigen Dingen bisher immer so verfahren hatte. Allein aus technischen Gründen, falls ihr Computer oder ihr System mal streikte, ließ sie die Nachrichten an eine weitere vertrauenswürdige Adresse senden.

Nachdenklich schaute er vor sich hin und seine grauen Zellen arbeiteten. Wie konnte er das neue Problem lösen? Wenn Martinas Tochter die Ergebnisse über den Labortest weitergab, war sein Aufwand umsonst gewesen. Dass er dabei zwei Menschenleben ausgelöscht hatte, war für ihn jetzt erst mal nebensächlich. Die Angst aufzufliegen verscheuchte alle moralischen Bedenken. Es ging ja nicht nur um die Vergewaltigung. Kam der Stein erst mal ins Rollen, so würden mit ziemlicher Sicherheit auch der Mord an Holger und die Erpressungen ans Tageslicht kommen. Gerade die zusätzlichen Einnahmequellen, Glaser und Rodenstern, die er regelmäßig anzapfte, brachten ihm ein angenehmes finanzielles Polster ein. Bisher hatten sie jedes Jahr ihr Schweigegeld bezahlt, da die beiden immer noch der Meinung waren, den Tod von Holger verschuldet zu haben.

Mithilfe des Computers und der Kommunikationstechnik musste er versuchen sich Zeit zu verschaffen in der Hoffnung, dass ihm eine Lösung einfiel. Er durchforstete Martinas E-Mails der letzten Wochen. Ungefähr im wöchentlichen Abstand hatte sie Kontakt mit ihrer Familie in Südafrika und ihrer Tochter Jessica gehalten. Um keinen Verdacht zu erregen, versuchte er das fortzusetzen. Problematisch hierbei war nur die Sprache. Sämtliche Mails waren bis zu dem Zeitpunkt in englischer Sprache abgefasst. Englisch war nun mal überhaupt nicht sein Ding. Es war Jahrzehnte her, dass er sich das letzte Mal mit der Sprache abgequält hatte. Rein zufällig hatte er mitbekommen, dass Martinas Kinder alle deutsch konnten. Also verfasste er die Nachrichten im Namen von Martina in deutscher Sprache mit dem Argument, die Kenntnisse der Heimatsprache wieder auffrischen zu müssen.

*

Martina hatte am Abend vor ihrer Abreise nach Frankreich noch mal per Computer mit Südafrika und ihrer Tochter Jessica Kontakt aufgenommen. Dabei teilte sie ihnen mit, dass es vermutlich vier Wochen dauern würde, bis sie wieder in Iphofen eintraf. Gleichzeitig hatte sie mit ihrem Bruder ausgemacht, Weihnachten und Silvester in der alten Heimat zu verbringen. Ihre Tochter hatte ebenfalls zugesagt zu kommen.

»Das ist aber keine Garantie, dass sie kommt. Jessica wirft öfters ihre Termine über den Haufen. Manchmal ist sie auch dazu gezwungen«, hatte Martina verlauten lassen.

Vermisst

Inzwischen waren seit Martinas Abreise drei Wochen vergangen ohne ein Sterbenswörtchen von ihr.

»So langsam mach ich mir Sorgen«, gestand Thomas, ihr Bruder. »Ich finde das nicht in Ordnung, dass sie sich nicht mal meldet.«

»Ach, nun sei nicht so pessimistisch. Vermutlich ist sie zu beschäftigt, um an uns zu denken«, versuchte Katrin ihn zu beruhigen. »Vielleicht ist das in ihrer Familie so üblich. Außerdem weißt du doch, dass sie gerne über den Computer kommuniziert. Also bleib noch ein bisschen ruhig. Sie wird sich schon melden.«

»Mir bleibt ja eh nichts anderes übrig. Wir können nun mal nicht über den Computer mit ihr Kontakt aufnehmen. Dazu fehlt uns jegliche Mail-Adresse. Bescheuert, dass wir nicht mal die Handynummern ausgetauscht haben. Da hat keiner daran gedacht.«

»Tja, du wirst älter und denkst auch nicht mehr an alles«, witzelte seine Frau.

»Ha ... ha ... ha, selten so gelacht.«

»Deine Schwester ist eine viel gefragte und viel gereiste Frau. Wahrscheinlich halten sie ihre Verpflichtungen davon ab sich zu melden. Seien wir noch ein wenig geduldig.«

»Was hältst du eigentlich von ihr? Ich hatte das Gefühl, du magst sie.«

»Ich habe mich von Anfang an gut mit ihr verstanden. Warum fragst du auf einmal?«

»Du hast es doch mitbekommen, was sie vorhat, oder nicht?«

»Was meinst du? Das mit der Immobilie oder die kleine Liaison mit Täuber?«

»Na komm, Liaison finde ich jetzt ein bisschen übertrieben. Es ist beiderseits vermutlich eine Sympathie da. Was daraus werden könnte, muss man abwarten. Ich glaube aber nicht, dass meine Schwester von der schnellen Truppe ist. Ich befürchte, da ist der Verlust ihres Mannes noch zu frisch. Aber das andere mit der Immobilie könnte ja bedeuten, dass sie wieder hierherzieht.«

»Für ganz kann ich mir kaum vorstellen. Ich vermute, dass sie wahrscheinlich öfters kommen will und uns nicht immer belästigen möchte. Es sei denn, es ergibt sich doch was Ernsteres mit Manfred. Auf jeden Fall finde ich es gut. Es ist für sie ein Schritt vorwärts, raus aus dem Käfig ihrer heimischen Vergangenheit. Sie beginnt einen Schlussstrich zu ziehen unter das, was damals hier passiert ist.«

»Wow, bist du jetzt Psychologin?«

»Nein, aber eine Frau, die eine andere Frau versteht.«

»Aber sieht ein Schlussstrich nicht anders aus? Indem man sagt, dass das Vergangene vergangen ist und bleibt? Nicht, indem man alles wieder aufwühlt.«

»Du bist absolut kein Menschenversteher. Nur indem man so was aufarbeitet, kann man vergessen. Du hast doch mit deiner Schwester selbst schon darüber gesprochen. Da müsstest du doch wissen, wie sie tickt.«

»Euch Frauen werd ich nie verstehen und meine Schwester erst recht nicht«, gestand Thomas. »Weiß man überhaupt, wie ein Mensch denkt? Kann man sicher sein, dass er immer richtig tickt? Das bezweifle ich schwer. Aber klar, ich habe sie schon zweimal darauf angesprochen von wegen ihre Vergangenheit ruhen lassen. Das erste Mal im Hotel, als Michael mich informierte, dass meine Schwester hier sei und ein zweites Mal hier bei uns.«

»Und wie war die Antwort?«

»Sie hat von Gewissheit gesprochen, die sie braucht. Außerdem von immerwährendem Misstrauen und ihrem jahrzehntelangen Problem damit. Es scheint auf jeden Fall noch irgendwas in ihr zu brodeln, was sie aufarbeiten muss.«

»Na also, da hast du doch deine Antwort auf ihr Verhalten. Jetzt gib dich zufrieden, du kannst eh nichts daran ändern. Oder hast du ein schlechtes Gewissen?«, erkundigte sich Katrin ein wenig besorgt.

»Quatsch, wo denkst du hin. So ähnlich hat mich Martina auch gefragt.«

»Wenn du dir nichts vorzuwerfen hast, ist doch alles klar. Um andere würde ich mir keine Sorgen machen. Wie es kommt, so kommt es. Das hat sich jeder selbst zuzuschreiben. Sollte tatsächlich was ans Tageslicht kommen, so ist das für mich nur der Beweis, dass nichts ungesühnt bleibt. Selbst nach so langer Zeit nicht. Auch wenn es verjährt ist, das schlechte Gewissen schläft nicht.«

»Okay, dann hätten wir das auch geklärt und meine Schwester kann ihren Feldzug weiterführen.«

Noch jemand anderes machte sich Gedanken um Martina. Nur einen Tag nach dem Gespräch zwischen Thomas und seiner Frau tauchte Manfred Täuber, der Makler, in der »Falkenmühle« auf. Elegant bugsierte er seinen schicken Mercedes auf die frisch geräumten Parkplätze. Vor drei Tagen hatte es angefangen zu schneien und es schien nicht wieder aufhören zu wollen. Schnurstracks ging er ins Büro. Sofort als er eintrat, spürte er, dass der Zeitpunkt ungünstig war. Hektik und Stress lagen in der Luft. Stephanie, die Bürokraft, telefonierte. Vor ihr lag ein Stapel Lieferscheine. Daneben in gleicher Höhe ein Haufen Rechnungen. Aus dem andern Büro vernahm er die Stimme von Thomas. Der hatte sein Ohr ebenfalls am Hörer. Aus der Probierstube waren Stimmen zu vernehmen. Die Tür stand einen Spalt offen. Manfred erblickte dort Simone, Georgs Frau, die mit Weinkunden im Gespräch war. Gerade legte die junge Frau am Schreibtisch den Hörer weg und blies die Backen auf.

»Hallo Steffi, viel zu tun?«

»Und ob, irgendwie hab ich das Gefühl, alle spielen verrückt. Das Telefon steht heute früh nicht still. Eine Bestellung jagt die andere.«

»So muss es sein. Gut fürs Geschäft.«

»Nur weiß ich nicht, wie ich das alles bis Mittag schaffen soll.« Stephanie war nur als Halbtagskraft angestellt. Sie entlastete vormittags Katrin, die eigentliche Bürochefin. Diese kümmerte sich in der Zeit um private Belange und um ihre Schwiegermutter.

»Was darf's denn sein?«, erkundigte sich Stephanie, während sie sich dabei um einen der Stapel Papiere kümmerte.

»Ist Thomas zu sprechen?«, fragte er mit dem Kopf zu der offenen Tür deutend.

»Versuchen Sie Ihr Glück«, grinste sie vielsagend.

In dem Moment kam Thomas aus seinem Büro und legte einen weiteren Zettel auf Steffis Schreibtisch.

»Noch eine Bestellung, die dringend ist.« Die junge Frau hob nur hilflos die Schultern und deutete auf das Chaos vor sich. »Ich weiß, Steffi, ich weiß, aber bisher haben wir es schon alle Jahre geschafft«, kamen die beruhigenden Worte.

Dann erst schien er seinen Freund Manfred bemerkt zu haben. »Hallo Manni, was führt dich hierher? Willst du zu mir?«

»Eigentlich schon, aber wenn's partout nicht geht, dann eben später.«

»Ach lass nur! Es ist jedes Jahr immer wieder das Gleiche. Alle warten mit den Bestellungen bis zum Schluss und dann ist es natürlich dringend und äußerst brisant. Jeder will die Lieferung sofort haben und dazu kommen die Vorbestellungen für Weihnachten. Wie wir das zustandekriegen, ist denen freilich egal. Nur dieses Jahr ist es ganz schlimm. Dazu ist mir Herbert, unser Lagermeister, ausgefallen. Der liegt krank zuhause und jetzt auch noch Walter. Beides Leute, die uns schmerzlich im Versand und beim Ausliefern fehlen. Jetzt müssen wir manches über Speditionen laufen lassen, was wir sonst selbst ausgefahren haben. Dazu noch dieses Sauwetter mit dem Schnee. Aber entschuldige, du bist sicherlich nicht da, um dir meine Sorgen anzuhören. Was gibt es, schieß los!«

»Habt ihr schon was von Martina gehört? So langsam bin ich beunruhigt, weil sie sich gar nicht meldet. Und wie du schon gesagt hast: Das Wetter lädt auch nicht gerade zum Fahren und Unterwegssein ein.«

Stirnrunzelnd setzte sich Thomas auf seinen Sessel. Manfred ließ sich gegenüber auf einem Besucherstuhl nieder. »Darüber habe ich erst gestern mit Katrin gesprochen. Aber sie meinte, wir sollten uns noch ein bisschen gedulden. Vielleicht hat Martina so viel Kurzweil, dass sie gar nicht an uns denkt.«

»Sie ist doch nach Mulhouse gefahren?«

»Ja, zuerst. Danach wollte sie weiter zu einem Termin in Strasbourg. Tut mir leid, ich habe im Moment so den Kopf voll, dass ich tagsüber keine Zeit habe, an sie zu denken. Erst spät abends, wenn es ruhiger wird, kommen mir solche Gedanken. Ich denke auch, ein paar Tage sollten wir noch warten. Hat sich bis dahin nichts getan, überlegen wir uns was.«

»Wäre das Wetter jetzt nicht so schlecht, hätte ich mich ins Auto gesetzt und wäre nach Strasbourg gefahren sie suchen.«

»So schlimm ist es bei dir?«, lächelte Thomas.

Manfred nickte ernst. »Ich glaub, es hat mich erwischt. Deswegen mache ich mir ernsthaft Sorgen um deine Schwester.«

»Okay Manni, das kann ich verstehen. Lass uns trotzdem noch bis zum nächsten Wochenende warten.«

In den nächsten Tagen wurde die arbeitsbedingte Hektik auf dem Weingut nicht besser. Nur hinsichtlich Nachrichten von Martina blieb es still. Die Unruhe in der Familie wuchs. Bis schließlich doch eine elektronische Nachricht von ihr kam. Dann folgte das Wochenende mit dem Leichenfund in der Jagdhütte, und Thomas' Schwester rückte kurzzeitig wieder etwas weiter in den Hintergrund.

*

»Hallo Herr Kommissar! Gibt es etwas Neues?«, begrüßte Thomas den Mann, der im Türrahmen stand.

»Störe ich?«, erkundigte sich der Besucher, ohne auf die Frage einzugehen. Hauptkommissar Habich trat vollends ins Zimmer. Neugierig schaute er auf den zweiten Mann, der bei Thomas im Büro saß. Das Gesicht kannte der Kriminalbeamte noch nicht. Es war Täuber, den die Sorge um Martina erneut aufs Weingut getrieben hatte.

»Nein, Sie stören nicht. Was führt Sie zu uns?« Dabei sah

er den fragenden Blick des Beamten auf den anderen Gast. »Oh Entschuldigung, darf ich vorstellen, das ist ein guter Freund von Georg und mir, Manfred Täuber.«

Die beiden Männer schüttelten sich die Hände.

»Dann kennen Sie sicherlich auch die Jagdhütte, in der die Leiche gefunden wurde?«, wandte sich Habich an Täuber.

»Natürlich kenne ich die. Ich war schon einige Male mit dort. Vor allen Dingen früher, als Thomas und Georg sich noch mehr Zeit dafür nahmen. Ab und zu habe ich ihn auch auf die Jagd begleitet.«

»Jagen Sie auch?«

»Nein, das ist nicht so mein Fall, stundenlang zu sitzen und zu warten, ob sich was tut oder das richtige Wild erscheint. Ich genoss eher die gemütlichen Stunden danach in der Hütte. Meistens waren noch Glaser und Rodenstern dabei. Das war dann immer sehr zünftig und gesellig«, erinnerte er sich augenzwinkernd. »Wenn Sie verstehen, was ich meine«, lachte Täuber abschließend.

»Na klar, hab schon verstanden«, nickte der. »Aber wer sind Glaser und Rodenstern? Ich setze jetzt mal voraus, die gehörten auch öfters zu der kleinen Jagdgesellschaft.«

»Das sind zwei weitere Freunde, Michael Glaser und Tobias Rodenstern. Glaser gehört das Hotel ›Zur Traube‹ im Ort und Rodenstern der holzverarbeitende Betrieb in unserem Gewerbegebiet. Die beiden haben auch einen Jagdschein und sind sehr oft mit dabei«, erklärte Petzold.

»Also auch zwei, die die Hütte gut kennen«, bemerkte der Kommissar. »Ach ja, eigentlich wollte ich nur noch mal hören, ob Ihnen zu der Toten noch was eingefallen ist. Bisher konnten wir sie noch nicht identifizieren. Wir werden jetzt am Wochenende das Bild in den Medien veröffentlichen.

Vielleicht tut sich ja dann was.« Er hielt Manfred Täuber das Bild hin. »Kennen Sie eventuell die Frau?«

Der Makler nahm das Bild in die Hand und betrachtete es eine ganze Weile. Anschließend hob er den Kopf und blickte abwechselnd zu Thomas und Habich. »Irgendwie habe ich das Gefühl, als wenn die Gesichtszüge jemandem ähneln, den ich kenne. Nur will mir partout nicht einfallen, wem.«

»Sollten Sie sich wieder erinnern, dann rufen Sie mich bitte an«, meinte der Kommissar und reichte Täuber eine Visitenkarte. »Jeder noch so kleine Hinweis kann wichtig sein. Na dann will ich Sie nicht weiter aufhalten.« Habich nickte den zwei Männern zu und wandte sich zum Gehen. »Ach bevor ich's vergesse, eine Frage habe ich noch.« Er drehte sich noch mal um. »Wissen Sie, wer von Ihnen vor Ihrer Tochter zuletzt bei der Hütte ... äh ... vielmehr in der Hütte war?«

Thomas überlegte kurz. »Seit der Frost begann, hat Georg die Futterplätze versorgt. Einer davon liegt auch in unmittelbarer Nähe der Hütte. Ob er aber auch drin war, weiß ich nicht. Da müssten Sie ihn schon selbst fragen.«

»Eine allerletzte Frage noch. Wo bewahren Sie eigentlich den Schlüssel für die Hütte auf?«

»Der hängt vorne im Büro, bei allen Hallen-, Lager- und Fahrzeugschlüsseln.«

»Okay, danke. Das war's jetzt endgültig.« Nach diesen Worten verließ der Hauptkommissar den Raum.

»Warum hast du ihm nichts von Martina erzählt? Er könnte uns helfen oder uns wenigstens raten, was wir tun sollen«, meinte Manfred mit besorgter Stimme.

»Ich habe dir doch gesagt, dass sie sich nach unserem letzten Gespräch per E-Mail gemeldet hat. Es würde noch ein paar Tage dauern, hat sie mitgeteilt. Wirst schon sehen, nächste Woche steht sie gesund und munter wieder hier«, beruhigte ihn Thomas.

»Hast du ihr zurückgeschrieben?«

»Nein, warum? Es ist doch alles klar.«

»Denk, was du willst! Irgendwie habe ich ein ungutes Gefühl. Warum, weiß ich nicht. Es kommt mir nur so komisch vor, dass deine Schwester eine Mail schreibt, statt anzurufen.«

»Das macht sie doch mit ihrer Tochter und den Kindern in Südafrika auch«, entgegnete Thomas.

»Da kann ich es ja auch verstehen. Jessica ist viel auf geschäftlichen Terminen. Dazu jeweils die Zeitverschiebungen. Nicht zu vergessen die Kosten, wenn man jedes Mal um die halbe Welt telefonieren wollte. Aber schnell von Frankreich aus ein paar Worte nach hierher kann doch nicht so teuer sein.«

»Ich sehe das jetzt nicht so eng wie du.«

»Kannst du mir wenigstens ihre Mail-Adresse geben? Dann versuch ich es selbst.«

Thomas nickte. »Das kannst du machen, wenn es dich beruhigt.« Er schrieb ihm die Adresse auf einen Zettel.

»Also, dann will ich mich auch wieder auf den Weg machen. Kommst du heute Abend zum Stammtisch?«

»Kann ich noch nicht versprechen. Mal sehen, wie ich hier fertig werde.«

Beim Stammtisch

Als Theodor Habich das Haus verließ, hatte es zu schneien begonnen. Er setzte sich in sein Auto und griff nach dem Handy. Gleich darauf unterhielt er sich mit seinem Kollegen Rautner, der im Büro geblieben war. Dort half er bei den Überprüfungen der Personalliste des Weinguts. Gleichzeitig kümmerte er sich um die Veröffentlichung des Bildes der Toten. »Ich habe noch drei Namen für dich zum Überprüfen. Also schreib mal auf: Manfred Täuber, Michael Glaser und Tobias Rodenstern. Das sind gute Freunde und Jagdkumpane der beiden Petzolds. Die kennen die Hütte und das Drumherum auch sehr gut. Okay, hast du alles? Gibt's sonst was Neues, was ich wissen sollte?« Doch sein Kollege wusste nichts Besonderes zu berichten.

Einen Augenblick saß der Kommissar in Gedanken versunken und überlegte, dann startete er seinen BMW X3. Ohne besonderen Grund schlug er den Weg zur Jagdhütte ein. Mittlerweile wurde der Schneefall dichter. Innerhalb weniger Minuten war die Bundesstraße weiß. Selbst die Fahrspuren wurden gleich wieder vom Schnee zugedeckt. Das Waldgebiet, in dem die Hütte lag, war rund sechs Kilometer von Iphofen entfernt. Vom Weingut aus waren es sogar fast acht Kilometer. Irgendwo ging es von der Bundesstraße aus rechts weg in die Felder. Habich drosselte sein Tempo, um die Abfahrt nicht zu verpassen. Aufgrund des Schneetreibens musste er genauer hinsehen, um zu erkennen, wo der Feldweg begann. Hinter ihm hupte ein Fahrzeug, weil er jetzt fast

Schritttempo fuhr. Davon ließ er sich aber nicht aus der Ruhe bringen.

Dann erblickte er den Weg. Vielmehr waren es halb verwehte Spuren, die noch von der häufigeren Benutzung der letzten Tage herrührten. Ohne Schwierigkeiten kam der Allrad vorwärts. Gemächlich fuhr er auf den Waldrand zu und stoppte direkt davor. Ungefähr zweihundert Meter von der Bundesstraße entfernt begann der Wald. Bisher war er nur an dem Abend des Leichenfundes im Dunkeln hier gewesen. Nun sah er die Örtlichkeit zum ersten Mal bei Tageslicht. Wobei das auch nicht besonders viel war, was er da im Schneefall erkennen konnte. Auf jeden Fall fiel ihm der offene Schlagbaum auf, der an der Waldeinfahrt in die Höhe ragte. Bei seinem Blick nach links und rechts konnte er den angeblichen Weg am Waldesrand entlang nur erahnen.

»Die einzige Zufahrt ist da, wo ich hergekommen bin. Den Weg muss auch der Täter genommen haben«, stellte er seine Überlegungen an. Habich gab Gas und fuhr weiter. Nochmal zweihundert Meter weiter im Wald stand die Jagdhütte. Der Hauptkommissar hielt davor an. Mit laufendem Motor blieb er in seinem Wagen sitzen. »Nein, das ist kein Zufall, dass die Leiche hier abgelegt wurde«, machte er sich weiter seine Gedanken. »Keiner, der hier fremd ist, biegt so einfach von der Straße in einen Feldweg und fährt dann noch in den Wald hinein, ohne zu wissen, was ihn erwartet. Zumal es noch einen Schlagbaum gibt, der bei der Rückkehr geschlossen sein könnte. Ich würde auch versuchen mein Opfer auf halbwegs bekanntem Terrain los zu werden.«

Am Morgen hatte er sich den Wetterbericht von den vermeintlichen Tattagen durchgeben lassen. Es war genau der Zeitraum, bevor der heftige Schnee mit der anschließenden

Eiseskälte gekommen war. Vielleicht sollte die Leiche ja nur kurzfristig dort abgelegt werden, um sie dann zu vergraben. Womöglich hatte das Wetter dem Täter einen Strich durch die Rechnung gemacht.

Gerade wendete er seinen Wagen, als er die Lichtkegel eines zweiten Fahrzeuges kommen sah. Sofort schaltete er sein Licht aus und blieb stehen. Ein kleinerer dunkelblauer Geländewagen näherte sich. Jetzt schien der Fahrer ihn gesehen zu haben und steuerte auf ihn zu. Als der Wagen stand, stieg Georg Petzold aus. Nun bequemte sich auch der Hauptkommissar aus seinem warmen Fahrzeug.

»Ich bin davon ausgegangen, dass wir wieder zu unserer Hütte dürfen«, entschuldigte sich Georg.

»Jaja, natürlich! Hier gibt es für uns keine Spuren mehr. Wollten Sie nach der Hütte sehen?«, fragte Habich neugierig.

»Nein, nach der Futterkrippe«, erklärte ihm Georg und deutete auf das überdachte schneebedeckte Holzgestell ein Stück abseits auf einer kleinen Lichtung. »Ich kontrolliere, ob noch genug Nahrung drin ist.« Er öffnete die Heckklappe seines japanischen Allradfahrzeuges und entnahm einen der Säcke mit einer vorgefertigten Futtermischung.

»Was füttern Sie denn?«

»Neben Heu noch eine Kraftfuttermischung.«

»Kann ich Ihnen helfen?«

»Aber sicher doch.« Georg nickte und drückte ihm den Sack Heu in die Hand.

Nebeneinander schlugen sie den Weg zum Futterplatz ein. Während Petzold dort die Nahrung für die Wildtiere verteilte, schaute der Kommissar interessiert zu.

»Schauen Sie eigentlich nicht nach der Hütte, wenn Sie hierherkommen?«

»Meistens habe ich keine Zeit. Ich muss noch zwei weitere Futterstellen versorgen.«

»Wann waren Sie das letzte Mal in der Hütte?«

»Irgendwann im Spätsommer, glaube ich«, überlegte Georg. »Ja genau, ich hatte eine Flasche Petroleum für unsere Lampe dabei. Die habe ich in der Hütte deponiert. Wir wollten im Herbst mal wieder einen gemütlichen Abend hier machen. Leider wurde nichts daraus, weil immer wieder etwas dazwischenkam.«

»Haben Sie den Schlüssel für die Hütte dabei?«

»Aber klar, der liegt zur Sicherheit immer im Auto. Es könnte mal was sein und ich müsste hinein. Einmal haben wir ihn gebraucht und waren froh, dass wir ihn dabeihatten«, erinnerte sich Georg. »Das ist schon über fünfundzwanzig Jahre her. Damals war ich mit Thomas auf der Jagd und wir wurden von einem Unwetter überrascht. Geschossen hatten wir nichts, nass und kalt war uns, als wir zum Auto kamen, und dann steckte die Karre fest. Der Boden hatte sich durch den Regen in Schlamm aufgelöst. Handy gab es damals noch keines und laufen wollten wir auch nicht. Bis zuhause wären wir durchgeweicht gewesen. Also sind wir in die Hütte und haben Feuer gemacht und dort geschlafen. Am nächsten Morgen wurden wir vermisst und unsere Väter haben uns hier abgeholt. Den Wagen mussten wir mit dem Traktor rausziehen«, lachte der Erzähler. »Seit dem Tag habe ich noch mehr darauf geachtet, dass der Schlüssel immer dabei ist. Stellen Sie sich vor, wir hätten ihn damals nicht dabeigehabt. Oh weh, daran mag ich gar nicht denken.«

»Das glaube ich Ihnen gern.«

»Aber Sie haben nach dem Schlüssel gefragt. Wollen Sie in die Hütte hineinschauen?«

»Nein, nein, lassen Sie nur. Meine Frage war reine Neugier. Werde mich jetzt auf den Weg machen müssen. Ich wollte heute noch mit Glaser und Rodenstern sprechen.«

Petzold schaute auf die Uhr. »Wenn Sie noch ein Stündchen warten, treffen Sie alle beim Stammtisch im ›Achterle‹. Mindestens einmal die Woche sitzen wir dort zusammen.«

»Was ist das ›Achterle‹?«

»Ein Weinlokal, das Sonja, der Tochter von Thomas, gehört. Sie finden es im Altstadtkern nicht weit weg vom Marktplatz.«

»Sind Sie und Ihr Cousin heute auch dort?«

»Wenn ich es zeitlich mit meiner Fütterung schaffe. Bei Thomas weiß ich nicht, was er noch alles zu erledigen hat. Im Dezember geht's bei uns immer hektisch zu.«

»Na, mal sehen, was ich mache«, überlegte Hauptkommissar Habich.

Noch immer fiel Schnee. Dementsprechend vorsichtig machte sich der Beamte auf den Rückweg nach Iphofen. Während der Fahrt entschied er sich, über Nacht zu bleiben. Er hatte sich vorgenommen, einen gemütlichen Abend zu verbringen und beim Stammtisch aufzutauchen. Zuhause wartete eh niemand auf ihn, da er ledig war. Im Hotel »Zur Traube« quartierte er sich ein. Auf so eine spontane Entscheidung war er eigentlich immer vorbereitet, wenn er mit seinem eigenen Auto unterwegs war. Eine kleine Tasche mit den notwendigsten Utensilien zum Übernachten befand sich stets im Kofferraum.

Nachdem er sein Zimmer bezogen hatte, machte er sich auf den Weg in das Weinlokal. Vorher erkundigte er sich im Hotel nach Michael Glaser. Man gab ihm die Auskunft, dass der Chef heute freihätte und außer Haus sei. Somit vermutete der Hauptkommissar, ihn im von Georg Petzold beschriebenen Weinlokal zu finden.

Das »Achterle« entpuppte sich als äußerst gemütliche Lokalität, komplett im Fachwerkstil, sowohl außen als auch im Inneren, wie Habich feststellte, nachdem er eingetreten war. Linker Hand befand sich die Theke und dahinter eine kleine Küche. Es gab vier Tische mit Stühlen und Eckbänken, alles aus massivem Kiefernholz. Mitten im Raum, mit dem Rücken zum Treppenabgang, stand ein mannshoher Holzkaminofen, der mollige Wärme verbreitete. Rechts vom Eingang, gegenüber der Theke, führte die Steintreppe ins Kellergewölbe. Dort befanden sich vier weitere Sitzgruppen und die Toiletten. Beide Gasträume waren geschmackvoll eingerichtet und dekoriert. Alles in allem war in dem Lokal Platz für über sechzig Personen.

Ein jüngerer schlanker Mann hinter der Theke begrüßte ihn freundlich. Aus der Küche dahinter kam eine junge Frau und trug Essen an einen der besetzten Tische. Auch sie begrüßte den neuen Gast mit einem Lächeln. Ein Blick in ihr Gesicht ließ ihn vermuten, dass es Petzolds Tochter war. Sie hatte eine gewisse Ähnlichkeit mit ihrem Vater. Der gleiche sympathische Gesichtsausdruck mit den blaugrauen Augen, umrahmt von mittelblondem schulterlangem Haar.

Der Kommissar schaute sich um. Drei der vier Tische waren besetzt. Noch hatte er die Gesuchten nicht ausgemacht, als ihn Täuber erblickte. Er stand auf und machte sich bemerkbar.

»Herr Hauptkommissar, setzen Sie sich doch zu uns«, lud er ihn ein.

Täuber stellte die Stammtischrunde vor. »Das ist unser ehemaliger Schullehrer Herr Proskov.« Dabei deutete er auf den Ältesten am Tisch, einen über Siebzigjährigen mit vollem weißem Haar. »Daneben sitzt Tobias Rodenstern, unser Holzfachmann.« Damit meinte er den gut genährten Mann mit dem grau melierten Vollbart. »Der Letzte in unserer Runde ist Michael Glaser.«

Habich nickte jedem der drei Männer freundlich zu, gab ihnen nacheinander die Hand und setzte sich auf einen freien Platz. Ausgiebig musterte er in aller Ruhe die Runde, eine Eigenart von ihm, die hin und wieder bei seinem Gegenüber Unbehagen auslöste. Aber seine Menschenkenntnis und das Gespür für kleine, feine Signale seiner Gesprächspartner hatten ihn schon des Öfteren auf die richtige Fährte geführt. Bei Glaser und Rodenstern waren eine gewisse Nervosität und Unruhe zu erkennen. Täuber wirkte etwas angespannt. Nur der alte Lehrer schien locker und ausgeglichen zu sein.

»Und Sie sind der Kommissar, der den Fall mit der Toten in Petzolds Jagdhütte aufklären soll?«, erkundigte sich der weißhaarige Lehrer.

»Ja, das bin ich. Kennen Sie die Hütte?«

»Natürlich! Früher bin ich dort viel mit meiner Frau spazieren gegangen. Jetzt komme ich eher selten dorthin. So weit laufen kann ich nicht mehr und mit dem Auto mag ich auch nicht fahren.«

»Bei Ihnen beiden brauch ich bezüglich der Hütte nicht zu fragen. Ihr Kollege hier«, dabei blickte er auf Manfred Täuber, »hat mir schon erzählt, dass Sie auch schon oft mit dort waren. Aber vielleicht können Sie mir ja bei der toten Frau weiterhelfen.« Habich zog das Bild aus der Brusttasche und reichte es herum. Einer nach dem anderen schüttelte den Kopf. Keinem kam sie bekannt vor. »Na ja, ich will ihre gemütliche Runde nicht mit meinen Ermittlungen stören. Aber es ist einfacher, als jeden einzeln zu uns auf die Dienststelle zu bestellen«, übertrieb er mächtig.

Innerlich musste er lachen, da es keinen Anlass für eine Einzelbefragung gab. Aber ein bisschen Unsicherheit streuen war schon erlaubt. Das gehörte zu seinen psychologischen Spielchen und lenkte die Unterhaltung hoffentlich in die richtige Richtung. Ihm war daran gelegen, vielleicht noch das eine oder andere zu erfahren.

»Oh, das ist doch kein Problem. Fragen Sie ruhig, wir helfen gerne«, beeilte sich Rodenstern zu sagen.

»Was passiert jetzt weiter, wenn sie keiner kennt?«, erkundigte sich Proskov interessiert.

»Wir veröffentlichen ihr Bild in allen Medien in der Hoffnung, dass sich jemand meldet, der sie kennt. Übrigens passiert das gerade.«

»Und wenn sich niemand meldet?«

»Das halte ich für unwahrscheinlich. Jeder ist irgendwo bekannt und wird irgendwann vermisst.«

»Wohl wahr. Es sei denn, man hat sein Leben lang alleine in der Einsamkeit verbracht«, meinte der ehemalige Schulmeister nachdenklich. Eigentlich war es als Scherz gemeint, aber keiner lachte.

Während der Unterhaltung hatte sich Habich einen Schoppen und eine Brotzeit bestellt. Das Gespräch kam kurzfristig ins Stocken. In der Zeit tauchte Georg Petzold am Stammtisch auf. Sein Cousin Thomas werde heute nicht kommen, teilte er mit.

Kurz darauf widmete sich der Hauptkommissar seinem fränkischen Vesperteller. Derweil kümmerten sich die anderen vier Männer ein bisschen um den aktuellen Klatsch und Tratsch im Städtchen. Obwohl nichts aus der Unterhaltung mit dem Fall zu tun hatte, war Habichs Aufmerksamkeit immer geschärft. Er achtete auf die Gespräche und beobachtete zwischendurch die Männer. Am schweigsamsten verhielt sich Täuber. Er beteiligte sich nur sporadisch an der regen Diskussion. Immer wieder blickte er zwischendurch ein wenig nachdenklich und verstohlen zu dem Polizeibeamten. Das entging Habich nicht, obwohl er sich intensiv mit dem herzhaften Essen beschäftigte.

»Herr Täuber, was haben Sie für ein Problem?«

Verlegen schaute der Angesprochene ihn an. »Ich würde Sie gern in einer anderen Sache um Rat fragen.«

»Na dann fragen Sie.«

»Es geht um die Schwester von Thomas Petzold.«

»Manfred, was soll das werden?«, mischte sich Georg ein. »Jetzt mach hier nicht die Gäule scheu. Thomas hat mir erzählt, dass du dir Sorgen machst. Aber das ist Unsinn, sie hat sich doch gemeldet.«

»Nun mal langsam«, wandte sich der Kommissar an die beiden Männer, um sie zu beruhigen. Er hatte gelernt, selbst Dinge, die am Anfang uninteressant erschienen, zu beachten und ernst zu nehmen. »Bitte erzählen Sie«, forderte er Täuber auf. Aus den Augenwinkeln bemerkte er gleichzeitig die seltsamen Blicke, die sich Glaser und Rodenstern zuwarfen. Seine Neugier war auf jeden Fall geweckt. »Also, dann lassen Sie mal hören«, nickte er dem Makler aufmunternd zu.

»Wie gesagt, es geht um Martina Kruger, Georgs Cousine. Sie ist vor fast vier Wochen nach Frankreich aufgebrochen. Zuerst wollte sie auf eine Beerdigung nach Mulhouse, anschließend weiter zu einem geschäftlichen Termin nach Strasbourg. Ich habe ihr meine Handynummer gegeben und sie hat mir versprochen, sich zu melden. Das ist bisher nicht passiert. Vor wenigen Tagen kam eine E-Mail mit ihrem Absender. Darin schreibt sie, dass alles in Ordnung sei und sie bald zurück wäre. Trotzdem will mir das nicht gefallen. Heute bekam ich von Petzold die Mail-Adresse und habe Martina angeschrieben, dass sie mal anrufen soll. Leider bisher ohne Erfolg. Ich wollte Sie jetzt fragen, ob Sie die Möglichkeit hätten, Erkundigungen einzuziehen.«

»Wenn etwas passiert wäre, hätten sie doch sicherlich schon Bescheid bekommen.«

»Eben nicht. Martina ist hier schon lange nicht mehr gemeldet. Soweit ich weiß, gibt es derzeit auch keine für einen Außenstehenden erkennbare Verbindung nach Iphofen. Also würde sich auch niemand hier melden.«

»Und wo ist sie gemeldet?»

»Sie lebt schon seit Jahrzehnten in Südafrika.«

»Südafrika?«, überlegte Habich laut.

Proskov, der ehemalige Lehrer, mischte sich ein. »Martina? Sprecht ihr von Wilhelm Petzolds Tochter? Die, die damals als junges Mädchen vergewaltigt wurde und die man danach nie mehr sah?«

Das Stillschweigen, zu dem Martinas Vater die Wissenden damals nach den Geschehnissen verdonnert hatte, hielt nicht ewig. Im Laufe der Jahre waren Details durchgesickert. Erst hinter vorgehaltener Hand und dann immer lauter und deutlicher.

»Vergewaltigt?«, fragte Habich irritiert in die Runde. »Was ist denn das jetzt für eine Geschichte?«

»Georg, möchtest du nicht erzählen?«, bat Täuber.

»Das gehört doch gar nicht hierher«, wand sich der Angesprochene wie ein Aal.

»Oh, das kann man vorher nie so genau sagen«, versuchte

Habich zu erklären. »Manchmal ergeben sich Zusammenhänge erst beim zweiten oder dritten Hinsehen.« Aufmunternd nickte er ihm zu.

Georg holte tief Luft. Dann begann er das, was er wusste, zu erzählen. Zuerst von den Ereignissen an jenem Sonntag des Jahres 1974, als Deutschland zum zweiten Mal Fußballweltmeister wurde. Danach das, was Martina seither erlebt hatte, bis zu ihrer Rückkehr vor ein paar Wochen. Täuber, Glaser und Rodenstern waren mit den Geschehnissen um Martina einigermaßen vertraut. Nur von ihrem Lebensweg danach erfuhren auch sie heute zum ersten Mal. Schweigend hörten die Männer bis zum Schluss zu.

Als Georg seinen Bericht beendet hatte, ertönte aus dem Hintergrund eine Stimme. »Wenn du schon alles erzählst, dann erzähl auch wirklich alles!« Alle Mann drehten sich in Richtung der Stimme. Thomas Petzold trat aus der Ecke neben dem Kaminofen hervor. Kurz entschlossen hatte er sich doch noch auf den Weg zum Stammtisch gemacht. Keiner hatte seine Ankunft bemerkt. Gespannt hatten alle Georgs Worten gelauscht.

»Thomas, tut mir leid, Manni hat mich dazu genötigt«, entschuldigte sich Georg.

»Herr Petzold, was heißt ›alles‹?«, hakte der Hauptkommissar nach.

Der neue Gast setzte sich und schaute jeden einzeln an. »Das soll heißen, er soll auch erzählen, warum Martina da ist. Nämlich nicht nur, weil sie Sehnsucht nach uns hat, sondern auch, weil sie ihre Vergangenheit aufarbeiten will. Im Klartext bedeutet das, sie sucht ihren Vergewaltiger.« Er machte eine Pause, um die Worte wirken zu lassen. Ausrufe der Überraschung waren zu hören. Dann berichtete er von Martinas

Bedürfnis nach Aufklärung, von dem ersten DNA-Test, dem Ergebnis und dem noch ausstehenden zweiten Test.

»Sie haben es gewusst?«, sprach Habich den Hotelier Glaser an.

»Wie kommen Sie darauf?«, fragte der verwundert.

Der Kommissar lächelte. »Ich bin ein ganz guter Beobachter. Sie haben sich verraten. Herr Täuber und Herr Rodenstern waren überrascht. Diese Nachricht war für die beiden neu. Für Sie, Herr Proskov, sowieso. Aber Sie haben ja auch nichts damit zu tun«, wandte er sich an den alten Schulmeister. »Die Petzolds wussten ebenfalls davon und Sie, Herr Glaser, zeigten auch keine Reaktion oder Überraschung.«

Wie ein ertappter Schulbub nickte er etwas verlegen. Dann berichtete er von seiner Unterredung mit Martina, seinem Einverständnis zu der Speichelprobe und der Befürchtung, dass die anderen beiden Kandidaten nicht so freiwillig mitmachen würden. Es entbrannte eine kurze hitzige Diskussion, die Habich beendete.

»Meine Herren, bitte! Sie wollen doch sicherlich die Sache nicht an die große Glocke hängen«, sagte er und deutete dabei mit dem Kopf zu den Nachbartischen. Dort waren die Gespräche größtenteils verstummt, weil man auf die Männerrunde aufmerksam geworden war.

»Mir fällt da gerade noch etwas ein«, meldete sich der Älteste am Tisch zu Wort. »Gab es da nicht noch diesen anderen Jungen, der auch bei euch mit dabei war? Na, wie hieß der denn noch?«, überlegte der weißhaarige ehemalige Lehrer laut. »Bongartz, genau ... Holger Bongartz. Der, dessen Tod nie aufgeklärt wurde. Das war doch nur ein paar Wochen nach dem Vorfall mit Martina, oder nicht? Hatte das eine vielleicht irgendwie mit dem anderen zu tun?«

Wieder wurde Hauptkommissar Habich hellhörig. »Was hat es mit dem Tod des Jungen auf sich?« Diesmal merkte er aber nicht, wie Glaser und Rodenstern ein bisschen blass um die Nase wurden. Ausführlich ließ er sich von Proskov die Geschehnisse um Holger Bongartz' Tod schildern. Man hatte ihn als damaligen Lehrer hinzugezogen, weil der tote Junge ja auch einer seiner Schüler gewesen war. Außerdem kümmerte sich Proskov zu der Zeit um Schüler aus sozial schwächeren Familien. Dazu hatte auch der Verstorbene bis zu seinem Schulabschluss gehört. Proskov hatte ihm sogar geholfen eine Lehrstelle als Schlosser zu finden.

»Nun, Herr Hauptkommissar, ich möchte noch mal zu meiner Frage von vorhin zurückkommen. Gibt es die Möglichkeit, Nachforschungen nach Martina anzustellen?« Täuber ließ mit seinem Anliegen nicht locker.

»Hmm ...! Ein offizielles Amtshilfeersuchen an die französischen Behörden ist derzeit nicht möglich, wenn Sie das meinen. Dazu müsste die Frau auch offiziell als vermisst gemeldet werden.«

»Ja dann machen wir das eben.«

»Stopp, so einfach geht das nicht. Um daraus einen Vermisstenfall zu machen, braucht es ein paar andere Voraussetzungen ...«

»Und die wären?«

»Es müsste ein begründeter Verdacht bestehen, dass sie sich aufgrund einer Krankheit oder Behinderung in einer hilflosen Lage befindet. Ein weiterer Grund wäre der Verdacht auf ein Verbrechen oder eine Suizidgefahr.«

»Ach so, alle anderen müssen selbst sehen, wo sie Hilfe bekommen oder wie?«

»Herr Täuber, nun mal ruhig. Ich kann Ihren Unmut verstehen, doch es nützt nichts. Was glauben Sie, welche ungeheuren Zahlen die Statistik jährlich über gemeldete Vermisste ausspuckt. Gott sei Dank erledigt sich die Hälfte davon innerhalb weniger Tage von selbst. Meistens sind die Anzeigen zu voreilig, irrtümlich, missverständlich, oder die Gesuchten tauchen wieder auf. Letztendlich bleibt von der Zahl nur ein kleiner einstelliger Prozentsatz als tatsächlicher Fall übrig. Aber selbst das sind noch rund sechs- bis siebentausend Menschen pro Jahr«, klärte ihn der Kommissar auf.

Das Thema und der gute Frankenwein erhitzten die Gemüter. Es entbrannte eine heiße Diskussion über das Für und Wider einer Vermisstenmeldung von Martina Kruger.

Habich wollte und konnte nicht versprechen, dass er sich nebenbei mal darum kümmern würde. Er schloss es aber auch nicht kategorisch aus. Täuber hatte ihn trotzdem verstanden. Etwas Offizielles würde er noch nicht daraus machen können. Dagegen gab es in seiner Position aber durchaus inoffizielle Möglichkeiten, ein wenig Recherche zu betreiben.

Neue Erkenntnisse

Vergewaltigung! Todesfall! Südafrika! Die Neuigkeiten, die der Hauptkommissar am Stammtisch erfahren hatte, beschäftigten ihn und machten ihn neugierig. Am nächsten Morgen, auf dem Weg zu seiner Dienststelle, kreisten seine Gedanken nicht nur um die angeblich Vermisste. Ihm gingen gleichzeitig auch die Ereignisse von 1974 nicht aus dem Kopf, die Vergewaltigung und der Tod des jungen Mannes. Jetzt die Rückkehr des Opfers und deren Nachforschungen. Dieser Hickhack mit vermisst oder nicht und gleichzeitig die Tote in der Hütte! Verdammt viele Zufälle mit einem möglichen Zusammenhang, dachte Habich, während er sich durch den morgendlichen Berufsverkehr kämpfte. Schließlich hatte er seine Dienststelle erreicht.

»Guten Morgen, Chris!«, begrüßte Habich seinen jungen Kollegen. »Hat sich noch irgendwas Neues ergeben?«

»Nein! Die Sache mit dem Bild in den Medien läuft. Die Personenüberprüfungen haben wir abgeschlossen. Auch die drei Namen, die du mir gestern noch durchgegeben hast. Es hat sich bei keinem etwas Besonderes oder Auffälliges ergeben«, lautete der Kurzbericht Rautners.

»Na gut, vielleicht hab ich was. Es ist aber nicht sicher, ob es im Zusammenhang mit unserem Mordfall steht. Ist ne ganz alte Geschichte.« In wenigen kurzen Sätzen verschaffte er seinem Kollegen einen Überblick über das, was er gestern Abend am Stammtisch erfahren hatte.

»Aha, hat sich dein siebter Sinn wieder mal gemeldet?«

»So ähnlich. Es ist mehr ein Gespür, dass da eine Verbindung existieren könnte. Aber frag mich nicht wie und warum«, hob der Hauptkommissar abwehrend die Hände. »Du könntest mir einen Gefallen tun und die alte Akte von dem Bongartz-Fall heraussuchen. Ich muss mal ein bisschen telefonieren.«

Er ließ sich hinter seinem Schreibtisch nieder und nahm den Hörer in die Hand. Für seinen Kollegen ein unmissverständliches Zeichen, dass das Gespräch beendet war. Rautner trollte sich davon, um sich auf die Suche nach der Akte zu machen. Sein erster Weg führte ihn ins Archiv.

Gerade beendete Habich das Gespräch, als Rautner wieder auftauchte. Er wedelte mit einer leicht vergilbten Aktenmappe und überreichte sie seinem Kollegen.

»Da habe ich das Teil. Hätte beinahe eine Staublunge bekommen«, meinte er grinsend. »Was ist los?«, erkundigte er sich, weil Habich nicht antwortete.

Der blickte hoch. »Ich habe gerade mit Südafrika telefoniert. Hoffentlich hab ich jetzt nicht zu viel Unruhe gestiftet.«

»Warum? Bei wem denn? Was wolltest du dort?«

»Das sind ja gleich drei Fragen. Ich habe bei der Familie von Martina Kruger angerufen. Es ging um ein aktuelles Foto der Frau.«

»Na toll, jetzt hast du die Gäule scheu gemacht, ohne zu wissen, ob es dafür einen triftigen Grund gibt. War das denn nötig?«

»Sicher war das nötig. Ohne ein Gesicht können wir niemanden suchen. Außerdem habe ich etwas Interessantes erfahren. Der Sohn von Frau Kruger war dran. Er hat sich über die letzte E-Mail seiner Mutter gewundert. Der Text war auf Deutsch mit der Begründung, sie müsse ihre Deutschkenntnisse wieder auffrischen. Völlig untypisch für sie, so die Aussage ihres Sohnes. Zudem bekommt er übers Internet keine Verbindung mit ihr. Ihre Mutter hat sich sonst in gewissen Abständen über Videotelefonie zuhause gemeldet.«

Nachdenklich griff Habich nach der alten Akte.

»Das könnte natürlich den Verdacht erhärten, dass da irgendwas nicht stimmt«, nickte Rautner. »Und bekommen wir ein Bild?«

»Jaja, na klar doch. Ihr Sohn sucht eins raus und schickt es per Mail.« Währenddessen begann er in den alten Unterlagen zu blättern. Kommissar Rautner stand daneben, blickte über die Schulter und stützte sich mit einer Hand auf der Tischplatte ab. So lasen sie gemeinsam den Abschlussbericht. Danach warfen sie einen Blick auf die Fotos. Alles Polaroidbilder, an denen die Zeit nicht spurlos vorübergegangen war. Eine leichte Altersblässe war bei den Aufnahmen nicht zu übersehen. Sie zeigten den Toten so, wie man ihn vorgefunden hatte. Das ganze Umfeld mitsamt der Leiche war gut dokumentiert worden. Zwei Bilder erregten bei Habich besondere Aufmerksamkeit. Er holte dazu sogar eine Lupe aus einem seiner Schubfächer. Bis ins kleinste Detail betrachtete er die Aufnahmen. »Schau mal genau hin und sag mir dann, was dir auffällt.« Der Hauptkommissar reichte das Vergrößerungsglas weiter und deutete auf die zwei Fotos. Sein Kollege widmete sich intensiv den Polaroidaufnahmen. Nach geraumer Zeit erhob er sich aus seiner gebückten Haltung und legte die Lupe zur Seite.

»Na, Chris, ist dir was aufgefallen? Jetzt kannst du zeigen, ob du ein geschultes Auge hast.«

»Worauf willst du hinaus?«

»Ganz einfach. Auf Grund der beiden Fotos behaupte ich

felsenfest, dass das kein Unfall war. Eigentlich hätten diese Tatsachen schon damals auffallen müssen.«

»Ein Umstand ist mir aufgefallen«, nickte der junge Kollege. »Die Lage der Leiche passt nicht zur Position des Steines. Wenn er wirklich den Hang hinuntergefallen und unglücklich auf den Stein geprallt wäre, hätte der woanders liegen müssen. Etwas anderes kann ich da jetzt nicht erkennen.«

»Du bist auf der richtigen Fährte«, lobte Habich. Dann nahm er noch mal die Vergrößerungshilfe zur Hand und deutete auf eines der Bilder. »Jetzt schau mal hier. Da findest du den zweiten Beweis für meine Behauptung.« Dabei zeigte er mit dem Finger auf eine bestimmte Stelle der Fotografie.

»Ich sehe, was du meinst. Die Vertiefung da im Boden. Dort hat der Stein ursprünglich mal gelegen.« Er schüttelte den Kopf. »Du hast absolut recht. Der ist speziell für die Tat aufgehoben worden. Danach hat man ihn einfach fallen gelassen. Das hätten die Kollegen damals eigentlich auch bemerken müssen. Die Tat ist da unten im Bachbett passiert.« Rautner blickte seinen Kollegen an. »Aber was soll uns das jetzt bringen? Siehst du vielleicht einen Zusammenhang zu der Vergewaltigung oder gar zu dem, was jetzt passiert ist?«

»Schon möglich. Auf jeden Fall läuft der Täter immer noch frei herum.«

»Und das reizt dich, so wie ich dich kenne«, bemerkte Rautner.

»Reizen meinst du? So würde ich das jetzt nicht nennen, wenn es mich stört, dass da jemand ungestraft davonkommt. Aber natürlich hast du recht, dass mein Ehrgeiz geweckt ist, so einen alten Fall aufzuklären. Deiner etwa nicht?« Lächelnd wandte sich der Hauptkommissar seinem Computer zu.

»Oh, natürlich«, beeilte sich Christoph Rautner zu sagen. Er wusste um den Eifer seines Kollegen.

»Schließlich ist es auch unsere Aufgabe, das Verbrechen aufzuklären, egal wie lange es her ist, Mord verjährt nicht. Übrigens, wenn mich diese Arbeit nicht reizen würde, dann kann ich genauso gut Bratwürstchen am Bahnhofsvorplatz verkaufen ... oder vielleicht Taxi fahren. Wobei ich damit nicht sagen will, dass das keine ehrenwerte Beschäftigung ist«, beeilte er sich zu ergänzen. »Aber für mich eben doch noch nicht das Richtige.«

»Bratwürste ... fränkische Bratwürste verkaufen? Gerade du?« Chris versuchte sich das vorzustellen und lachte. »Da wärst du doch selbst dein bester Kunde.«

»Nur nicht unverschämt werden, junger Kollege«, drohte der Hauptkommissar scherzhaft mit dem Finger.

Ihr Geplänkel wurde durch eine neue Meldung auf dem Computer unterbrochen.

»Ahh ... das Bild aus Südafrika ist da.« Theodor Habich betrachtete ausgiebig die attraktive Frau auf dem Foto. Diesem makellosen Gesicht mit den blauen Augen sah man das tatsächliche Alter keinesfalls an. Minutenlang starrte er ohne ersichtlichen Grund auf das Bild. Einer plötzlichen Eingebung folgend holte er die Aufnahme der Toten aus der Jagdhütte mit auf den Bildschirm. Beide Gesichter erschienen nun nebeneinander auf dem Monitor. Zurückgelehnt in seinem Bürosessel betrachtete er die Fotografien der beiden Frauen. »Chris, schau mal. Findest du nicht auch, dass da eine gewisse Ähnlichkeit besteht? Die gleiche Gesichtsform, die Mundpartie, die Augenpartie und einiges mehr.«

»Hmm ... ein bisschen schon, aber das kann Zufall sein.«

»Du immer mit deinen Zufällen«, empörte sich der Hauptkommissar. »Denk mal anders herum. Es gibt weniger Zufälle, als du glaubst. Vieles sind Bedeutungen, deren Zusammenhänge wir nur zu wenig verstehen. Oft bemühen wir uns nicht genug, es zu entschlüsseln, oder nehmen uns zu wenig Zeit dafür.« Er nahm den Hörer in die Hand und wählte eine Nummer. »Hallo Herr Petzold, hier ist Hauptkommissar Habich. Ich habe eine Frage: Hat Ihre Schwester eine Tochter?« Angespannt hörte er zu. »Können Sie mir mehr darüber sagen?«, war seine nächste Frage. Wieder lauschte er in den Hörer. Nur ab und zu war von ihm ein »Aha« zu hören. So ging das einige Minuten, bis er sich dankend von seinem Gesprächspartner verabschiedete.

»Theo, du wirst es nicht glauben. Ich hab hier was gefunden«, vernahm Habich den erstaunten Ausruf seines Kollegen. Der hatte sich während des Telefonats an seinen eigenen Rechner gesetzt. Mit dem Bild der Deutsch-Südafrikanerin hatte er begonnen, die Vermisstendatenbank zu durchforsten. Plötzlich hatte ihm das Programm einen Treffer angezeigt. Er drehte den Monitor so, dass sein Kollege die Suchanzeige erkennen konnte. Der Bildschirm zeigte ihm dasselbe Gesicht, nur mit geschlossenen Augen.

»Also doch! Täuber hatte recht mit seiner Befürchtung. Das kommt von den französischen Kollegen aus Mulhouse.« An Rautner gewandt meinte er: »Kannst du Französisch?«

»So leidlich!«

»Gut, dann ruf an und klär ab, was da los war«, forderte er ihn auf. »Ich muss auch noch etwas erledigen. Hab da so eine ungute Vorahnung.« Er begann eine E-Mail zu schreiben und schickte sie sofort ab.

Eine Stunde später waren die beiden Kommissare schon einen Schritt weiter. Rautner hatte den zuständigen Beamten in Mulhouse erreicht. In einem beiderseitigen Sprachmix aus Deutsch und Französisch erfuhr er, was vorgefallen war. Die Unbekannte in der Datei war zusammen mit einer Jeannine Roziér in deren Wohnung in Mulhouse überfallen worden. Man hatte die beiden Frauen niedergeschossen. Roziér war tot, aber die zweite Frau überlebte schwer verletzt. Seither lag sie in einer Klinik. Sie wurde in ein künstliches Koma versetzt und konnte daher noch nicht vernommen werden. Da man keinerlei Papiere bei der Schwerverletzten gefunden hatte, konnte sie bisher nicht identifiziert werden, berichtete der französische Beamte.

Noch einen Fortschritt konnten die zwei Beamten verbuchen. Mit einer erneuten Mail aus Südafrika kam ein weiteres Foto an. Diesmal mit dem Abbild der Tochter Martinas.

»So viel zu dem Wörtchen ›Zufall‹. Das ist Jessica Kruger, das Produkt der damaligen Vergewaltigung.«

»Oh verdammt! Das ist doch unsere Tote aus der Hütte. Wie bist du auf sie gekommen?«

»Die Ähnlichkeit, das passende Alter und ein bisschen Intuition.« Habich schüttelte den Kopf. »Nein, da war noch mehr, das mich auf die Idee brachte. Beim Stammtisch habe ich alles über die Familie Kruger erfahren. Großes Weingut in Südafrika, dadurch gut situiert. Eine Tochter, die geschäftlich um die ganze Welt jettet. Da fielen mir die teuren internationalen Klamotten ein. Schließlich die Aussage von Thomas Petzold, dass die junge Frau ebenfalls nach Iphofen kommen wollte. Bisher war sie aber noch nicht eingetroffen und hatte sich auch nicht gemeldet.«

»Aber wer könnte für ihren Tod verantwortlich sein? Vor allen Dingen, wem nützt er was?« Bevor der Hauptkommissar antworten konnte, fuhr Rautner fort. »Außerdem will ich nicht schon wieder mit dem Zufall anfangen. Glaubst du, dass der Überfall auf ihre Mutter mit der ganzen Vorgeschichte von hier zu tun hat?«

»Dass, mein lieber Kollege, werden wir auch noch rausfinden.«

Umgehend informierte der Hauptkommissar telefonisch die beiden Kinder in Südafrika. Sie waren bestürzt über das, was ihrer Mutter passiert war, und noch mehr betroffen über den Tod der Halbschwester. In der fernen Kapstadtregion entschied sich Schwester Serina sofort zu ihrer Mutter zu fliegen.

*

Martina Kruger lebte! »Verdammt noch mal, das ist gar nicht gut«, dachte der Mann und zog nervös an seiner Zigarette. »Ich muss mir schnellstens was einfallen lassen.« Es war nur eine Frage der Zeit, bis er aufflog, schließlich hatte sie ihn erkannt. Zu allem Übel war auch die Tote in der Jagdhütte identifiziert. Obwohl der leitende Kommissar die Neuigkeiten nur im engsten Kreis bekanntgegeben hatte, war es durchgesickert. Es gab immer und überall jemanden, der seinen Mund nicht halten konnte. Diesmal war es gut für ihn gewesen. Wütend schnippte der Mann die Zigarettenkippe weg und ging zurück ins Haus.

Eine Viertelstunde später verließ er mit seinem weißen Golf das Anwesen. So viel Vorsicht musste sein, auch wenn die ganze Sache zu Ende zu gehen drohte. Bisher hatte er seine heimlichen Aktivitäten nie von zu Hause aus geregelt. Telefonate führte er von öffentlichen Fernsprechern, obwohl das im Handyzeitalter immer schwieriger wurde. Die Geldgeschäfte, von denen niemand etwas wusste, tätigte er bereits seit langem online. Dazu ging er inzwischen in Internet-

Cafés, um seine Spuren im Netz zu verwischen. Seine Cleverness hatte ihn bisher vor Überraschungen bewahrt, auch wenn er nach außen hin manchmal geistig ein bisschen schwerfällig erschien. Das gehörte aber zu seiner Tarnung. Selbst seine Frau hatte noch nie etwas gemerkt.

Vor langen Jahren schon hatte er sich eine zweite Identität zugelegt. Das wurde notwendig, als er begann seine »Nebeneinnahmen« auf einer ausländischen Bank zu deponieren. Zuerst hatte er jedes Jahr sein Schweigegeld in bar kassiert. Bis eines Tages beinahe wieder eine Übergabe wie damals mit Bongartz schiefgegangen wäre. Von da an hatten sie monatliche elektronische Zahlungen vereinbart. Diese kleineren Beträge, die von Glaser und Rodenstern als Anlageeinlagen deklariert wurden, waren nie aufgefallen. Zuerst hatte er monatlich 500 Mark von jedem verlangt. Als sie die Familienbetriebe übernahmen, steigerte er seine Forderungen auf 1000 Mark. Jetzt war er bei 1000 Euro jeden Monat von jedem der beiden angelangt. Da war im Laufe der Jahre ein ganz schönes Sümmchen zusammengekommen, zumal er diese Reserve nur im äußersten Notfall angegriffen hatte.

Vor zwei Jahren hatte er sich schließlich mit dem neuen falschen Ausweis auch ein eigenes Handy auf diesen Namen zugelegt. Trotzdem blieb er seiner Gewohnheit treu, nur auswärts zu telefonieren. Nun wollte er noch mal einen letzten großen Coup landen und dann für immer verschwinden.

Die beiden Erpressungsopfer erhielten kurz hintereinander einen Telefonanruf mit gleichem Wortlaut. »Ich habe mich entschlossen, von Ihnen eine letzte einmalige Zahlung für mein Schweigen zu fordern, dann sind Sie mich für immer los.«

»Wie viel?«, kam zweimal die gleiche Frage.

»Hunderttausend!«

»Sie sind hunderttausendmal verrückt«, polterte Rodenstern los. »Wie stellen Sie sich das vor? Woher soll ich so eine große Summe nehmen?«

»Das wissen Sie sicher besser als ich. Vor allen Dingen, wenn Sie mich dann für immer los sind.«

»Wer garantiert mir das?«

»Niemand! Da müssen Sie sich schon auf mein Wort verlassen. Bisher hat unsere ›Geschäftsbeziehung‹ doch ganz gut funktioniert.«

»Wann und wie soll das vonstatten gehen?«, fauchte der Holzfachmann gereizt.

»In drei Tagen! Für die genau Übergabe melde ich mich wieder.«

Der Hotelier verlegte sich mehr aufs Jammern, was ihm aber auch nicht viel half. Sein Hinweis, in so kurzer Zeit nicht so viel Geld zusammenzubekommen, ignorierte der Anrufer. Die Antwort »Wenn Sie lieber Ihren guten Ruf und womöglich Ihre Freiheit riskieren wollen« brachte Glaser schnell zum Verstummen.

*

»Diesmal lass ich mir das nicht gefallen«, schimpfte Rodenstern und schlug auf den Tisch. Nach dieser horrenden Forderung rief Tobias seinen Kumpel Glaser an. Jetzt saßen sie zusammen in Rodensterns Büro. Es war Feierabend und die Angestellten waren schon alle gegangen. Daher konnten sie sich ungestört unterhalten und Tobias machte seinem Unmut Luft. »Dem Arschloch werfe ich nicht noch mehr Geld in den Rachen, mir reicht's jetzt. Wie denkst du denn darüber?« Fragend blickte er auf den Hotelier.

»Was willst du denn tun? Willst du zur Polizei gehen? Einfach nicht bezahlen und warten, was passiert? Oder vielleicht bringst du ihn bei der Geldübergabe ein für alle Mal zum Schweigen! Ein Mord mehr spielt doch keine Rolle. Wir haben ja sowieso schon einen an der Backe«, meinte Glaser theatralisch.

Rodenstern wanderte erregt im Zimmer auf und ab. Dann schlug er seinem Freund Glaser auf die Schulter und setzte sich plötzlich grinsend hin. »Das ist überhaupt die Idee. Wir machen ihn bei der Geldübergabe kalt.«

»Spinnst du jetzt? Das war sarkastisch gemeint und sollte kein Vorschlag sein.«

»Aber du hast mich auf einen Gedanken gebracht. Verdammt noch mal, Michel, wir können uns das Geld sparen. Lass uns das Ganze wenigstens mal theoretisch durchspielen.«

»Also, dann schieß mal los.«

»Schießen, genau! Du bist brillant.«

»Wieso, ich mach doch gar nichts.«

»Nein, nein, das ist es. So wie es aussieht, will er das Geld in bar haben. Das heißt, wir müssen es irgendwo deponieren und er holt es ab.

»Ja und ...?«

»Denk doch mal daran, wie alles anfing. Da haben wir ihm das Geld auch immer bar hinterlegt. Draußen an der Weinbergshütte, bis damals beinahe so ein ›Nachtschwärmer‹ dazwischengefunkt hätte. Die letzte Geldübergabe in bar wäre doch beinahe schiefgegangen. Danach mussten wir die Kohle überweisen.«

»Ich weiß, ich weiß ... aber was willst du damit sagen?«

»Hör zu! Zu der Zeit waren wir jung, dumm und ängstlich. Wir sind nicht auf die Idee gekommen, etwas zu unternehmen, und später hatten wir keine Chance mehr. Womöglich lag es auch daran, dass unsere ganze Zukunft auf dem Spiel stand ...«

»Das steht sie heute auch noch.«

»Ach Quatsch, heutzutage sind wir reifer und cleverer und können uns wehren. Lass es uns doch wenigstens versuchen«, forderte Rodenstern seinen Freund auf.

»Und wie willst du das anstellen?«

»Die Einzelheiten können wir erst klären, wenn wir wissen, wohin wir das Geld bringen sollen.«

»Wenn ich dich richtig verstanden habe, willst du ihm auflauern und ihn erschießen. Damit ruinieren wir uns doch noch mehr unser Leben.«

»Was willst du denn noch mehr ruinieren? Wenn du jetzt anfängst, so viel Geld zu bezahlen, und er kriegt trotzdem den Hals nicht voll und kommt irgendwann wieder, dann bist du über kurz oder lang finanziell ruiniert. Alles andere ist seit Holgers Tod schon beschissen genug. Glaubst du, dass es mir Spaß macht, jahrelang umsonst geschuftet zu haben, weil ich dem Kerl meine sauer verdienten Kröten geben muss?«

»Du hast ja recht«, meinte Glaser letztendlich kleinlaut. »Aber wie sieht es mit deinem Plan aus?«

»Ich habe mir das folgendermaßen vorgestellt: Wir müssen es so drehen, dass einer von uns das ganze Geld zusammen abliefert und nicht jeder einzeln. Das heißt, dass wir den Kerl überzeugen, dass einer von uns nicht kann oder krank ist. So wie ich die Situation einschätze, wird er nicht warten wollen und muss unsere Übergabebedingungen akzeptieren. Also liefert einer von uns die Scheine ab, während der andere schon auf der Lauer liegt und den Übergabeort im Visier hat. Derjenige von uns, der die Scheine deponiert, entfernt sich und kommt wieder unbemerkt zurück. Wenn der Kerl kommt, um sein Geld zu holen ... Peng und Ende! Anschließend krallt sich derjenige von uns, der den Geldboten spielt, die Scheine wieder und wir verschwinden. Was hältst du davon?«

»Wie soll das funktionieren, wenn die Geldübergabe bei Dunkelheit geschehen soll?«

»Na und, wo ist das Problem? Wir haben doch auch schon nachts gejagt. Ganz ungeübt sind wir da doch nicht. Außerdem mach ich mir darüber erst Gedanken, wenn ich weiß, wann und wo.«

»Womit wollen wir schießen? Unsere offiziellen Jagdgewehre können wir nicht nehmen. Jede ballistische Untersuchung weist nach, aus welcher Waffe die tödliche Kugel stammt.«

Verschwörerisch blinzelte Tobias: »Zufällig habe ich ein nicht registriertes Jagdgewehr mit Zielfernrohr und sogar Nachtsichtvisier da.«

»Mannomann, wie kommst du denn dazu?«

»Ach, lassen wir das. Ist nicht so wichtig. War ein Schnäppchen, dass ich eigentlich anmelden wollte, und hab's dann vergessen«, wehrte Rodenstern ab.

»Wie wollen wir entscheiden, wer schießt und wer den Boten spielt?«

Sie zogen Streichhölzer. Tobias zog das kürzere Holz, das für den Schützen. Somit blieb Michael die Aufgabe des Geldboten. Es bedurfte noch einiger Überzeugungsarbeit von Rodenstern, um die Bedenken des Freundes hinsichtlich seines Planes zu zerstreuen. Aber schließlich willigte Glaser ein.

*

Thomas, dem die Sorge Täubers um seine Schwester nahe-ging, zog diesen ins Vertrauen. Manfred war fassungslos und schockiert über das, was Martina zugestoßen war. Es gab für ihn kein Halten mehr. Trotz der widrigen Straßen- und Wetterverhältnisse beschloss er, nach Mulhouse zu fahren. Nicht ohne mit den Kommissaren vorher Rücksprache gehalten zu haben, machte er sich auf den Weg.

»Gut, Herr Täuber, dann fahren Sie nach Mulhouse zu Frau Kruger. Wir geben der französischen Polizei Bescheid, dass Sie kommen. Frau Kruger befindet sich nämlich unter deren Obhut. Sobald sie aufwacht und vernommen werden kann, erfahren wir umgehend mehr«, meinte Hauptkommissar Habich.

»Meinst du, das ist vernünftig, was er da macht?«, schaltete sich Rautner ein, der zugehört hatte.

»Liebe hat nichts mit Vernunft zu tun und der Mann ist ganz schön verliebt«, lächelte sein Kollege verständnisvoll. Danach wurde er wieder ernst. »Aber wir müssen irgendwo, irgendwie was übersehen haben. Ich bin fest davon überzeugt, dass das Ganze aus dem näheren Umfeld der Petzolds kommt. Durch die Aktivitäten der Frau ist da ein Stein ins Rollen gekommen, und der rollt ganz schön gefährlich.«

»Sollen wir die ganzen Unterlagen noch einmal durchgehen?«

»Chris, es wird uns nichts anderes übrig bleiben. Wer weiß, wann Frau Kruger erwacht und ob Sie überhaupt was gesehen hat oder sich erinnern kann. Darauf können wir uns nicht verlassen.«

»Na, dann wird das wohl ein langer Arbeitstag.«

»Und wenn's sein muss, womöglich auch die Nacht dazu.«

In der Dienststelle wurde es still. Beide Kommissare vertieften sich in die Unterlagen. So verging der Vormittag ohne ein nennenswertes Ergebnis.

»Sag mal, du hast mir doch noch die Namen der drei Freunde der Petzolds durchgegeben«, unterbrach Rautner die Stille. »Da, wo Täuber mit dabei war. Rodenstern und Glaser hießen die anderen zwei. Die sollte ich doch auch checken.«

»Ja und ...? Hast du was gefunden?«

»Hmm ...! Weiß nicht so richtig.«

Er erhob sich und ging mit seiner Akte um den Tisch herum zu seinem Kollegen. Dem legte er die Bankunterlagen unter die Nase. »Schau mal hier, die Position, die taucht bei beiden auf. Jeden Monat mit dem gleichen Betrag.« Dabei zeigte er mit der Spitze seines Kugelschreibers auf einige Ausdrucke mit Kontenbewegungen. Die waren angefordert worden im Rahmen der routinemäßigen Überprüfung personenbezogener Kontendaten möglicher Verdächtiger.

»Die gehören aber eigentlich nicht mehr zum Kreis unserer Personen. Ihr DNA-Test war doch negativ, oder liege ich da falsch?«

»Nein, nein!«, beeilte sich Rautner zu sagen. »Trotzdem habe ich zur Sicherheit noch mal einen Blick darauf geworfen und da ist mir das aufgefallen. Zumal es auch dasselbe Empfängerkonto zu sein scheint.«

»Die Herren werden ihr Geld vermutlich gut anlegen. Aber wenn du meinst, dass da was dran ist, dann ruf die Bank an und überprüf die Sache genauer«, gab Habich grünes Licht. Sein junger Kollege nickte, nahm die Dokumente an sich und setzte sich wieder an seinen Schreibtisch. Kaum platzgenommen, hatte er den Hörer schon in der Hand.

Am späten Nachmittag lagen die Ergebnisse auf dem

Tisch. Kommissar Rautner sondierte die neuen Unterlagen und brummte dabei unverständliches Zeug.

»Was ist denn los?«, erkundigte sich sein Kollege. »Ist etwas unklar oder warum stammelst du so unverständlich daher?«

»Ein bisschen seltsam finde ich das schon. Ich habe hier jetzt Bankdaten, die bis über zehn Jahre zurückreichen. Seit dieser Zeit und vermutlich auch schon länger laufen diese monatlichen Überweisungen von Rodenstern und Glaser. Dabei haben sich die Beträge in der Zeit zweimal erhöht. Seltsamerweise immer bei beiden jeweils zum gleichen Termin mit dem gleichen Betrag. Es geht auf ein anonymes Konto bei einer Schweizer Bank. Mehr war leider nicht in Erfahrung zu bringen.«

»Na ja, das ist tatsächlich ein wenig komisch, dass die zwei Herren auf ein gemeinsames Konto einbezahlen. Aber es ist auf den ersten Blick nicht strafbar und für uns vermutlich nicht relevant. Vielleicht machen sie gemeinsame Anlagengeschäfte oder sonst was. Wenn du glaubst, dass es etwas mit Steuerhinterziehung zu tun hat, dann gib deinen Verdacht weiter an die zuständigen Kollegen. Wir haben andere Arbeiten.«

Achselzuckend wandte sich Rautner wieder den Unterlagen zu. »Dann eben nicht.«

»Was macht eigentlich die Suche nach dem DNA-Labor? Gibt es da schon was Brauchbares?«, erkundigte sich Habich.

»Bisher nicht.« Sein junger Kollege schüttelte den Kopf. »Eine Kollegin hat das übernommen. Sie telefoniert unsere Liste ab. Vielleicht findet sie das Labor, das die Untersuchungen für Martina Kruger gemacht hat. Ich persönlich hab aber wenig Hoffnung. Alleine in Deutschland gibt es zig dieser

Labors, die solche Tests durchführen. Dazu kommt, dass die Frau lange nichts mehr mit unserem Land zu tun hatte. Sie kann die Proben zu einem ihr bekannten Institut irgendwo auf der Welt geschickt haben. Das ist heutzutage alles kein Problem. Die Entfernungen spielen keine Rolle mehr und Frau Kruger bewegte sich auf internationalem Parkett.«

»Wäre zu schön, wenn es trotzdem klappt. Noch sind wir nicht am Ende. Gib mir doch mal die Namensliste, die wir von ihrem Bruder haben, mit denen, die jetzt beim zweiten Test dabei sind«, bat er Rautner. Mehrmals las er die Namen und Daten, die dort standen. Dann blickte er seinen Kollegen an. »Was hältst du davon? Wer kommt für dich in Frage?«

»Theoretisch alle. Okay, Braun und Krasnic, die beiden Rentner, würde ich, wenn überhaupt, am ehesten ausschließen. Braun ist mit seinen siebzig Jahren eigentlich zu alt für solche Eskapaden. Bei Krasnic sehe ich das ähnlich. Außerdem habe ich ihn kennengelernt. Er ist eher der Typ liebevoller Ehemann, Vater und Opa. Vorausgesetzt, die Tötung und das mit Frau Kruger hängen zusammen und alles hat mit der Vergangenheit zu tun.«

Wortlos nickte Habich zu der Beurteilung seines jungen Kollegen. So oder so ähnlich war auch seine Schlussfolgerung.

Entlarvt

Am Morgen des dritten Tages nach der telefonischen Geldforderung klingelte bei Rodenstern das Handy.

»Haben Sie das Geld zusammen?«, erkundigte sich die Stimme am anderen Ende.

»Ja, habe ich.«

»Sehr schön! Sie kennen noch die Weinbergshütte von den früheren Übergaben her?«

»Natürlich!«

»Deponieren Sie das Geld dort genau um zwölf Uhr mittags in einer wetterfesten Tasche.«

Rodenstern antwortete nicht sofort.

»Es gibt da ein kleines Problem ...«

»Was soll das heißen?«

»Das soll heißen, dass ich heute Mittag nicht kann. Ich habe einen verdammt wichtigen Termin wahrzunehmen und jetzt, wo Sie von mir hunderttausend Euro wollen, wird der Termin für mich überlebenswichtig.«

»Sie wollen also nicht zahlen?«

»Klar will ich. Hören Sie mir zu, ich habe einen Vorschlag. Ich weiß, dass Sie von Glaser die gleiche Summe gefordert haben. Ist es in Ordnung, wenn ich ihm mein Geld gebe und er die beiden Beträge gemeinsam dort hinbringt?«

Einige Sekunden lang herrschte Stille am Telefon. Dann brummte der Anrufer: »Meinetwegen, aber keine Tricks. Sie wissen, was sonst passiert.«

»Halten Sie nur Ihre Zusage, dass es die allerletzte Forderung war«, blaffte Rodenstern in sein Handy.

»Sie haben mein Wort.« Damit wurde die Verbindung getrennt.

Innerlich erregt legte Rodenstern sein Handy auf die Seite. »Na warte nur, jetzt haben wir dich«, brummte er in seinen Vollbart.

Eine Viertelstunde später rief er bei Michael Glaser an. Der hatte seine Anweisung schon bekommen mit dem Hinweis, gleichzeitig für seinen Kumpel den Geldboten zu spielen.

»Ich hoffe, du machst jetzt keinen Rückzieher«, vergewisserte sich Tobias nochmal.

»Nein, mach ich nicht«, entgegnete Michael. Er war aber nicht so überzeugt und zuversichtlich, wie er sich am Telefon gab. Das mulmige Gefühl im Bauch, das er schon seit drei Tagen hatte, war immer noch da.

Sein Freund erläuterte ihm seinen Plan, nachdem er erfahren hatte, dass das Geld auf der vom Weg abgewandten Seite der Hütte abgestellt werden sollte. Er wollte sich so postieren, dass er die Hütte gut einsehen konnte, ohne selbst gesehen zu werden. Das Risiko, um die Jahreszeit an einem Werktag mittags dort Fußgängern zu begegnen, war relativ gering. Entsprechende Bedenken des Hoteliers zerstreute er selbstsicher. »Wenn du das Geld abgeliefert hast, entfernst du dich mit dem Auto. Aber nur so weit, bis du nicht mehr gesehen werden kannst. Dann parkst du den Wagen und versuchst, unbemerkt wieder in die Nähe der Hütte zu kommen. Vermutlich wird er nicht sofort nach dir erscheinen, sondern eine gewisse Zeit verstreichen lassen, um sicherzugehen, dass du fort bist. Da heißt es sehr wahrscheinlich, etwas Geduld zu bewahren.«

»Soll ich auch eine Waffe mitnehmen?«

»Würde ich dir empfehlen, denn du sollst mir ja helfen. Läuft etwas anders als geplant, so musst du eingreifen. Nimm deinen Revolver mit, nur zur Sicherheit«, beruhigte ihn Rodenstern. »Wenn er erledigt ist, schnappst du dir wieder das Geld und verschwindest. Versuch so wenig wie möglich Spuren zu hinterlassen, auch wenn du die Taschen abstellst. Zerstöre jegliche Fußabdrücke im Schnee, damit kein Profil und keine Schuhgröße zu erkennen ist. Versuche Begegnungen mit Menschen zu vermeiden, die dich erkennen könnten. Verliere nichts, das man mit dir in Verbindung bringen könnte. Als Letztes: Schalte dein Handy auf stumm, damit es nicht im falschen Moment klingelt«, beendete er seine Anweisungen.

»Hey, sag mal, hast du einen Nebenjob als Profikiller?«, lachte Michael gepresst. »Auf was du alles achtest. Das ist ja fast beängstigend.«

»Nein, ich schau nur ab und zu Krimis. Manche sind stümperhaft, manchmal gibt's aber auch ein paar brauchbare Tipps.«

*

Spaziert man von Iphofen aus in Richtung »Schwanberg«, kommt man automatisch in die Weinberge. Erst steigt das Gelände allmählich an und wird etwa ab der Hälfte immer steiler bis unterhalb der Bewaldung. In einem Bereich der Weinberge, dort, wo die Weinlage »Kronsberg« vor dem steilen Gelände in die Weinlage »Burgweg« übergeht, gibt es eine Senke. Darin liegt die besagte Weinbergshütte, die als Ort der Geldübergabe auserkoren wurde.

Nachdem Rodenstern seinen Teil des Geldes bei Glaser abgeliefert hatte, fuhr er in den Nachbarort Rödelsee. Von dort aus wollte er sich auf Umwegen dem Übergabeort nähern. Durch Schnee und Eis wurde die Auffahrt nicht gerade einfach, aber sein Allrad meisterte die verschneiten Wege problemlos. Schließlich erreichte er den Weg oberhalb der letzten Rebstöcke. Außerhalb der Sichtweite von Hütte und Senke ließ er seinen Wagen stehen. In seiner Jägerkluft wirkte er zumindest für mögliche Wanderer in Verbindung mit seinem Jagdgewehr nicht besonders auffällig. Langsam und gemächlich stapfte er durch den Schnee, bis er die Örtlichkeit erreichte. Von da, wo er stand, hatte er beste Sicht auf die Hütte und über die gesamte Senke. Es war noch über eine Stunde Zeit bis zum verabredeten Termin, an dem das Geld kommen sollte. Intensiv beobachtete er den ganzen für ihn einsehbaren Bereich. Es war nicht unmöglich, dass der Erpresser schon irgendwo lauerte, um die Geldübergabe zu überwachen. Bisher war ihm nichts aufgefallen.

Vorsichtig ging er weiter, schaute sich um und suchte dabei für sich eine geeignete Stelle, von wo aus er schießen wollte. Direkt oberhalb der Hütte blieb er stehen und schätzte die Entfernung. Er würde noch näher herangehen müssen, um einen sicheren Schuss anbringen zu können. Sich zu verbergen war recht schwierig, wie er feststellen musste. Die Rebstöcke waren kahl und boten keinen Sichtschutz und der weiße Untergrund war auch nicht gerade dienlich für sein Vorhaben. Er begutachtete die Weinbergszeilen, um nach einem geeigneten Platz zu suchen.

In dem Moment vernahm er das schwache Brummen eines Autos. Rodenstern blieb wie gebannt stehen. Tatsächlich! Da kam ein Wagen. Ein weißer Golf bahnte sich seinen Weg von da her, wo auch Michael kommen musste. Kurz vor der Senke bog er in die andere Richtung und fuhr weiter den Hang hinauf. Von dort aus konnte man ebenfalls die ganze Gegend überblicken. Wenigstens vom unteren Bereich des Weges, bevor eine Hecke begann. Dort drehte der Wagen und hielt in Fahrtrichtung bergab hinter der Hecke. »Verdammt, als hätte ich es geahnt. Das muss der Kerl sein«, überlegte Tobias. »Beinahe hätte ich mich dort postiert. Gut, dass ich mich anders entschieden habe«, atmete Rodenstern beruhigt aus.

Tobias informierte Michael per Handy über die neue Situation. Er erklärte ihm den Standort des Beobachters. »Wenn du von der Hütte wegfährst, dann stell dein Fahrzeug so, dass man es von da oben nicht sehen kann«, wies er ihn an. Rodenstern hatte sich entschlossen, so lange oben am Weg zu bleiben, bis der wartende Wagen sich in Bewegung setzen würde. Erst dann wollte er seine ausgewählte Position einnehmen. Jetzt schien es ihm zu riskant, sich nach unten zu arbeiten. Zu leicht war er zwischen den Rebstöcken auszumachen. Er zog sich aus dem Sichtbereich zurück und rauchte eine Zigarette. Neben der Kälte stieg in ihm ein wenig Nervosität auf. Immer noch war es fast eine halbe Stunde bis zwölf Uhr. Mit zwei weiteren Zigaretten versuchte er die ihm endlos erscheinenden Minuten zu überbrücken.

*

Am gleichen Morgen erhielten die beiden Beamten der Mordkommission Würzburg neue Informationen. Rautner hatte die ominösen Überweisungen von Rodenstern und Glaser auf das Schweizer Konto den Kollegen der Steuerfahndung gemeldet. Die wiederum revanchierten sich jetzt mit dem Hinweis, dass das Konto auf den Namen Ron Krassner angelegt sei. Wie sie das rausbekommen hatten, behielten sie für sich.

Komisch war nur, dass der angegebene Name gar nicht existierte.

Die Nachricht aus Mulhouse kam etwas später. Rautner ging ans Telefon und nahm den Anruf entgegen. Martina Kruger war aus dem Koma erwacht. Sie konnte den Namen des Mannes nennen, der den beiden Frauen das angetan hatte. Der Kommissar blickte seinen Kollegen ganz überrascht an. Dann ließ er die Katze aus dem Sack.

»Warum steht der Name nicht auf der Liste?«, fragte Habich irritiert.

»Keine Ahnung. Thomas Petzold hat mir die Kandidaten genannt. Vielleicht kannte er nicht alle Namen, die Frau Kruger in Verdacht hatte. Womöglich gibt es noch mehr, die wir nicht kennen. Das wird uns Frau Kruger sicherlich sagen können, wenn Sie wieder fit ist.«

»Na, dann lass uns mal ein paar Takte mit dem Herrn reden«, meinte der Hauptkommissar und nahm seine Jacke vom Haken. »Wahrscheinlich kann er noch mehr Licht ins Dunkel bringen.«

Mit einem Haftbefehl und einem richterlichen Beschluss für eine Hausdurchsuchung in der Tasche machten sie sich im Laufe des Vormittags auf den Weg nach Iphofen. Von unterwegs forderten sie Kollegen zur Verstärkung an. Eine gute halbe Stunde später standen sie vor dem Haus des Beschuldigten. Seine Frau gab an, dass ihr Mann nicht zuhause sei und sie auch nicht wisse, wo er sich aufhalte. Nach ihm und seinem Fahrzeug wurde eine Fahndung eingeleitet.

Im Anbau des Hauses fanden die Beamten die Laptops der beiden Frauen sowie die Koffer der Toten und die Tasche ihrer Mutter. Sämtliche Kreditkarten fehlten. Mittlerweile hatte die Ehefrau auch das Fehlen einer Reisetasche und von Kleidung ihres Mannes bemerkt. Damit lag für die Polizei die Vermutung nahe, dass er sich absetzen wollte. Noch während die Kommissare sich im Anwesen des Gesuchten befanden, kam eine Meldung über Funk herein. Spaziergänger glaubten in den Weinbergen am Fuß des »Schwanbergs« Schüsse gehört zu haben. Gleich darauf meldete jemand, dass ein Verrückter mit einem weißen Golf dort wie irre durch die Weinbergswege fahren würde. Habich und Rautner wurden sofort hellhörig. Während sie eine kurze Beschreibung der Örtlichkeit erhielten, sprangen sie in den X3 des Hauptkommissars, und ab ging es mit Blaulicht. Zwei Streifenwagen folgten zur Unterstützung.

*

Na endlich! Rodenstern sah den dunklen Range Rover Glasers kommen. Ohne große Eile lenkte der Hotelier den schweren Wagen über die schneebedeckten Wege. Bei der Hütte hielt er an. Mit laufendem Motor öffnete er den Kofferraum und hob zwei Sporttaschen daraus hervor. Bei jedem Schritt tat er so, als wenn es rutschig sei. Tobias musste lächeln. Er wusste, dass Michael auf diese Art versuchte, seine Fußstapfen unkenntlich zu machen. »Nicht ungeschickt«, war seine Einschätzung.

Während er den Geldboten beobachtete, versuchte er gleichzeitig den anderen Wagen im Auge zu behalten. Dessen Start wollte er auf keinen Fall verpassen. Denn dann musste er seine Stelle einnehmen, von wo aus er schießen wollte. Die lag etwa hundert Meter den Hang herunter in der Weinbergsanlage. Dort ragte ein alter knorriger Rebstock direkt neben einem Holzstickel der Drahtanlage aus dem Boden. Beides zusammen ergab die beste Deckung, die er dort finden konnte.

Da man mit dem neuen Rebschnitt noch nicht angefangen hatte, stand noch das ganze Holz vom letzten Wuchs. Das diente zusätzlich als spärliche Tarnung. Wenn er sich dicht auf den Boden kauerte, konnte ihn nur der direkte Blick eines scharfen Auges erspähen oder eine Bewegung verraten. So wenigstens war sein Plan.

Zwischenzeitlich hatte Glaser die beiden Taschen bei der Hütte deponiert. Ohne sich weiter umzuschauen, setzte er sich in seinen laufenden Wagen und fuhr davon. Jetzt konzentrierte sich der Jäger nur noch auf das Fahrzeug hinter der Hecke. Noch tat sich nichts und so blieb auch er bewegungslos in der Hocke sitzen. Vermutlich würde der Mann dort die Gegend jetzt eine Zeit lang beobachten, bevor er sich zur Hütte traute. Michael hatte inzwischen seinen Rover außerhalb des Sichtbereichs abgestellt.

Die Aktion begann früher als erwartet. Rodenstern verfolgte gerade die Annäherung Michaels zu Fuß, als der Golf sich in Bewegung setzte. Sofort machte auch er sich in gebückter Haltung auf den Weg. Vorsichtig, um nicht auszurutschen, arbeitete er sich den Hang hinunter. Noch bevor das weiße Auto die Hütte erreicht hatte, war er vor Ort. Hinter dem notdürftigen Sichtschutz kauernd, suchte und fand er eine Auflage für sein Jagdgewehr. Um die weitreichende Präzisionswaffe freihändig zu halten, war sie zu schwer.

Derweil hatte der Wagen seinen Bestimmungsort erreicht. Der Fahrer stieg aus und blickte nach allen Seiten. Den Gegner im Weinberg sah er nicht. »Du verdammter Drecksack bist das«, ging es Rodenstern in dem Moment durch den Kopf. Durch sein Zielfernrohr hatte er die Person anvisiert und konnte sie erkennen. Das Fadenkreuz folgte dem Mann, als der sich zu den Taschen begab. Tobias suchte den Druckpunkt am Abzug und korrigierte die Waffe leicht. Dann zog er durch.

Exakt in dieser Sekunde rutschte der Mann an der Hütte in einer von Michaels großen Fußstapfen aus. Das rettete ihm das Leben. Die Kugel schlug nur Millimeter neben seinem Kopf ins Holz. Der Erpresser glaubte den Luftzug des Geschosses gespürt zu haben. Der Knall rollte durch die Senke. Mit hektischen Bewegungen schnappte sich der Kerl die beiden Taschen und hastete zu seinem Fahrzeug.

Erneut schoss Tobias. Wieder daneben. Nein, sein Opfer war leicht zusammengezuckt. Vielleicht ein Streifschuss. Dann war der Mann am Auto, warf die Taschen auf den Rücksitz und gab Gas. Rodensterns dritte Kugel traf das Heck des Autos, ohne größeren Schaden anzurichten.

Der Golf raste in Glasers Richtung. Als der den Wagen auf sich zukommen sah, zog er seine Waffe und legte an. In diesem Augenblick fiel ein Schuss aus dem halb geöffneten Fenster der Fahrerseite. Michael griff sich an die Brust und brach zusammen. Ohne anzuhalten setzte der Schütze seine Fahrt fort. Von weit oben aus den Weinbergen musste Rodenstern hilflos zusehen. Inzwischen war die Entfernung viel zu groß für einen weiteren Schuss.

Entsetzt ließ er sein Gewehr fallen. Unverzüglich griff er sich sein Handy und wählte den Notruf. Sofort danach machte er sich auf den Weg. Keinen Blick von seinem getroffenen Freund lassend, lief, rutschte und stolperte er den Hang hinab. So schnell es ihm möglich war, durchquerte er die Senke. Angesichts seines Alters, seines Übergewichts und der vielen Zigaretten schnaufte und stöhnte er dabei wie ein Walross. Völlig außer Atem und schweißgebadet erreichte er den Getroffenen. Der Hotelier lag stöhnend am Boden. Trotz der Kälte öffnete Rodenstern ihm die dicke Winterjacke. Die Kleidung darunter war im Brustbereich blutgetränkt. In seiner Verzweiflung drückte er ein Taschentuch auf die Wunde in der Hoffnung, die Blutung stoppen zu können.

»Halt durch ... Hilfe kommt«, schnaufte er immer noch schwer atmend. Aus der Ferne waren Martinshörner zu hören. »Donnerwetter, sind die schnell«, wunderte er sich. Gleichzeitig war er aber auch erleichtert. Die Sirenen kamen immer näher und dann sah er die Fahrzeuge. Vorneweg der BMW und dahinter zwei Streifenwagen.

»Oh, Sch..., das ist ja gar nicht der Sanka«, bemerkte er enttäuscht.

Habich und Rautner sprangen aus dem Fahrzeug.

»Dem weißen Golf hinterher, es war Petzold, der geschossen hat. Er ist da lang geflüchtet«, rief Rodenstern laut und zeigte mit dem Arm in die Richtung. Nach kurzer Anweisung nahmen die Streifenwagen die Verfolgung auf. Währenddessen waren erneut Martinshörner zu hören. Kommissar Rautner lotste den Krankenwagen mit seinem Funkgerät zur richtigen Stelle.

»Mensch Rodenstern, was war denn hier los?«, erkundigte sich der Hauptkommissar bei dem immer noch schockierten Mann.

»Ach herrje, das habe ich nicht gewollt«, stammelte der verzweifelte Mann mit einem Blick auf seinen inzwischen ohnmächtig gewordenen Freund. In diesem Augenblick trafen der Krankenwagen und der Notarzt ein. Sofort schoben die Sanitäter Tobias auf Seite und übernahmen die Versorgung des Angeschossenen.

»Was ist denn hier für ein Wildwestfilm abgelaufen?«, herrschte Habich ihn an.

Noch immer stand Glasers Freund unter Schock. Gebannt schaute er auf den Verwundeten und die Männer, die sich um ihn bemühten. »Herr Kommissar, das ist eine längere Geschichte«, seufzte Tobias Rodenstern resigniert.

»Also, dann kommen Sie mit uns auf die Dienststelle. Dort haben Sie Zeit, uns alles in Ruhe zu erzählen«, entschied der Hauptkommissar.

*

Zuerst versuchte der Mann in der Jägerkluft noch, die damalige Sache mit Bongartz zu vertuschen. Er berichtete den Kommissaren von der jahrelangen Erpressung aufgrund des nie bestätigten Vergewaltigungsverdachtes – bis Habich der Kragen platzte.

»Kommen Sie, Herr Rodenstern, halten Sie uns denn für blöd? Die Vergewaltigung ist schon lange verjährt. Dafür hätten Sie nicht mehr so viel Geld hinblättern müssen«, wurde er energisch. »Sie zahlen wegen Ihres ehemaligen Kameraden Holger Bongartz, nicht wahr? Haben Sie ihn getötet? Sie sind dabei gesehen worden, denke ich mal«, sprach Habich seine Vermutung aus.

Nickend gestand Tobias Rodenstern. Schließlich erzählte er die Geschehnisse in der Sommernacht 1974 am »Herrengraben«. Ohne ihn zu unterbrechen, hörten die beiden Beamten zu.

»Lassen wir ihn ein bisschen schmoren«, meinte Habich, nachdem die beiden Kommissare den Verhörraum verlassen hatten. »Für diese Räuberpistole heute in den Weinbergen kommt er sowieso nicht ungestraft davon.« Dann wurde er auf dem Weg zu ihrem Büro nachdenklich. »Wenn es so stimmt, wie er uns erzählt hat, dass sie Bongartz nur verprügelt und den Hang runtergestoßen haben, dann sind sie nicht die Täter. Du erinnerst dich doch an die Akte mit den Fotos«, wandte er sich an seinen jungen Kollegen. »Der Mörder muss ihn unten im Graben mit dem Stein erschlagen haben. Ich glaube, unser Flüchtling hat auch Bongartz auf dem Gewissen. Er war da, um das Geld abzuholen, hat die Prügelei gesehen und dem Opfer dann den Rest gegeben. Rodenstern und Glaser ließ er im Glauben, dass sie es waren. Für sein angebliches Schweigen hat er kräftig abkassiert«, lachte Habich grimmig. »Wir werden es erfahren, wenn er geschnappt ist.«

»Ganz schon durchtrieben, wenn dein Verdacht stimmt«, meinte Rautner kopfschüttelnd. »Ich werde mich mal nach dem bisherigen Ergebnis der Fahndung erkundigen. Außerdem möchte ich einen Blick in die beiden Laptops werfen.«

Während der junge Beamte sich seinen Aufgaben widmete, war Habich auf dem Weg zum Chef. Kriminaloberrat Schössler wollte über den Stand der Ermittlungen unterrichtet werden.

Wieder zurück vom Rapport empfing ihn Rautner mit den Neuigkeiten. »Bei der Fahndung nach dem Flüchtigen gibt es noch keine Erfolgsmeldung. Die Laptops habe ich mir zusammen mit einem Kollegen von der Kriminaltechnik angeschaut. Wir haben die E-Mail des DNA-Labors auf beiden Computern gefunden. Frau Kruger hat die Mail zur Sicherheit auch an ihre Tochter schicken lassen.«

*

In der Nacht wurde der Gesuchte an der deutsch-tschechischen Grenze gefasst. Er wurde sofort zu den Kollegen nach Würzburg überstellt und am frühen Nachmittag saß er dort im Verhörraum.

Wolfgang Petzold hob den Kopf, als Habich und Rautner eintraten. Die beiden Beamten musterten in Ruhe den schlanken Mann mit dem extremen Kurzhaarschnitt. So wie er da saß, in seiner niedergeschlagenen schüchternen Art, traute ihm niemand die ganzen Anschuldigungen zu.

»Nun, Herr Petzold, die Sache hat ein Ende«, begann der Hauptkommissar seine Einleitung. »Das Ergebnis des DNA-Tests kennen Sie selbst. Sie sind der Vergewaltiger Ihrer Cousine. Nicht die Herren Rodenstern und Glaser, die Sie bis heute in dem Glauben gelassen haben. Frau Kruger hat Sie auch als den Täter in Mulhouse identifiziert. Ihre Sachen und die von Jessica Kruger haben wir bei Ihnen gefunden. Also können wir Ihnen den Mord an Jeannine Roziér und die Absicht, Martina Kruger zu töten, zur Last legen. Des Weiteren den Mord an Ihrer eigenen Tochter Jessica. Außerdem sind Sie auch für den Tod von Michael Glaser verantwortlich.« Die Nachricht war vormittags aus dem Krankenhaus eingetroffen. Die Verletzung dicht am Herzen, war zu schwer. Er hatte es nicht geschafft. »Möchten Sie zu alldem eine Aussage machen?«

Bei der Nennung von Jessicas Namen zeigte er eine erste Regung. Betroffen schaute er auf die Bilder seiner Opfer, die ihm die Kommissare präsentierten. Am längsten blickte er schwer schluckend auf das Bild seiner Tochter. Dann nickte er auf die Frage von Hauptkommissar Habich.

Er begann sein Geständnis bei der Vergewaltigung Martinas. Eigentlich habe er nur das vollendet, was die anderen angefangen hätten, berichtete er. Tatsächlich hätten Rodenstern und Glaser die Ohnmächtige begonnen auszuziehen. Doch Täuber und Cousin Georg konnten sie davon abbringen weiterzumachen. Ohne sich danach um das Mädchen zu kümmern, waren dann alle verschwunden. Da ihm Martina schon vorher gefallen habe, war die Versuchung groß. Als sie da so lag, unten herum nur noch mit einem Slip bekleidet, war es über ihn gekommen, gestand er.

»Ich wurde nur belächelt und nie ernst genommen. Wegen meiner abstehenden Ohren haben mich die anderen immer gehänselt. Martina war genauso. Sie hat mich ignoriert und keine Notiz von mir genommen. Für sie war ich nur Luft. Das hat mich gewurmt«, platzte es aus ihm heraus. »Als sie so wehrlos vor mir lag, sah ich eine Chance, mich zu rächen. Ach verdammt, so genau weiß ich auch nicht mehr, was ich gedacht habe.«

»Was hatten Sie dort überhaupt zu suchen?«, unterbrach Rautner den Bericht Petzolds.

Sein Vater habe ihn geschickt. Aber warum, könne er heute auch nicht mehr genau sagen, berichtete Petzold. Dabei sei er den Weg gekommen, den die anderen letztendlich auch benutzt hätten. Gerade als man Tobias und Michael von ihrem Vorhaben abgebracht habe, sei er auf die Gruppe aufmerksam geworden. Anstatt sich bemerkbar zu machen, habe er die Jungen beobachtet. Als sie weg waren, sei er zu Martina hin und dann wäre es eben passiert.

Nach und nach gestand er alles. Sein Wissen über den geplanten DNA-Test und die Angst, dadurch aufzufliegen. Die Verfolgung und den Überfall in Frankreich. Jessicas Tod und die letzte Erpressung von Rodenstern und Glaser.

»Lassen Sie uns mal zu Ihrer Tochter Jessica kommen. Wie und warum musste sie sterben?«, hakte Habich nach.

Nur zögerlich begann er zu berichten. Schuld sei die vermaledeite E-Mail des Labors gewesen. Nachdem Jessica von dem Ergebnis wusste, war auch sie eine Gefahr für ihn. Per

Computer hatte er ihr in Martinas Namen gemailt, dass sie in Nürnberg am Flughafen abgeholt würde. Das habe er dann mit einem Kleinbus des Weingutes übernommen. Jessica habe er erzählt, dass Martina nicht kommen könne und er sie deshalb abhole.

Unterwegs sei es zum Streit zwischen ihm und Jessica gekommen. In einem Anfall von Wut habe er sie auf einem menschenleeren Parkplatz erwürgt. Den Leichnam wollte er eigentlich vergraben, habe aber kein Werkzeug dabei gehabt. Da sei ihm die Idee mit dem Zwischenlagern in der Jagdhütte gekommen. Eine Krankheit seinerseits und der eintretende Frost hätten ihm dann einen Strich durch die Rechnung gemacht. Der Boden sei danach zu gefroren gewesen, um die Leiche noch darin verschwinden zu lassen.

»Kommen wir nun zu einem letzten Punkt«, setzte der Hauptkommissar die Vernehmung fort. »Lassen Sie uns noch mal über damals reden.«

»Ich habe doch schon alles über die Vergewaltigung erzählt.«

»Aber noch nichts über den Tod von Holger Bongartz.« Petzold schaute Habich schweigend an. »Geben Sie es zu, Sie waren dabei. Nein, vielmehr wollte ich sagen, das waren auch Sie, stimmt's? Sie haben alles beobachtet und dann Bongartz mit dem Stein den Rest gegeben. Die Freunde des Opfers glaubten bis zuletzt, dass sie es waren. Mit dieser Lüge wurden sie von Ihnen erpresst, nicht wahr? Aber warum nur musste Bongartz sterben?«

Der Festgenommene schien sich noch nicht schlüssig zu sein, ob er antworten sollte. Minutenlang überlegte er und entschied sich dann etwas zu sagen. »Bongartz hat die Vergewaltigung beobachtet. Er muss mich trotz seines Rausches erkannt haben. Irgendwann rief er bei mir an und teilte mir mit, dass er den Täter kennen würde. Dann forderte er mich auf, ich solle mich selber stellen. Dieser Idiot! Hatte der wirklich geglaubt, ich würde mich selbst anzeigen?«, lachte der Vernommene gehässig. »Zwei Wochen Frist räumte er mir ein, bevor er den Mund aufmachen würde. Ich sah dieses Ereignis am Herrengraben als Gelegenheit, ihn zum Schweigen zu bringen.«

Schließlich klärte sich auch die Sache mit den Überweisungen von Rodenstern und Glaser. Das Konto gehörte Wolfgang Petzold, der sich eine zweite Identität zugelegt hatte. Die Schweigegelder gingen auf das Schweizer Konto Und hinsichtlich der Geldübergabe gab er zu, danach für immer verschwinden zu wollen.

Am darauffolgenden Morgen, einen Tag vor Heiligabend, fuhr Habich hinaus zum Weingut der Petzolds. Dort herrschte immer noch große Bestürzung über die Verhaftung und die Vorwürfe gegen den Cousin.

»Hallo, Herr Hauptkommissar! Stimmt das wirklich mit Wolfgang? Ist er tatsächlich für all das verantwortlich, was passiert ist?«, begrüßte ihn Thomas Petzold fassungslos.

Habich nickte: »Ich fürchte schon. Er hat alles zugegeben.« Der Hauptkommissar setzte den Bruder von Martina ins Bild. »Das bleibt aber vorerst unter uns, verstanden?«

»Unbegreiflich«, meinte Petzold konsterniert. »Und alles wegen dieser verfluchten Sache von damals. Dafür mussten vier Menschen sterben und meine Schwester wurde schwer verletzt.«

»Richtig! Und alles so sinnlos. Bongartz war damals zu gutmütig. So nahm alles seinen Lauf. Diese Madame Roziér war zur falschen Zeit am falschen Ort. Ihre Nichte Jessica wurde wegen einer E-Mail getötet, für die sie nichts konnte, Glaser, weil er den Helden spielen wollte«, so das Fazit des Hauptkommissars. »Nur Ihre Schwester hatte Glück im Unglück. Wie geht es ihr eigentlich?«

»Oh, sie ist auf dem Weg der Besserung. Manfred ist immer noch bei ihr und weicht nicht von ihrer Seite. Außerdem ist ihre Tochter Serina aus Südafrika da. Wir hoffen, sie kommt bald wieder zurück.«

*

Familie Petzold bereitete sich auf einen ruhigen Silvesterabend vor. Ihnen war nicht zum Feiern zumute. Die Ereignisse um Cousin Wolfgang, die tote Nichte und die verletzte Martina waren noch lange nicht verdaut. Obwohl sogar Vanessa mit Freund Luca gekommen war, sollte außer einem gemeinsamen Essen und gemütlichen Beisammensein nicht viel passieren. Es war schon dunkel, als ein Wagen in den Hof des Weingutes fuhr. Vanessa stand zufällig am Fenster und sah das Fahrzeug kommen. Direkt vor dem Haus blieb der Mercedes stehen. Manfred Täuber und eine hübsche junge Frau stiegen aus. Sie öffneten eine Fahrzeugtür hinten und halfen einer weiteren Frau beim Aussteigen.

»Papa, Mama ... Tante Martina ist da«, schrie Vanessa regelrecht und stürzte nach draußen. Auch der Rest der Familie folgte ihr, wenn auch dem Alter entsprechend etwas gemächlicher. Vanessa war schon die Treppe unten und umarmte ihre Tante.

»Hallo, nicht so stürmisch. Du wirfst mich ja um. Ich bin noch nicht so sicher auf den Beinen«, rief Martina erschrocken und hielt sich an Vanessa fest. Die merkte erst jetzt, dass ihre Tante einen Stock zu Hilfe nehmen musste.

Inzwischen standen alle bereit, die Heimkehrerin zu begrüßen. Genauso herzlich wie bei Mutter Martina fiel die Begrüßung für ihre Tochter Serina aus. Währenddessen holte Manfred einen Rollstuhl aus dem Kofferraum. Jetzt erst erkannte man Martinas tatsächlichen gesundheitlichen Zustand. Unverzüglich brachte man sie samt ihrem Rollstuhl ins Haus. Aus der familiären Gemütlichkeit wurde eine intensive Gesprächsrunde. So verging die Zeit unbemerkt, bis die ersten Raketen und Feuerwerkskörper das neue Jahr ankündigten. Wieder begaben sich alle nach draußen, um das Schauspiel zu betrachten. Durch die klare kalte Luft war zwischen dem Feuerwerk ab und zu das Glockengeläut der umliegenden Kirchen zu hören. Die Neujahrswünsche gingen reihum. Irgendwie schien es, als wenn jeder erleichtert wäre, das schlimme alte Jahr hinter sich zu lassen.

Manfred nahm als letzter Martinas Hand und beugte sich zu ihr hinab. »Auch ich wünsche dir ein gutes und besseres neues Jahr als das vergangene. Außerdem gebe ich die Hoffnung nicht auf. Du weißt schon!«, flüsterte er ihr ins Ohr und drückte seine Wange an ihre.

»Ich danke dir! Ein gutes neues Jahr, Manfred«, meinte sie mit feuchten Augen. Dann zog sie ihn zu sich heran und küsste ihn. »Lass die körperlichen und seelischen Wunden ein bisschen verheilen, dann sehen wir weiter.«

Alexander Pelkim
Späte Auslese

Gestaltet von Peter Hellmund
Gedruckt und gebunden von CPI - Clausen & Bosse, Leck

Erste Auflage 2013
ISBN 978-3-939103-49-3

www.buchverlag.hellmund.de